蒼穹變
10 玄武英雄
大結局
龍人◎著

目錄

第一章　巫界法寶

傷感之餘，與小夭的離別倒也堅定了戰傳說、爻意前往西域荒漠的決心，兩人先向姒伊告別。無論姒伊出於什麼樣的目的，至少戰傳說、爻意能在禪都立足，還是多虧了姒伊的相助。戰傳說、爻意的離去應是在姒伊的意料之中的，畢竟他們是為殞驚天才來到禪都，不會長久地在禪都逗留。但當戰傳說、爻意向姒伊辭別時，姒伊還是頗為吃驚——或者說是有些措手不及。

想了想，姒伊道：「我是劍帛人，以前也結識了不少劍帛的朋友，平時彼此間常常相互照應。」說到這兒，她取出一塊玉來，「我想將這塊送給二位，日後二位若有什麼困難，遇到劍帛人就將此玉取出，說你們是我的朋友，也許他們多少能為二位幫上點忙。」

戰傳說、爻意自然早已看出姒伊絕非常人，她所謂的「結交了一些朋友」也不過是托詞，這塊玉恐怕不那麼簡單。不過姒伊終是一番心意——至少看不出有什麼惡意，戰傳說也不好拒絕，道謝之後，將那塊玉收下了。

向姒伊辭行後，戰傳說、爻意又去見天司祿。

「是否老夫對二位有所怠慢？」天司祿一邊搓著手，一邊自責地道。

戰傳說忙道：「司祿大人言重了，在下的確還有事情未了。」

天司祿嘆了一口氣，「既然戰公子執意要走，老夫也不強留了。這一別，不知何時才能相見，老夫想略盡心意，今夜設宴為兩位餞行，請二位萬勿推辭才是。」

天司祿言辭誠懇，戰傳說、爻意實在沒有拒絕的理由，況且西域之行也不急於一時，於是答應明日再起程。

近些日子天司祿對戰傳說、爻意殷勤備至，為戰傳說兩人餞行的晚宴自然十分豐盛，尤為難得的是，這麼豐盛的晚宴，天司祿卻並沒有如上次那樣邀請眾多的賓客。

那一次地司殺的人在席間退出，影響了氣氛，顯然天司祿不希望再因為人多，而發生類似的不愉快，席間除了戰傳說、爻意、姒伊、物言之外，也多是天司祿府的人。

酒過三杯，忽然有人形色緊張地來到天司祿身邊，附耳向天司祿說了什麼，天司祿的笑容頓時有些僵硬，飛快地看了戰傳說、姒伊一眼，隨即向那人揮了揮手，示意他退下去。

天司祿神態的不自然落在了戰傳說眼中，戰傳說不由暗自思忖究竟是發生了什麼事，竟讓天司祿神色大變。

酒宴在繼續著，天司祿依舊頻頻舉杯勸酒，但誰都看得出他笑容有些勉強，好幾次將話說錯了。

姒伊雖然雙目失明，卻一樣能對天司祿情緒的變化洞察入微，她暗自皺了皺眉，開口道：「天司祿大人是否有心事？」

天司祿與姒伊表面上是主賓關係，事實上可不是這麼一回事。既然姒伊發問，天司祿就不敢不答，他擺了擺手，邊上的樂工無聲無息地退下了，宴席間一下子安靜了下來，戰傳說暗自納悶天司祿爲什麼要如此鄭重其事。

天司祿聲音低沉地道：「劫域的人昨夜偷襲樂土北部兩座集鎮，見人便殺，兩集鎮共兩千餘口人竟遭滅絕！」

聞者面面相覷，無不失色。

顯然，這是劫域對大劫主被殺一事的強烈報復，而他們所針對的目標，卻不是參與「滅劫」一役的樂土武道，而是與此事並無直接關係的普通樂土人，這足以顯示出劫域的兇殘暴戾。

戰傳說覺得心裏異常鬱悶，他實在無法想像當面目猙獰、訓練有素的劫域將士，在毫無防備且無力反抗的樂土百姓當中橫衝直撞瘋狂殺戮時，是一幅怎樣血腥駭人的場面。

天司祿的神色變化，讓戰傳說覺得其畢竟是雙相八司之一，對樂土的安危多少是牽掛的。

姒伊卻清楚天司祿神色不安的最主要原因是什麼。

劫域殺死了樂土二千餘人，那麼大冥王朝大舉討伐劫域將只是時間問題，而且以冥皇對「滅劫」一役的態度來看，大舉征伐劫域的時間應該不會太遲。

劫域處於冰天雪地的極北寒地，樂土要取勝不是容易的事，這次征伐定會出動數以萬計的人馬，所需的糧草裝備都將不是個小數目，而天司祿擔心的，正是一旦全面啓動這一場大戰，他虧空大冥庫銀之事會不會暴露？

天司祿現在的命脈，可以說是完全掌握在姒伊手中，只要姒伊不出面相救，替他塡補虧空，那麼等待天司祿的恐怕不僅是失去權職，更可能將人頭落地。

讓天司祿惶惶不可終日的消息對姒伊來說，卻是天大的喜訊。事情的發展正向著她希望的方向，樂土與劫域的矛盾日益激化，如今終於到了即將全面爆發的時刻，劍帛人只需等待樂土與劫域鬥得兩敗俱傷的機會。

在這樣的場合，姒伊的真實心情自是不宜流露的。與其他人一樣，她選擇了沉默。

在這樣的情況下，這場宴席實在沒有繼續下去的必要，很快宴席匆匆結束。

這一夜，戰傳說輾轉反側，難以入眠，而禪都似乎也不平靜，到了後半夜，隱約可聽見遠處傳來：「風——疾，風——疾……」的呼聲，是信使在禪都大街上飛馳，這樣的聲音，爲禪都的夜備添了一份不安。

清晨，天司祿府已替戰傳說、爻意備好了馬匹與行裝，然後天司祿與姒伊一起將他們送到城外，一路上有不少人對戰傳說指指點點。

現在的戰傳說因爲曾與天司殺並肩作戰對付勾禍，在禪都已被不少人所知曉，何況現在是天司祿送他，更能讓旁人猜出他是誰，更不用說戰傳說身邊還有風華絕世的爻意。

初入禪都時，戰傳說、爻意千方百計掩飾身分，以防被人識破，離開禪都時卻由天司祿相送，這之間的變化不可謂不大。

目送戰傳說、爻意遠去後，天司祿這才對姒伊道：「姒小姐，我們回司祿府吧。」

姒伊點了點頭。

姒伊對戰傳說不遺餘力地相助的初衷，天司祿是大致明白的。現在戰傳說離開了禪都，就如同斷了線的風箏，誰也不知道還會不會飛回來，這對姒伊來說，以前的努力豈非都付諸東流了？姒伊會不會很失望？

心存這樣的疑惑，天司祿不由暗中留意姒伊的神情，但卻看不出什麼。

天司祿心頭暗自嘆了一口氣，自忖道：「這個女人，實在難以看透。」

出了禪都，戰傳說、爻意向西而行，由於禪都周圍一帶的村落集鎮都被強令遷徙，故一路上很少遇見什麼人。

將近午時，前方忽然塵埃漫天，定神一看，有大隊人馬正向這邊進發，但見旌旗招展，戰馬嘶鳴，鎧甲兵器寒光閃動，聲勢甚爲浩大，略一看來，幾有近萬人馬。

戰傳說、爻意暗吃一驚，戰傳說心道：「難道冥皇在禪都一直未對自己下手，並不是因爲他改變了主意，而是因爲他要選擇遠離世人耳目的禪都城外對付我？」

可細一想，這似乎不太可能，動用近萬兵馬對付一人，未免可笑，而且未必有效。

人馬越來越逼近，看裝束不像是禪戰士或無妄戰士，而依大冥王朝的律例，除無妄戰士、禪戰士之外，其餘軍隊是決不許擅自接近禪都的，其目的就是爲了防止兵變。

戰傳說與爻意閃至道旁，大隊人馬自他們身旁迅速通過，沒有人理會戰傳說、爻意的存在。

戰傳說對爻意說了句顯得有些突兀的話：「他們不是衝著我們來的。」

他們繼續趕路，沒想到一刻鐘後，他們又與另一路人馬狹路相逢了，不過人數卻比原先那一路人馬少許多，估計只有三千左右。

「莫非，是與劫域偷襲樂土的事有關？」戰傳說低聲問爻意。

「很有可能……」爻意道，「我們走吧。」

走了一陣子，戰傳說忍不住回頭看了看，爻意便道：「要不，我們遲些日子再去荒漠古廟？」

「爲什麼？」戰傳說道。

「我感覺你對樂土的局勢有所牽掛。」爻意道。

戰傳說看了爻意一眼後目光投向遠方，自嘲地笑了笑，「或許是吧。劫域殘忍無道，人神共憤，樂土是該借著『滅劫』之役的勝利，一鼓作氣將劫域這一禍患永遠消除。以樂土與劫域現在的實力對比來看，樂土的實力應該遠勝於劫域了，我是否參與其中，對結果是不會有什麼影響的，關鍵是在於冥皇有沒有這樣的決心。」

爻意聽戰傳說這樣說，也就不再多勸了。

傍晚時分，他們來到了一個村莊，說是村莊，其實不過十幾間屋子，而且都顯得有些破敗，最爲完整的屋子就是那家羈社。

羈社相當於極爲簡陋的客棧，羈社是從來不提供食物的，也不提供用品。甚至需要用熱水的人，也必須自己用共用的爐子燒，所以羈社的花費也比客棧少得多，但凡不是太窮困潦倒的人，都願投宿客棧而不願投宿羈社。

近些日子，戰傳說、爻意被掌管大冥王朝財物的天司祿待爲座上賓，離開禪都時，天司祿送給了他們不少貴重之物，投宿客棧所需的花費對他們來說根本不成問題，但問題是這個村莊只有這麼一家羈社而沒有客棧。

現在雖然還只是傍晚，但如果繼續趕路，到天完全黑下來時未必可以到達一個村莊，兩人略一商議，還是決定在這裏過一夜。

沒想到這羈社的生意頗爲不錯，當戰傳說、爻意進入羈社時，被告知羈社只剩一間房了。

看來今夜只能兩人擠在一間房了，戰傳說心裏決定明天多備些行裝，住這種羈社還不如在野外搭帳露宿，何況深入荒漠後，連這樣的羈社也未必有。

當戰傳說與爻意一同進入房裏時，戰傳說分明感覺到了來自各個方向的複雜目光。那些目光中既有對爻意絕世容顏的驚愕，也有對戰傳說的嫉妒，恐怕他們怎麼也不明白如爻意這樣的人物，居然會在這種羈社出現。

房內空蕩蕩的幾乎沒有物什，只有一床一椅，唯一讓戰傳說能鬆一口氣的是那張床收拾得還算乾淨。

他對爻意道：「今晚只能將就一夜了，以我現在的修爲，就是打坐一夜不休息，也是無妨的。」

爻意淡淡一笑，「其實我擁有異能，同樣可以不眠不休，恐怕再也沒有人會比我睡得更久了，因爲我曾沉睡了整整兩千年。」

戰傳說聽到這兒，有些擔心爻意的傷心處被觸動，看她的神色，卻並沒有異常，他這才放心。

到了後半夜，已經安靜下來的羈社，又響起一些嘈雜的聲音。

戰傳說有些驚覺，凝神細聽，聲音卻又漸漸地平息了。到後來甚至比原先更安靜了，一直到天亮時再也沒有什麼變化。

叩門聲非常適時地響起，因爲有人叩門的時候，戰傳說二人正好打點了行裝，準備離開羈社繼續趕路。

拉開門，戰傳說猛地一怔，站在門外的男子雖然衣著普通，但卻一眼可看出此人絕非普通人，也不可能是羈社的人。

那男子抱歉地一笑，「戰公子昨夜睡得安穩否？」

對方稱自己爲「戰公子」，戰傳說心頭吃驚之情可想而知。

他經歷了太多的曲折艱險，故此時也立刻提高了警惕，目光正視著眼前這不明來歷的不速之客，淡淡地道：「還好……你我相識嗎？」

那男子笑道：「我只是無名之輩，怎能有幸結識戰公子？我家主公久仰戰公子之名，想與戰公子見上一面，特吩咐我來請戰公子，不知戰公子能否賞臉？」

戰傳說目光一閃，「你家主公倒真是有心人，我在這樣的地方留宿他也能知曉，但不論他是何方高人，又爲什麼對我戰傳說有興趣？」

那男子道：「我家主公在樂土算是頗有名氣的，不過暫時還不便透露我家主公的身分，戰公子只要見了我家主公，自會識得。至於能在這羈社中找到戰公子，那是因爲我家主公心存誠意。」

戰傳說一笑，「既然有誠意，為何連身分也不肯透露？其實我戰傳說只是一個普普通通的人，實在不值得你家主公如此關注，還要煩請尊駕轉告你家主公。」

那男子道：「戰公子是不願答應與我家主公相見了？」

戰傳說毫不遲疑地點了點頭。

那男子竟也不再多說什麼，後退了幾步，閃至一旁，「戰公子心意既定，我也無法勉強。」

雖然此人顯得很誠懇，但戰傳說不想節外生枝。領著爻意自那人身邊走過，卻驚訝地發現昨夜還客滿的羈社，此時卻只剩下他與爻意兩個住客了。他所經過的房間，門都大開著，裏面空蕩蕩的不見一個人影。

二人一直走到前堂仍是如此，非但所有的客人都憑空消失了，連羈社的掌櫃及唯一的一個夥計也都不見了蹤影。

戰傳說站在前堂，高聲喊了幾聲「掌櫃的」，聲音震得前堂嗡嗡直響，卻沒有任何的回應。

事情極不尋常！

戰傳說目光四下掃視，原本羈社的客人加上掌櫃、夥計應有三十幾人，這麼多人不可能同時離開羈社的，事情定有蹊蹺之處，而這樣的變故肯定與戰傳說有關。

戰傳說擔心那些人會有什麼意外，儘管他們與他素不相識——但他並沒找到打鬥的痕跡。事實上，若是昨夜真的發生了打殺，戰傳說也不可能不會察覺，因為昨夜他根本沒有入睡。

這實在是一個難解的謎！無論有人想對戰傳說如何，按理與這些無辜的人本應該沒有任何關係的。

爻意對戰傳說道：「這恐怕是一個圈套，對方算定你見這麼多人失蹤後一定不會置之不理，那樣就不得不答應與他見面。」

她猜測戰傳說大概會折身去找那男子，所以及時提醒他。

果然，戰傳說只是說了一聲「我知道」，便轉身欲去找那個男子。

這時那男子卻已出現在前堂，他對戰傳說很恭敬地道：「戰公子請放心，失蹤的人沒有受到一絲一毫的傷害，甚至可以說他們一夜之間，變得比原先生活得好上了許多——戰公子應該知道，除了你與爻意小姐這樣特殊的客人之外，在這羈社留宿的人的日子，都是過得窮困潦倒的，現在卻已完全改變了。」

戰傳說不無怒意地道：「你憑什麼讓我相信這一點？無論如何，我總覺得你家主公的手段不夠光明正大！」

「我家主公並沒有吩咐我這麼做，他只是吩咐我，無論如何必須請你移駕與之相見，我沒有信心一定能夠說服你，所以才想出了這樣一個下策。當然，這只是利用了一次戰公子的俠義之心，卻不敢對那些無辜的人施下狠手，否則我家主公也必會懲罰於我。」

「是嗎？」戰傳說的語氣中充滿了不信。

的確，他實在難以相信對方，如果沒有什麼見不得天日的陰謀，又何必這麼藏藏掖掖？

此時，他看出了眼前的男子應該有不俗的修為，但他完全有把握一舉將對方制住，問題是那男子始終客客氣氣，讓他無法出手。

戰傳說不由微嘆一口氣。

爻意頓知戰傳說會答應去見那個想見他的神秘人物了。

果然，戰傳說沉聲道：「我答應去見你的主公，但條件是必須見到羈社的人安然無恙。」

那男子在戰傳說答應與他的主公相見時，也並不顯得特別興奮，似乎這本就在他的意料之中。

當戰傳說、爻意隨那男子出羈社後，才知不僅僅是羈社中的人忽然不知去向，連這個小村莊裏的人也一起不知所蹤了。

僅僅為了與戰傳說見上一面，竟如此大動干戈！戰傳說越來越感到事情不尋常，而且他已明白那神秘的人物，肯定是不達目的不甘休的。就算戰傳說可以不顧羈社的人的安危，也會在對方使出別的手段面前不得不屈服。

沿著村中那條以石板鋪就的路一直前行，不見一個村人，甚至沒有一聲雞犬聲。戰傳說心頭微微泛起了寒意，卻不是害怕，具體是什麼，連他自己都分辨不清。

當他們走到村口時，前面忽然出現了一大片黑壓壓地跪著的人，竟全都是村裏的人，這其中就包括羈社中的人。

戰傳說驚訝得說不出話來，只是將頭投向那男子。

那男子笑了笑，轉而面向那些跪著的人，「很好，你們都很守信用，沒有一個人抬頭偷窺。現在你們每一個人，都可以帶著已經屬於你們的十片金葉離去了，無論去什麼地方。你們只需記住一點：一個時辰之內，不許回頭。」

話音剛落，便聽到雜亂的此起彼伏的感恩聲響起，然後只見近兩百人低垂著頭，幾乎是貼著地慢慢地、小心翼翼地轉過身，站起來，決不回頭地向前走去，每個人的身板都因爲緊張而顯得有些僵硬。

當一百餘號人同時做著這奇特的舉止時，那樣的情景實在是詭異無比。

那男子慢慢地轉過身來，望著戰傳說，客氣地道：「現在戰公子應該沒有什麼顧慮了吧？」

戰傳說長長地吸了一口氣，「現在就算你不想讓我見到你家主公，也是不可能了。」

那男子指了指東向，「戰公子請看，我家主公就在那邊。」

戰傳說、爻意循著他所指的方向望去，看到的是幾輛正向這邊駛來的馬車——也許，不僅僅是幾輛，而是數十輛，因為很快戰傳說便看到馬車在離他尚有百步之遙的地方停了下來。隨後便見許多的人如同四溢的水一般擴散開來，幾乎是在轉眼的工夫，戰傳說前方已多出了一幢幢各種色彩的帳篷，帳篷之外是一排排的柵欄。

那男子指向所有帳篷中最具氣派的那一座道：「我家主公就在那兒靜候戰公子大駕。」

眼前發生的一切，就像是一場不真實的夢。

戰傳說忽然笑了，他道：「你家主公定然是一個十分有趣的人，現在我幾乎是有點迫不及待地想見他了。」

那男子躬了躬身，「戰公子請！」

千馬盟的小帛很幸運，在生命垂危的時候遇到了花犯、風淺舞、凡伽三人，才得以保全性命。

千馬盟盟主廣相照因此對花犯、風淺舞、凡伽感激不盡。他一直視千馬盟所有人為自己的兄弟，更何況小帛還救了他一命。

眼看小帛的情形一日好似一日，花犯三人知道，小帛已完全脫離危險了，所以決定要與他們分道而行。但廣相照卻苦苦挽留，無奈，花犯三人只好答應再多逗留一日。

這幾日，廣相照吩咐千馬盟的人，想盡一切辦法款待花犯三人，千馬盟在做馬賊時日子過得捉襟見肘，改爲販馬後日子便過得頗爲滋潤了。如今在萬聖盆地找一家客棧款待花犯三人幾日還是不成問題的，而且廣相照還暗中吩咐自己的人，儘快與留在須彌城那邊的人聯絡，讓他們再送一些珠寶過來，準備送與花犯三人。

廣相照知道花犯、凡伽、風淺舞是四大聖地的傳人，決不會貪圖財物，但以他的智謀，卻委實想不出別的方式，表達他對花犯三人的感激。

也許是因爲一下子折損了九個弟兄太過悲傷，欲借酒消愁，雖然這幾日連著擺宴是爲謝恩，反倒是廣相照自己逢飲便醉，醉了後，就念念叨叨地叫著爲大劫主所殺的九名弟子的名字。

花犯三人對千馬盟自是多少有所耳聞，知道千馬盟算不得什麼名門正派，只是也無大惡罷了。若在平日，身爲四大聖地傳人的他們，是不屑與廣相照這樣的人爲伍的，但廣相照有些粗俗的豪爽、耿直、重義，卻讓三人有了以前從未有過的感受，這也是他們最終願意答應廣相照再留一日的原因所在。

一連在萬聖盆地逗留數日，凡伽與花犯心情都有些煩躁了，唯風淺舞怡然自得，絲毫沒有要急著離開的意思。

傍晚時分，三人正在客棧裏閒聊，忽然有夥計在門外道：「花公子，外面有一位客人想見你。」

花犯看了看風淺舞、凡伽，凡伽道：「你去看看吧——諒也不會有什麼事。」

作為四大聖地新一代傳人中最傑出的三個人，這點自信還是有的。

花犯點點頭，「我去去就回。」

但花犯並沒有很快就回來，過了一陣子，風淺舞漸漸有些不安了，想出去看看，卻又猶豫不決。

凡伽默默地望了她一陣，然後道：「我去看看他吧。」

「應該……沒事的。」風淺舞笑了笑，有些勉強。

凡伽推門走出，倚著欄杆站在客棧二樓的走廊上朝院中望去，只見花犯與一個身著青衣的中年男子相對而立，正低聲交談著什麼，花犯向著凡伽這邊，而青衣人則背向著凡伽，無法看清其容貌。不過從青衣人的衣飾來看，顯然很普通。

凡伽看了一會兒，沒有發現什麼異常之處，便欲回房，轉身時，只見風淺舞正站在門口處。

凡伽心頭微微地顫了一下，有些生硬地笑了笑，「花師弟沒有什麼危險，你放心吧。」

兩人回到屋裏後，忽然彼此都找不到話題，沉默得有些尷尬。

又過了許久，才聽得花犯回來的腳步聲，兩人不約而同地鬆了一口氣，而這種如釋重負的感覺，被他們自己所意識到後，又更為尷尬。

好在這時花犯推門而入——他並沒有感覺到房中氣氛有什麼異常。

凡伽、風淺舞都以探詢的目光望著他，雖然沒有開口，但顯然是想知道方才是什麼人找他。四大聖地平時息息相通，花犯所認識的人，凡伽也大多認識，但方才那青衣人凡伽卻從未見過。

花犯卻變得竟像是沒有感覺到凡伽、風淺舞探詢的目光，他自顧揀了一處坐下，不著邊際地說了一句：「廣相照的醉酒該醒了吧？」

風淺舞見花犯目光游移，暗自奇怪，忍不住問道：「方才你見的是什麼人？」

花犯沉默了片刻，然後看了看風淺舞，又看了看凡伽，才道：「我……要去一趟禪都。」

凡伽、風淺舞都流露出吃驚之色，這些日子他們三人形影不離，卻從未見花犯流露過要去禪都的意思。

「什麼時候？」吃驚之餘，凡伽問道。

「今晚吧。」花犯緩慢地卻毫不猶豫地道。

「今晚?!」凡伽、風淺舞同時失聲。

花犯點了點頭。

「若是一定要去禪都，過了今夜，明日我們再動身也不遲。」風淺舞道。

花犯道：「這次我想一個人前往禪都。」

風淺舞若有所思地看了花犯一眼，沒說什麼，凡伽卻已道：「爲什麼?是因爲方才找你的人？」

花犯有些歉然地道：「此次去禪都是要辦一件……私事，而且……不便與凡師兄、風師姐同行。」

他顯得有些難以措辭，卻並未回答凡伽的話。

凡伽哈哈一笑，很大度地拍了拍花犯的肩，「男人也會有些私事是別人無法插手的，你放心去便是，我與淺舞不會怪你的。」

花犯道：「我這就去向廣相照辭行。」

凡伽道：「我們與你一起去吧。」

風淺舞沒有開口。

廣相照的酒本已醒了一半，聽說花犯即刻要去禪都，頓時全醒了，他一下瞪大了眼睛，急切地道：「是否我千馬盟有不周之處才讓花公子有此意？」

花犯道：「廣盟主多慮了，若是如此，我又何必再來與廣盟主辭行？」

「那……明日一早，我挑選幾匹千馬盟上等好馬給花公子代步吧。」廣相照知道花犯並非城府很深之輩，便信了花犯的話。

花犯堅持當夜便起程，廣相照見他意志堅決，最終只好作罷。

躺在床上的小帛雖然已無性命之憂，但身體尚較虛弱，他一直靜靜地聽著沒有插話，直到花犯要離開時，他才聲音虛弱地道：「花公子請暫且留步，我有一件東西要送給花公子。」

言罷，他自懷中取出一隻指環，鄭重其事地交給花犯道：「這是我父親留下來的指環，先父一生習練巫術，但一直沒有成就。據他自己說，他一生中只完成了一次上師級巫師才能完成的巫術，那是命運給予他的唯一一次閃亮，那次巫術的巫力就是附在這只指環上，雖然這只指環從來沒有顯示出強大的巫力，但它一直被先父視爲珍寶。」

花犯見那指環製作粗糙，不像是貴重之物，所以就將之接入手中，聽到這兒，才知不妥，忙道：「這指環既然有此來歷，我豈能奪愛？」

小帛卻無論如何也不肯收回，他道：「以先父的修爲，是不可能完成上師級巫師才能完成的巫術的，所以有關這只指環的說法，也許只是先父因爲太渴望成爲上師級巫師，才有了這樣虛幻的臆想，未必真的具有先父所說的巫力，花公子就收下吧。」

凡伽半開玩笑地道：「救你性命的可不止我花師弟一人，爲何只送他指環？這未免有些不公平。」

小帛也笑了笑，「以我的巫力修爲，能隱約感到花公子此次禪都之行將有一番奇遇，這番際遇可凶可吉，所以我將指環送與他，希望能助花公子化解劫難。」

眾人見小帛說得認真，不由都哈哈大笑。

花犯騎著廣相照送的馬向北而行，行了一兩里路，卻聽得後面一陣馬蹄聲，並有風淺舞呼喊的聲音，他疑惑地勒馬停住。

伴隨一陣清脆的鸞鈴聲，風淺舞出現在了花犯的面前。

「風師姐是不是也要送點什麼給我？」花犯笑言。

風淺舞卻沒有笑，她很認真地道：「你為什麼要去禪都？」

花犯見風淺舞神情極為鄭重，便不再說笑，想了想道：「現在我還不能將此行的目的說出，但有一點是肯定的，此事與那個找我的青衣人有關。」

「不是因為……我與凡伽？」風淺舞幽幽地道。

「因為你們？」花犯一怔，復而笑道，「當然不是。」

「那你禪都之行需要多久？」風淺舞又問道。

花犯道：「或許三五日，或許數月。」

風淺舞臉色有些發白，急促地道：「什麼事竟需要數月？」

花犯搖了搖頭。

也不知他搖頭的意思，是自己也不清楚還是不能把其中原委告訴風淺舞。

風淺舞用力地咬著唇，靜靜地望著花犯，直看得花犯有些不自在了，方道：「我希望你能儘早回來找我。」

花犯點了點頭，「有什麼事嗎？」

風淺舞目光移向了一側，靜了片刻，輕聲道：「因爲我師父已有意把我許配給凡伽，大概這事在一個月後就會定下來。」

在一個破敗的村落旁邊忽然出現華麗、威儀的營帳，這實在是一件讓人吃驚的事。

而此刻，戰傳說正向這座營帳的最深處走去。

營帳的周圍有人走動，也有人垂手肅立，所有的人都穿著普通的衣服，他們的神色也都顯得很淡漠，既沒有如臨大敵的緊張，也沒有貴賓駕臨時的熱情。

而讓戰傳說感到有些不可思議的，是那些看起來像是隨意站立、走動的人，卻起到了神奇的穿針引線的作用，正是由於他們的存在，使所有的營帳組成了一個有機的整體。

戰傳說隱約感到這些人看似隨意的行走，其實皆是有極嚴密的部署的。

當戰傳說走入所有營帳中最具氣派的那一座時，他幾乎已忘記了此時自己置身於一座殘敗的村落旁邊。

一種異樣的氛圍已經籠罩著他，而這樣的氛圍是他以前從來沒有遭遇過的。

步入帳內，裏面並沒有戰傳說想像中的精緻擺設，而是空蕩蕩的只有一人。

那人雙手後負，面帶笑容，正望向他這邊，氣度不凡。

戰傳說心頭微微一跳，忽然間竟有所悟，腦海中猛然間閃出一個身分特殊的非凡人物來，他吃驚地道：「你是……」

未等他說出口，那人已頷首微笑道：「不錯，我就是。」

彷彿無須戰傳說說出口，他就已可猜知戰傳說想說的是什麼。

「很奇怪爲何會在這裏見到大冥冥皇，是嗎？」那人繼續道。

戰傳說的確萬分吃驚！

他沒有想到與大冥冥皇會以這樣的方式見面，對於戰傳說而言，在他的感覺中，他與冥皇應該是處於相互對立的立場。但此刻，他感覺不到冥皇有任何的敵意。

戰傳說不由得再一次仔細打量大冥冥皇，他不能不承認冥皇極富軒昂高貴的魅力。

對面的人既然是冥皇，那麼外面的人看似衣飾普通，其實應該都是訓練有素的好手。

戰傳說否定了冥皇這次是爲了追殺他而來的——要對付戰傳說，冥皇自身完全不必涉險。

戰傳說坦言道：「的確沒有想到，但我本就相信你我遲早有一天會相見的。」

冥皇饒有興致地望著他，忽然有些感慨地道：「見了本皇也不立即施禮相見，你是第一人，以後恐怕也不會有！」

戰傳說不卑不亢地道：「身爲樂土一民，我有失禮之處，但你既是大冥冥皇，更有失道之處。」

冥皇竟未動怒，他正視著戰傳說道：「你是指坐忘城之事？」

戰傳說、爻意都對冥皇的直截了當有些意外，想到殞驚天的冤死，戰傳說心頭一股怒氣騰然升起，他沉聲喝道：「你身為冥皇，非但不體恤民情，造福蒼生，反而無端逼害忠良，殞城主赤血丹心，為何要將他逼上絕路？」

他已然不顧面前是擁有樂土至高權力的大冥冥皇。

冥皇聲音低沉地道：「本皇如何不知殞驚天是忠誠不二之士？但其中的曲折，又豈是你所知道的？本皇實是有身不由己之處。」

戰傳說冷笑道：「你既身為冥皇，地位凌駕萬眾之上，又豈會身不由己？」

冥皇苦笑一聲，慢慢地踱了幾步，方緩聲道：「天意冷酷，造化弄人，蒼穹之間，又有幾人能真正求得『無物無我，逍遙容與』之境？多少浮華，其實不過是一場虛幻罷了。」

戰傳說的心深為冥皇的話所觸動，他有些相信冥皇或許真的有身不由己之處了。

冥皇接著道：「這一次本皇是秘密離開禪都的，其目的就是為了與你相見，你可知為什麼？」

戰傳說對冥皇的敵意已減了不少，但神色依舊冷淡漠然：「不知道。」

「本皇要見你有兩個目的，一是要將殞驚天之死的前因後果告訴你；另一個目的，則是要你爲樂土萬民做一件事。」頓了頓，冥皇接著道，「事情說來話長，你可願與本皇坐下單獨詳談？」

戰傳說道：「爻意姑娘是我的朋友，有什麼話不必回避她。」

冥皇也不堅持，「爻意小姐脫俗有如天人，本皇只是不願將她和任何凡世的俗事聯繫在一起罷了，並不是有意避開她。」

若是常人對爻意如此讚譽也不足爲奇，但以冥皇的身分說出，卻讓人感到他也有坦蕩直率的時候。

冥皇、戰傳說、爻意三人盤膝而坐，冥皇居北側，而戰傳說、爻意與他隔几相對居南側。

戰傳說不能不佩服冥皇之過人膽識——冥皇不可能不知道戰傳說對他懷有成見，也不會不知道戰傳說的修爲已達到了擁有炁兵的驚世境界，但他卻敢與戰傳說咫尺相對，而且身邊不留任何人護駕。

就算作爲對手，戰傳說也不免對冥皇心生一份尊重。

冥皇以出奇平靜的目光望了戰傳說、爻意一眼，開始道述一件讓戰傳說、爻意驚愕不已的事。

「自大冥王朝建立直至半個月前，樂土的大局其實都一直被劫域暗中控制著。」

「怎會……如此?!」戰傳說脫口道，心裏卻已想起自己因爲殺了劫域哀將而被皇影武士追殺的事。

冥皇眼中流露出複雜的神色，他點了點頭：「正是如此。這也是爲什麼你殺了劫域哀將後，會被本皇身邊的皇影武士追殺的原因所在。」

冥皇將這關係著他威望的秘密說了出來，令戰傳說、爻意悚然動容。

「如此說來，甲察、尤無幾追殺我，真的是經你授意？」

冥皇長嘆一聲，點頭道：「正是——但是，本皇當時聽說你是在一招之內擊殺哀將，料定你的修爲足以傲視天下，在不得已的情況下，我假意順水推舟，派出了兩名皇影武士。在我看來，他們兩人是無法勝過一個可以一舉擊殺哀將的人的，這樣既可以解除劫域施加的壓力，又不至於傷害你。但我向兩名皇影武士授意時，是無法將內情說明的，他們依命而行，當然會全力以赴。沒想到殞驚天會因爲覺得你無罪而不惜抗命，才導致節外生枝，引發皇影武士與坐忘城的衝突。」

戰傳說並沒有因此就相信了冥皇的話，他緊接著道：「那地司殺向坐忘城興師問罪，又是怎麼回事？」

「地司殺也是奉本皇之命而行的。甲察、尤無幾是皇影武士，皇影武士肩負護衛本皇的重任，可以說本皇的性命有一半是握在皇影武士的手上。雖然他們對本皇一向忠心耿耿，但如果甲察、尤無幾死了本皇卻不聞不問，那麼難保皇影武士不會對本皇心生不滿，這將成爲本皇的一種極大威脅，爲了安撫皇影武士的人心，我不能不有所表示。」冥皇緊接著繼續道：「但我只是讓地司殺前往坐忘城將甲察救出，沒想到地司殺卻公報私仇，借機將甲察殺了。」

戰傳說當即道：「但在我等看來，地司殺之所以會殺甲察，是奉你之令而行的。」

冥皇道：「你們會這麼想也是在所難免，但當時就算甲察被扣押在坐忘城沒有被殺，而且也承認本皇是爲了劫域人才派出他與尤無幾，但又有多少人會相信甲察這一說法？」頓了片刻，自顧答道，「恐怕沒有幾人會相信身分顯赫的大冥冥皇會聽命於劫域吧？」

他的眼神變得激憤而無奈。

戰傳說沉默了，他不能不承認冥皇所問的很有道理，休說當時沒有幾人會信，就算是現在，也同樣如此。

「所以，甲察的存在，對本皇不會有什麼威脅。相反，如果本皇真的讓地司殺將他除去，那麼日後若此事爲皇影武士所知，那足以帶來可怕的後果。」

「那地司殺又怎會對甲察懷有刻骨之恨，以至於要設法取其性命？」戰傳說這麼問時，等於有些相信冥皇所說的話了。

「地司殺曾有一愛姬，名爲畫秀，據說此女子極具風情，深受地司殺寵愛，有一次甲察偶遇畫秀，深爲此女子吸引。照理，以地司殺的地位勢力，沒有什麼人敢打他愛姬的主意，他的女人也不敢背叛他，但甲察卻有與眾不同之處。他在成爲皇影武士之前，就已是上師級巫師，爲了得到畫秀，他竟對她施展巫術，使畫秀自動委身於他，兩人便有了私情。

這事後來爲地司殺發覺，他自然懷恨在心。但皇影武士大部分時間在紫晶宮內，地司殺沒有什麼機會對甲察下手，而皇影武士離開紫晶宮的時候，又常是奉本皇之命而行。多半行蹤秘密，加上甲察的修爲亦很高，地司殺自忖暫時沒有什麼機會對付甲察，於是先故作不知畫秀與甲察的私情。

甲察自以爲做得隱密，越發明目張膽，地司殺相應地恨焰愈熾。當甲察被囚禁於坐忘城時，地司殺如何會放過這樣的機會？立即主動請纓前往坐忘城，說是要設法救出甲察。當時本皇並不知他救甲察是假，欲殺之而後快是真，便派了他前往坐忘城。」

戰傳說忽然冷笑一聲，目光犀利，鋒芒畢露地道：「爲何你當初沒有看出這一點，現在卻看出來了？」

說話間，他的身子不由自主地挺了挺，幾乎隨時可能長身立起。

戰傳說與天司殺並戰勾禍的事早已在禪都傳開，他擁有炁兵境界的修爲冥皇當然有所聞，一旦戰傳說殺機萌發，冥皇性命將危在旦夕。

冥皇卻依舊神色從容道：「不錯，正是本皇的這次疏忽，才沒能避免雙城之戰的發生。」

聽到「雙城之戰」，戰傳說眼中有寒光閃過，連一旁的爻意也清晰無比地感受到了戰傳說的鋒銳之氣。

看來，雙城之戰一直是戰傳說心中最深的痛，因爲此戰的最初起因就是爲了他。

「地司殺對甲察之恨，一直未表現出來，也一直無人知道。」冥皇忽然話題一轉，向戰傳說問道：「地司殺與坐忘城發生衝突之後，最後脫身的是否只有他一人？」

戰傳說想了想，「除他之外，還有十餘名司殺驃騎——他們之所以能活著離開坐忘城，不是因爲他們有殺出重圍的實力，而是因爲殞驚天下令放過他們。」

冥皇沉聲道：「但最終地司殺卻是孤身一人回到禪都，他聲稱隨他進入坐忘城的司殺驃騎被殺得一個不剩，而且坐忘城還將司殺驃騎的屍體拋入江中！這事在禪都傳開後，眾皆譁然，大冥王朝內不少人紛紛指責坐忘城，稱坐忘城心狠手辣。而對於真正的內幕，他們是無從知曉的，不知不覺中，本皇已騎虎難下。如果就此甘休，地司殺府的人肯定會心寒，若對坐忘城有所舉措，坐忘城又是無辜的。思前想後，想到坐忘城對司殺驃騎趕盡殺絕的做法未免太偏激，最終我作出了發卜城之兵逼近坐忘城的決定。」

一直沒有開口的爻意這時道：「照此說來，如果當時地司殺不是獨自一人回禪都，帶給你司殺驃騎全軍覆滅的消息，那麼雙城之戰就不會發生？」

冥皇喟然一嘆，「本皇明白妳的意思。我知道天下蒼生都希望有一個明見千里、洞察秋毫的君王，但又有誰知道，身爲王者常常是受到蒙蔽最多的人？王者身邊的重臣，無一不是深謀多智者，爲了各種各樣的或善意或惡意的目的，他們對君王說著真假難辨的話，而王者卻幾乎只能困於宮城之中，這些重臣就是他的耳目，如果一個人的雙目雙耳都在受著欺騙，那他又豈能事事都明辨是非？」

冥皇顯得有些激動，又有些身不由己的無奈。

戰傳說感到冥皇的無奈是真誠的，莫非，身爲王者，所擁有未必全是無限風光？

冥皇這一番話，無疑是親口承認了發動雙城之戰是一種錯誤！而他本可以不必承認這一點的，因爲沒有人能追究冥皇的失誤，尤其是在雙城之戰已塵埃落定，世人的注意力漸漸轉向劫域的時候。想到這兒，戰傳說對冥皇的敵意又減了不少。

冥皇接著道：「雙城之戰一旦引發，就不是輕易能停止的。好在落木四並非魯莽之輩，一直在克制戰爭進一步擴展，否則，這場本不應該發生的戰爭將會造成更多的傷亡。」

想到雙城之戰死去的落木四、重山河，以及卜城、坐忘城的普通將士，戰傳說心頭異常沉重。

冥皇長長地吸了一口氣，平定了情緒，「棘手的是劫域的人竟趁機作亂，暗殺卜城的落木四及坐忘城的重山河，他們的目的就是要讓雙城之戰越陷越深！如果不是殞驚天在最關鍵的時刻挺身而出，真不知雙城之戰將會帶來怎樣慘痛的結局。就在殞驚天主動投身於卜城大營，任由卜城擒拿的時候，本皇得知了另一個驚人的消息：先前從坐忘城突圍而出的並非只有地司殺一人，而是另有十幾名司殺驃騎！

據地司殺的說法是所有人都死於坐忘城之手，但由那些最後被殺的司殺驃騎的傷口來看，這十幾人的傷口如出一轍，而且都與地司殺的『伐罪刀』造成的傷口驚人的一致，這說明這些人很可能不是坐忘城中人殺的，而是地司殺所殺！而他這麼做的目的，當然是為了更有理由促使雙城之戰的發動！

察覺了這一點，更讓本皇後悔草率發動雙城之戰。當殞驚天不惜冒險身陷囫圇時，我就已決定當殞驚天到達禪都之後，一定要設法讓他平安回坐忘城。若是平時，我既為樂土之主，要放一個人，只需一句話便可以做到。但當時若對殞驚天這麼做，便等於將大冥王朝先前的所作所為全盤予以否定。這勢必讓大冥王朝在樂土威信盡失，從而讓別有用心的人挑起混亂。樂土經歷了無數的征戰，難得有數年的安寧，無論是為了大冥王朝還是為了樂土，我都不能朝令夕改，要放殞驚天也需要有一個合適的方式。

我本以為殞驚天進了黑獄，就不會再出什麼意外。要找一個理由放他應是可以做到的，沒想到還沒等我想出一個合適的計策，就突生變故，竟然有人強闖黑獄，殺了殞驚天！」

冥皇有些痛苦地微微閉上雙眼，嘶聲道：「於公，殞驚天對大冥一直忠心耿耿；於私，他可以冒險掩護一個素不相識的人，這樣的城主，卻是本皇一步步將之推向死亡。雖然他非本皇親手所殺，但這與我親手殺他又有何異？」

說到後面，聲音已有些微顫。

但當他再度睜開雙眼時，已重新恢復了冷靜。

戰傳說試探道：「殞城主除了是被大冥王朝殺害這一可能性之外，還有一種可能就是千島盟所爲。千島盟這麼做有兩種目的：其一，當時千島盟的人已潛入禪都，他們殺害殞城主就可以轉移世人的注意力，製造混亂，從而可以渾水摸魚；其二，殞城主被殺，坐忘城與大冥王朝的關係將更爲勢不兩立，這對千島盟有利。」

頓了頓，戰傳說很客觀地道：「但殞城主被大冥王朝的人殺死的可能性其實很小。」

冥皇有些意外地望著戰傳說，良久方道：「依你看來，是千島盟所爲？」

戰傳說坦言道：「難以確定。」

冥皇搖了搖頭，「樂土與千島盟世代爲敵，彼此都瞭解對方的實力。對千島盟來說，能夠殺入黑獄後又全身而退的人並不多。三大聖武士及大盟司或許能夠做到，但小野西樓是女子，負終、暮己的身形與當時殺入黑獄的人的體形都不相同，而大盟司當時更是遠離禪都。其實最重要的還不是這些，而是在現場留下的唯有千島盟才會有的綢布，這看似是一條線索，但細想卻很不合情理：千島盟人潛入樂土，皆是裝扮成樂土人模樣，不會著千島盟的衣飾，爲何現場會有這樣的線索？這分明是欲蓋彌彰，反而說明此事不是千島盟所爲。」

冥皇所說的，其實也是戰傳說的想法，他越來越相信殞驚天的死不是冥皇派出的人，也不是千島盟所爲。

但如果排除了二者，又會是什麼人？

冥皇的眼中忽然有了讓人難以正視的光芒，他緩緩地接道：「本皇對此事已有所猜測，殺殞驚天的勢力，應該是比千島盟更為可怕的勢力！只是，本皇現在還沒有足夠的證據證明這一點。」

戰傳說心裏忽然一陣狂跳，不期然地想到了什麼！

爻意黛眉微蹙，忽然笑了笑，「你們現在都對某一勢力有些懷疑，何不各自將它寫出來，看看是否相同？」

冥皇與戰傳說對望了一眼，冥皇饒有興趣地道：「也未嘗不可。」

戰傳說淡淡一笑，算是默許。

兩人用手指醮了茶水，以另一隻手遮掩著，在几案上寫了幾個字。寫罷，兩人同時緩緩地將遮掩著的手移開，只見几上兩側各有四字，赫然皆是——不二法門！

戰傳說望著几上的四個字，若有所思，冥皇先是皺了皺眉，復而撫掌大笑，伸手將几上的字輕輕抹去了。

冥皇慢慢地收斂了笑意，「無論如何，對殞驚天之死，本皇不無過錯，於公於私，本皇都要將此事查個明白。」

戰傳說正色道：「真相是永遠掩蓋不了的，一切虛飾之物，終將暴露原形，只是遲早而已。」

冥皇緩緩地站起身來，居高臨下地望著戰傳說，「你爲何不問泱泱樂土何以會在劫域的控制之下？」

戰傳說道：「因爲即使我不問你也會說的，如果我沒有猜錯的話，你要見我的最重要目的，就是爲了告訴我這一點。」

冥皇目光一閃，嘴角浮現出若有若無的苦笑：「不錯，這是一個隱藏在本皇心中的秘密。這一秘密，只有歷代冥皇知道，一旦這一秘密被樂土更多人知曉，不知將會造成怎樣的軒然大波，其影響恐怕用天翻地覆形容也不爲過。」

戰傳說的思緒尙沒有從剛才發生的事情中完全掙脫出來，冥皇與他同時想到可能是不二法門殺了殞驚天，這實在有些出乎他的意料，所以當冥皇說這番話時，戰傳說怔了怔方回過神來。

冥皇接著說出的秘密，果然堪稱石破天驚。從遙遠的很難追溯的年代起，大冥王朝的歷代冥皇就已是世代相襲、以血統作爲傳承的至高無上權力的依據。

千百年來，雖然經歷了許多的風雨，但最終大冥王朝仍歷盡磨難曲折生存下來，始終保持著對樂土的統治地位。

但是誰也不知道，歷代冥皇自出生之後，就會有一種與生俱來的疾病，它如同一道無法解除的魔咒一般，永遠地依附於皇族。

這無法擺脫的頑疾，被歷代冥皇極爲憎惡地冠以「魔之吻」，認爲這種頑疾的存在，是因爲惡魔妒忌大冥王朝在樂土擁有的至高權力，爲大冥歷代冥皇留下的陰影。

「魔之吻」的力量自歷代冥皇出生之日起，每過十年爆發一次，它爆發的結果只有一個，那就是死亡！

而唯一有力量壓制「魔之吻」發作的只有劫域，但劫域卻從來沒有爲任何一代冥皇完全解除「魔之吻」的影響，他們只是在歷代冥皇每一次「魔之吻」的力量即將發作前將其壓制，但到了下一個十年，「魔之吻」卻將有可能再度發作。

如此一來，劫域便等於控制了歷代冥皇的性命，從而借此控制樂土的大局。

爲了擺脫這樣的命運，歷代冥皇暗中做了種種努力，包括暗中尋找別的途徑壓制「魔之吻」，卻都以失敗告終。

在這殘酷無法擺脫的命運的制約下，歷代冥皇不得不屈辱地每隔一段時間依劫域的吩咐，向劫域送去財物、兵器、女子，唯有滿足劫域的要求，冥皇才能保證不亡於「魔之吻」之下，而且劫域還利用這一點對冥皇頤指氣使。

誰也不知道，看似至尊至高的大冥冥皇，常常身不由己地受劫域驅使。

戰傳說聽到這兒，極度吃驚之餘，不由心生疑惑，他忍不住問道：「雖然大冥的皇位的確是世襲的，但當某一冥皇有數名子女時，難道眾皇族後裔都會遭遇同樣的命運？」

冥皇重新坐下，嘆息一聲，「你應知道雖然皇族後裔眾多，但所有皇子中，除了後來成爲冥皇的皇子外，其餘的皇子都會在十歲之前神秘失蹤吧？」

戰傳說、爻意心頭皆是一寒！

其實這件事對一般的樂土人來說，是應該早有所聞的，或者說這是眾所周知的事。正因爲這已是持續了千百年的事，所以雖然不可思議，但漸漸地卻已不爲世人所關注。

倒是戰傳說、爻意二人對此並不知情，所以很是驚詫，驚詫之餘，想到一代又一代的尚未成年的皇子，不能不接受殘酷命運的安排，難免心生寒意。

爻意道：「難道，他們都是因爲『魔之吻』而遇難？」

冥皇道：「這樣的解釋，是無法讓樂土萬民滿意的，他們肯定無法接受自己的冥皇爲劫域所控制這樣的事實，所以一直以來，大冥王朝都是宣稱皇子是失蹤而不是亡於『魔之吻』。事實上，他們也的確未亡於『魔之吻』，他們是進了劫域——換而言之，歷代冥皇的兄弟，都是出生於大冥，卻在十歲之前必須進入劫域，並不再返回樂土。」

戰傳說半晌說不出話來！

良久，他才道：「如此說來，那豈非等於說……」

冥皇未等他說完，已接過話頭：「一代又一代的皇子神秘地從紫晶宮消失，這無論是用失蹤解釋，還是以病亡解釋，都是讓人難以接受的，所以近四五百年來，大冥王朝不得不採用一種方式以化解這種難堪。那就是在諸皇子出生時，一律對外保密，而除了其中有一皇子被確定爲王位的後繼者外，其餘的皇子自出生開始，就被嚴格限制其活動範圍，直到被帶入劫域。」

戰傳說、爻意聽得目瞪口呆。

冥皇意味深長地道：「如果本皇先前沒有被立爲冥皇，那麼就將與別的皇子一樣，自出生到死亡，都身不由己。」

戰傳說皺眉道：「如此說來，現在劫域還有你的同胞兄弟？」

冥皇點了點頭。

「劫域爲何要這麼做？」

「很簡單，他們要對歷代冥皇有所約束的同時，還要保證這種約束不會因爲某一代冥皇突然死亡而中斷。事實上，二百年前，就有一代冥皇在繼位不到二年的時候意外去逝，而這時他尚無子女。在這種情況下，照理應該會出現皇族的權力被篡奪的結局，但是當時冥皇的母親卻宣稱，『失蹤』十數年的第二皇子已被找回，就這樣，一直隱匿著的第二皇子，順理成章地接替了兄長的皇位。」

戰傳說思忖片刻，「這一切內幕，對大冥王朝的形象有不少的負面影響，爲什麼要將這秘密告訴我們?難道你不擔心秘密會由我們口中洩露出去?」

冥皇淡淡一笑，「不會，因爲本皇知道你的來歷。」

戰傳說微微一怔。

「你來自桃源。」冥皇以平靜的聲音道，「桃源與大冥王朝有非比尋常的淵源，想必戰公子也知道吧？」

戰傳說遲疑了一下，頷首認同。

「桃源與大冥王朝之間有著千古契約，桃源中人不能做有損大冥王朝的事，大冥王朝亦不能損害桃源的利益──既然戰公子是桃源的人，本皇當然不會擔心。更何況，你在禪都的這些日子，本皇通過各種途徑對你作了瞭解，深知你能以大局為重，不願意看到樂土萬里疆土陷入動亂之中。」

戰傳說正視著冥皇，「你將秘密告訴我，是為了讓我相信你之所以會追殺我，是有迫不得已的原因？」

冥皇道：「不僅如此，本皇還希望你能拋卻對本皇的不滿，為大冥王朝做一件事。」

戰傳說淡淡一笑，「你覺得我會應允嗎？」

冥皇神色肅然道：「本皇自信不會看錯人，或許你對本皇所說一切並不相信，或是雖然有些相信，卻依然仇視本皇──但這些並不妨礙你答應為樂土做一件事。」

戰傳說淡然道：「該為樂土做什麼，我心中自有分寸。」

冥皇嘆道：「無論戰公子最後能否應允，都請聽本皇將話說完再作決定，如何？」

擁有至高無上權力的冥皇如此誠懇相求，讓人很難拒絕。而且，照常理推測，冥皇所說的種種內幕多半是真，因為他沒有理由編造一個對大冥王朝極為不利的謊言。

那麼，他想要戰傳說做的，又是什麼事？竟值得他悄然離開禪都千方百計地與戰傳說相見！大冥王朝人才濟濟，冥皇卻捨近求遠，定有原因。

戰傳說終於道：「既然如此，聽聽也無妨。」

冥皇此時面有喜色，似乎對戰傳說的態度非常滿意。戰傳說卻想到不久前自己還對冥皇恨之入骨，而現在卻與冥皇心平氣和地交談，難免有些感慨。

冥皇正色道：「離開禪都前，你們可曾聽說，劫域在樂土北疆犯下的血腥罪惡？」

戰傳說沒有說話，雙唇已緊緊抿起。

爻意道：「莫非大冥王朝決定要兵發劫域？」

冥皇毫不避諱地道：「這樣的決定，本皇並不是近幾日劫域殘殺千餘樂土子民後才有的，而是在發動『滅劫』之役前就有了。」

戰傳說並不否認這一點。殺了大劫主之後將可能引起的一連串反應，大冥王朝不可能沒有預見。

戰傳說直言：「大冥的實力遠在劫域之上，況且劫域血腥屠殺又失了人心，要勝劫域不難。但是，既然歷代冥皇皆為『魔之吻』所束縛，你下此決心，豈非將危及自己的性命？你真的可以不顧惜自身性命？」

冥皇感慨地道：「本皇身在權力巔峰之地紫晶宮內，所聽到的無不是歌功頌德的言語，從來沒有人如公子一樣對本皇直言質問，你這份直率，倒讓本皇覺得痛快！本皇是人非神，也有七情，豈會不愛惜自己的性命？否則就不會迫於劫域的壓力追殺你了。但劫域魔焰熾烈，視人命如草芥，如果本皇對此置若罔聞，無須『魔之吻』發作，樂土萬民也會群起而攻，那時本皇所失去的恐怕就不僅是性命了。」

頓了頓，他接著道：「現在，離『魔之吻』發作之日，尚有半年多時間，如果能在半年內消滅劫域，或許還有機會迫使他們一勞永逸地解除困擾大冥皇族數千百年的『魔之吻』，這也是本皇能下定決心討伐劫域的原因之一。」

晏聰在「滅劫」之役中立下的赫赫戰功曾讓戰傳說稱慕不已，而劫域瘋狂報復濫殺無辜的行徑，早已激起了戰傳說的義憤，如果不是痛恨冥皇無道，加上早已答應爻意要前去荒漠，他定會不遺餘力地參與抗擊劫域行列中。現在，冥皇將真相和盤托出，其坦率讓戰傳說對他的敵視消減不少，不知不覺中，戰傳說的態度已有了微妙的改變。

戰傳說的語氣不再那麼拒人於千里之外，他道：「衝鋒陷陣非我所長，即使有心恐怕也無法相助，何況樂土能人輩出，直搗劫域應指日可待。」

冥皇搖頭道：「單論力量對比，劫域的確無法與樂土相提並論，但劫域卻有獨特的地利。

其地處極寒之地，絕大部分地域都是終年爲冰霧覆蓋，對於樂土人來說，在劫域穿行十分困難，尤其是大隊人馬。劫域完全可能利用地利，在途中重重設阻，這樣一來，行軍必然極爲滯緩，補給就成了問題。時間一久，戰事被拖入冬季，對樂土就越發不利——由此看來，攻伐劫域取勝的最關鍵就是要做到速戰速決！」

戰傳說若有所悟地道：「莫非，你已有計算？」

冥皇道：「主力人馬兵發劫域目標十分明顯，被截殺是在所難免的，所以本皇就想到在主力人馬之外，另設奇兵，由精銳之士組成。主力人馬按班就緒地正面進攻劫域，吸引劫域的注意力，而另組的精銳人馬則夜行晝伏，悄然直入劫域腹地，攻其空虛，出奇制勝！」

戰傳說對冥皇的分析及所想計策頗有些佩服。

冥皇接著道：「奇兵之長，就在於奇、少、精，以劫域的環境，就算是正面進攻，也是路途艱險。另擇他途之困難就不難想像了，而且在深入其腹地後，他們將孤軍奮戰，所以這支奇兵必須人人都出類拔萃！再則，劫域對大冥王朝的情況頗爲瞭解，若這支奇兵的統領由禪戰士、無妄戰士或者六大要塞中抽調，勢必會被劫域察覺而有所防備。本皇之意，就是這支奇兵的統領，應是實力卓絕卻又並非直接歸屬大冥王朝的人擔負。」

這時，戰傳說完全明白了冥皇的意圖。

無疑，這樣的策略是頗具謀略的。

冥皇解釋道：「本皇之所以要秘密見你，並非故弄玄虛，而同樣是爲了避免劫域對你予以更多的關注。」

戰傳說心頭飛速轉過許多念頭，他已被冥皇說動了，攻伐劫域是造福樂土萬世蒼生之舉，戰傳說願意爲之盡一份力。

爻意看他神色，頓猜知其心意。她本就已勸過戰傳說暫時別去荒漠，此刻她再度對戰傳說道：「我的事不用急的。」

戰傳說看了看她，沒有說話。

冥皇道：「如果戰公子有所不便，本皇也決不勉強，只請勿將今日本皇所說的話傳出便是。」

戰傳說終於道：「我可以答應你，但我有一個要求。」

冥皇道：「要本皇查清殺害殞驚天的兇手？」

戰傳說對冥皇能夠猜中自己的想法感到有些意外，他道：「殞城主是爲我而死的。」

冥皇道：「你應該可以想到，即使你不提出這一要求，本皇也會將此事全力追查到底的。」

戰傳說相信這是冥皇的肺腑之言——冥皇既然推測殞驚天之死與不二法門有關，就不可能沒有想到如果事實真是這樣，那預示著什麼。不二法門在各方面力量關係微妙的時刻暗殺殞驚天，決不會是偶然之舉。

於是，戰傳說果斷而豪邁地道：「既然如此，去劫域走一遭又何妨？」

冥皇不無欣慰地笑了。

司命府、地司命府的司命驃騎，在樂土主要馳道上策馬飛馳，是樂土最常見的情形，無論是清晨還是黃昏。

一道道指令由禪都傳向樂土四面八方，大冥王朝專門馴養的靈鴿、靈鷂在空中劃出一道道弧線。

禪都主街上，六大要塞派出向禪都覆命的信使快步如飛，身子微躬，神情肅穆，「風……疾……」的呼聲不時響徹長街。

「叮叮噹噹……」樂土幾大鑄兵庫日夜加班趕製兵器，一雙雙肌腱鼓突的手臂，將風箱拉得像是欲飛起來，爐焰竄得老高，映射著一張張汗如雨下的臉。

厚重的城門緩緩開啓，坐忘城、卜城、九歌城……一列列兵馬開出，由不同的方向向禪都東郊外彙集。

大冥這個古老的王朝，在決定發動一場大規模的攻伐時，開始顯示出它的強大力量。

坐忘城城東「雙城之語」茶寮。

與物行很相像的劍帛人物語忙裏偷閒，將頭探出窗外看了一陣子後，又將頭縮回，像個小孩般咋了咋舌，一臉的激動與興奮：「好傢伙，恐怕有上萬人馬！刀槍亮得晃眼。這一次，劫域人也要嘗嘗無處容身的滋味了。」

茶客們知道物語是看到了由坐忘城開赴禪都的人馬，其激動與興奮透出一股小家之氣，讓人感到他定沒見過什麼世面。

眾茶客都知道物語是劍帛人，茶客們身爲樂土人，在劍帛人面前自然而然地有些高傲與自得。

雖然有不少人其實心裏也想出去看看上萬人馬開赴禪都這樣難得一見的壯觀情景，但最終都選擇了穩穩當當地坐著，臉上浮現出矜持而且不以爲然的笑容。

那樣的笑容，就像是在無聲地說：「這有什麼大驚小怪的？」

有一個茶客篤悠篤悠地用手指彈了彈桌面，微微笑道：「聽說劍帛人總共不過三四萬人，不知是真是假？」

立即便有幾人輕聲笑了，誰都能聽出此人的言外之意。

物語卻像是沒有聽出此人的嘲弄之意，很認真地道：「三萬多恐怕是有的。」

又是一陣笑聲。

茶寮一角，有一老一少低頭坐著，默默無言。

是昆吾及其師天殘！

昆吾低聲道：「沒想到坐忘城不但願意派出人馬，而且人馬還不少。」

天殘道：「坐忘城新任城主不是自行推舉，而是由大冥王朝封賜，這就等於已經默認了坐忘城仍願意受大冥王朝的約束，以後想改變這一事實也難了——何況，對付劫域是樂土人的人心所向，坐忘城沒有理由不參與。」

昆吾默默地點了點頭。

大冥將攻伐劫域之舉，如今早已成了世人關注的焦點，昆吾與天殘此時談論這些話題，也並不顯得引人注目。

接下來的話題，昆吾就不敢說得太彰顯了，他將聲音壓得更低：「道宗藍傾城已被大劫主所殺，術宗、內丹宗卻並沒有對道宗採取什麼舉措，而且道宗也顯得太風平浪靜，這著實讓人捉摸不透。」

天殘有些神秘地一笑，「你何不前往天機峰一行？」

昆吾瞪大了眼睛：「師父的意思是？……」

「沒有人知道你是天殘的傳人，所以你上天機峰不會有什麼危險，為師相信你此去天機峰，定會有所收穫。」

昆吾雖然疑惑不解，但他相信師父必有深意，也不追問。心想：師父既然這麼吩咐，那自己照辦便是，唯一的遺憾是暫時不能回坐忘城了。

或許是因爲昆吾以前對自己特殊的身分並不清楚，所以即使是現在，他對玄流的事仍不是十分熱心，始終難以將關係武林蒼穹命運的玄流三宗與自己聯繫起來。

與此相反，他對坐忘城卻有極深的情感，恐怕永遠也割捨不下對坐忘城的牽掛。

他與天殘離開禪都的目的，是爲證實石敢當是否真的死了。

一番輾轉流徙後，連昆吾自己都沒有意識到他是越來越接近坐忘城了，等他見到坐忘城巍然的城池時，心頭不免有些感慨。

由萬聖盆地北向的出口，繼續向禪都方向數十里外的一個大集鎭。

鎭子南北貫通的主街上，有數十名九歌城戰士分列長街兩側，肅穆得有如兩排雕塑。

半個時辰之前，九歌城戰士就已進入此鎭，他們騎著高頭大馬在鎭裏疾走，大聲呼喝讓所有人立即回屋，不得喧嘩，不得隨意走動。

很快，所有街道都變得冷冷清清，不見一個行人——此鎭歸轄九歌城，蕭九歌的命令在這裏能得到不折不扣的執行。

九歌城戰士的身前擺著兩列長案，案上所陳之物皆以大紅綢蓋著，也不知是什麼東西。

秋風捲著幾片落葉，從長街的南端飄飄落落地移向北端，打了個旋，又從北端向南端飄飄落落。除了偶爾落下的黃葉，長街已被吹掃得很乾淨。

「得得得……」急促的馬蹄聲終於打破了長街的空寂。

先是百餘騎呈兩列疾馳而來，騎士們甲冑鮮明，戰盔掩面，無一不是身形彪悍，目光銳利。由眾騎士的裝束一眼可以看出，他們是大冥王朝最精銳的無妄戰士！

無妄戰士的地位比禪戰士還高，平時一般都在紫晶宮內，極少離開禪都，此刻卻有百餘名無妄戰士出現，委實有些不尋常。

無妄戰士之後，是一輛以四馬拉動的馬車，四匹清一色地是白色駿馬，通體如雪，沒有一絲雜色。

車後又有兩百餘禪戰士，同樣是目不斜視，神色肅穆。

當無妄戰士快要接近時，等候著的九歌城戰士當即「呼啦啦」一下子將大紅綢布揭開，卻見長案上擺放的是乾糧、水囊、肉餅，無妄戰士馬不停蹄，只是在經過長案旁時在馬背上迅速俯身，順手一抄，就已將長案上的食物抄起，他們的速度卻絲毫沒有慢下來。

第二章　大冥英雄

自從大冥王朝決定攻伐劫域後，樂土境內就時常可見兵馬調動，這本不足爲奇，但這隊人馬卻的確與眾不同。

一百餘名無妄戰士與二百餘名禪戰士唯一的使命，就是要在明天日落之前，將車中的人送至紫晶宮。

他們所經過的地方也早已得到命令，要隨時準備爲這列由無妄戰士、禪戰士組成的規模龐大的衛隊，提供食物與水分補給，任何人膽敢攔阻衛隊的前進，皆可格殺！

馬車帷簾低垂，車中的人也從不現身，沒有人能夠猜出這支衛隊所護送的究竟是什麼人。

車內，一個年輕人正無聲地坐著，看不出他有什麼表情。

他赫然是在短時間內已名動樂土的晏聰！

面前不遠處就是車的門簾，晏聰的視線自然被門簾阻隔著，但晏聰的神情，卻讓人感到他的目光可以透過簾子望向遠方，直及禪都！

近些日子來，樂土對晏聰的慕美之詞，晏聰自也聽過不少，他相信正是因爲自己在「滅劫」一役中的表現，讓冥皇開始留意他。

這次進入禪都面見冥皇，是天司殺親自安排的，一直做得十分周密。

晏聰不明白爲什麼冥皇要讓自己趕赴禪都，此行不知是禍是福，但他自信以自己的修爲就算是深入禪都，要困住他也不是一件容易的事，更何況，冥皇也沒有任何要這麼做的理由。

在前往禪都之前，晏聰與梅木見了一面，他沒有說曾在雲江江畔聽到梅木與刑破的交談，梅木便以爲自己與晏聰是偶然相遇，頗爲激動，而刑破依舊對晏聰持不冷不熱的態度。

與梅木見過一面之後，晏聰便起程來了禪都。

晏聰對師父顧浪子有些愧疚，心頭難免就想對梅木多些照顧，以求能夠心安一些，畢竟顧浪子是梅木的舅舅。

但他與梅木如今都是居無定所、漂泊無根的人，這次匆匆一別，也不知什麼時候才能再遇。

想到這兒，晏聰不期然地想起自己的身世。他忽然發現如今除了尙可自詡的武道修爲之外，可謂是一無所有，晏聰心頭莫名一痛！

禪都紫晶宮宮門外。

守衛紫晶宮是一件看似風光，其實極爲枯燥的事，因爲冥皇的安危容不得一絲閃失，所以每個紫晶侍衛都得時時刻刻地保持高度的警惕。

如果一個人必須時時刻刻地保持戒備，那的確不是一件讓人感到愉快的事。所以紫晶宮侍衛的臉色，幾乎永遠地保持著陰冷，很少會有笑容出現。

但此時此刻，守於紫晶宮南門外的四名侍衛，卻不約而同地流露出了笑意，因爲他們見到了禪都七公子中的巢由公子。

禪都七公子都很年輕，都有著顯赫的身世。一個出身豪門的年輕人總難免有些目空一切、驕橫自恃，所以這些人也常常不那麼讓人感到愉快。

巢由公子也有些目空一切，而且他的「目空一切」比旁人更甚。

一般人所謂的「目空一切」，其實只是不將無身分無權勢的人放在眼裏，對於淩越他們的權貴卻是唯唯諾諾。巢由公子的狂妄卻像是與生俱來的，彷彿在他眼中從來就沒有「權貴」二字，口談浮虛，不拘小節，言行荒誕，常有讓人啼笑皆非之舉。

巢由公子涉獵頗多，劍術、繪畫、音律、禪術，卻無一精通，偏偏他自視甚高，對與人切磋技藝樂此不疲，只是多以敗北告終。

其中有一次與天司殺之女月狸比劍，他的劍尚未完全拔出，月狸的劍已刺穿了其衣袖，此事從此成了禪都笑談。

紫晶宮侍衛都識得巢由公子，見巢由公子一直走到宮門前仍不停步，竟是要入宮，當即有一侍衛上前笑道：「巢由公子今天氣色不錯啊，這是要進入宮內嗎？」

巢由公子點頭道：「這個當然。」

那侍衛道：「敢問巢由公子，是哪位大人約見巢由公子的？」

巢由哈哈一笑，「冥皇聽說我擅長樂理，想與我切磋切磋。而且風占關前幾日送來一冊古籍，古籍中載有武林神祇時代的古曲，可宮內無人能解，冥皇便想到了我。」

侍衛們知道巢由的性情，哪會相信？卻也不立即揭破，畢竟與巢由交談是一件頗為有趣的事。

一侍衛道：「攻伐劫域在即，聖皇雖知巢由公子精通樂理，恐怕暫時也沒有閒情雅意。」

換了面對另一個人，眾侍衛是決不敢說這番話的，但面對巢由公子卻不同。

巢由輕哼一聲，「劫域？哈哈，荒漠之地，大冥王朝談笑之間便可讓劫域灰飛煙滅，冥皇哪需日夜操勞？待我破解了那冊古曲，正好可在大軍凱旋之時獻上。」

這兒終究是禁宮重地，侍衛們也不敢與巢由公子攀談太久，當下換了一副公事公辦的面孔，「巢由公子只需將聖皇召見你的信函讓我等過目後，就可以入宮了。」

巢由對侍衛們懷疑的態度並不以為忤，他說了聲「也好」，竟慢慢地掏出一張印有皇璽的紙來。

侍衛接過一看，神色微變，趕緊退開，恭聲道：「巢由公子請！」

巢由由其中一名侍衛領著進入宮內，雖然他在禪都名氣極大，但進入紫晶宮卻還是第一次。

巢由東張西望，不時指出紫晶宮佈局的敗筆，以示他對此也頗有造詣。

領著他的侍衛不敢接一句話，只知一聲不響地在前面引路，心頭擔心著巢由公子會不會還有更驚人的言辭。萬一他興之所至，說出對冥皇大不敬的話，那可將要大禍臨頭了。

想到這些，那侍衛額頭不由滲出細密的汗珠，兩腋涼颼颼的，萬幸的是，巢由總算沒有惹出什麼禍端。

到了第二重門，那侍衛就沒有將巢由繼續往裏面引領的資格了，換成另一個年約五旬的侍衛引領巢由。

巢由見宮內門戶重重，氣象森嚴，不由嘆了一句：「身去韁鎖累，逍遙無所爲……」

未等他繼續感慨下去，那侍衛已沉聲道：「巢由公子，前面是搖光閣，聖皇就在裏面，你在此等候片刻，待我去稟奏聖皇。」

於是巢由一邊等待一邊東張西望，他是一個習慣了熱鬧的人，在這種肅穆的環境中，感到有點不適應，隱約地有一種威壓。而他是從來不喜歡任何給他人以壓力的東西的，他覺得一切都應該自由自在、無拘無束。

即使是雙相八司，在等候冥皇召見時也是恭而敬之、誠惶誠懇，唯有巢由竟心不在焉，左顧右盼。

不多時，那侍衛匆匆而出，「巢由公子隨我進殿吧。」

巢由步入搖光殿中，竟沒來由地心生蒼涼之感。搖光殿高而深，裏面卻是空蕩蕩的沒有幾個人，雖然是白天，但殿內的光線依然顯得有些黯淡。巢由看到北向居中坐著一個人，被淡淡的昏暗包裹著。

巢由知道那人定是樂土至尊大冥冥皇。他沒有與冥皇直面相對過，但作爲禪都七公子之一，以他的家世，遠遠地看見冥皇的機會還是不少的。

巢由雖然狂放不羈，但在冥皇面前他還是沒有太失禮數，當下施禮拜見冥皇。

禮畢，冥皇道：「巢由，你可知本皇召你來是爲了什麼？」

巢由道：「知道，是爲一冊載有上古樂章的古書。」

冥皇道：「不錯，但你言行無忌，胡作非爲，竟借機對宮中女樂師行不軌之舉！如此猖獗之徒，豈能爲大冥所容？本皇決定將你打入黑獄！」

巢由大驚，幾乎無法相信自己的耳朵。

一個時辰後。

馬車日夜不停地疾馳，當晏聰感到馬車行駛得格外平穩時，猜測馬車多半已進入禪都了。

他掀開車簾的一角向外看了看，但見馬車是奔馳在寬敞的街道上，街面清掃得很乾淨，街上沒有閒雜人，只有披堅執銳的禪戰士分列長街兩側，每隔五十步就有一人。

街旁店舖林立，除了禪都，沒有什麼地方再有這份繁華了。

一百餘名無妄戰士如一支利箭般向禪都縱深處直插而入，一路暢通無阻。

由外城到內城，直至紫晶宮外，馬車終於放緩了速度，直至完全停下來。

立即有人上前將車簾捲起，恭聲道：「晏公子，已到紫晶宮外了。」

晏聰下了馬車，立足於紫晶宮外，望著恢弘雄偉的紫晶宮，心頭升起不真實感。自從在萬聖盆地上了馬車後，晏聰就再也沒有下過馬車。

他下意識地回過頭望向太陽落下的方向，只見日正西斜，禪都一片彤紅之色。他果然在日落之前趕到了紫晶宮！

馬車一停，便有紫晶宮侍衛快步跑向宮內天樞殿。

天樞殿高築於一百二十級臺階之上，是紫晶宮內最高的建築。

侍衛腳步飛快，身形卻十分的穩當，四周極為安靜，只聽得他「沙沙沙」的腳步聲。

一百二十級臺階分為兩層，在兩層之間有一平臺。

此刻，平臺上正有一人長身而立，一襲華服隨風飄拂，愜意飄逸。看其容貌，留有五縷長鬚，甚為儒雅，赫然是雙相八司中的天司命。

紫晶宮侍衛快步如飛，行至平臺前，恭敬跪下稟道：「天司命大人，晏聰公子已被護送至紫晶宮外。」

天司命微微頷首，朗聲道：「請滅劫勇士晏公子入殿晉見聖皇！」

「請晏公子入殿晉見！」「請晏公子入殿晉見！」天司命的話被迅速傳至宮外。

而天樞殿緊閉著的大門也緩緩開啓，由殿內出來一隊樂士，在殿前的臺階上跪坐於地，悠揚歡悅地絲竹聲起。

晏聰被眾紫晶宮侍衛簇擁著步入宮內，所過之處，兩旁的人即躬身施禮，極為恭敬。

晏聰自出生以來就已習慣了忍辱負重，從未受過如此禮遇，但他並沒有因此而有不適感，步履穩健，神色自若，與周圍的一切顯得那麼協調。

天司命遠遠地望著晏聰，驚訝於晏聰的從容不迫——晏聰那麼年輕，又是出身寒門，突然受此恩寵，竟然如此平靜。

晏聰始終領先於其他紫晶宮侍衛一步，這些平日驕橫慣了的紫晶宮侍衛與晏聰在一起時，其氣勢完全被晏聰的光芒所掩蓋了。

天司命居高臨下、饒有興趣地望著晏聰，心中卻想到了戰傳說。

這兩個年輕人都一樣的出類拔萃。恐怕不久以後，他們的命運將會有很大的區別了，而其中的原因，當然是與冥皇這次召見晏聰有關。

晏聰也留意到了天司命，他堅信這氣度非凡的中年男子定是位高權重者，與自己身邊亦步亦趨的紫晶宮侍衛是全然不同的。

當晏聰離天司命尚有十餘步臺階時，天司命張開雙臂，像是要擁抱什麼似的，面帶熱情的笑容道：「本司命奉聖皇之命，在此等候晏公子多時了。」

晏聰心頭微微一怔，他雖然猜知對方應是位高權重之輩，但的確沒有料到會是大冥王朝冥皇之下地位最高的雙相八司之一！

那麼，他是天司命還是地司命呢？

晏聰略一轉念，便胸有成竹地道：「聖皇、天司命大人錯愛晏聰了，司命大人乃大冥重臣，在下不過無名之卒，豈敢勞司命大人等候？」

天司命很友善地笑道：「江山代有人才出，晏公子年少才俊，前途不可限量啊。」

晏聰心頭一動。

以天司命的特殊身分，在公開的場合，是不應該隨便稱他人「前途不可限量」的。一般人說出這樣的話，聽者只會將之視爲恭維客套，但大冥王朝重要的任免皆是由天司命、地司命傳達的，談及這方面話題時，天司命不能不謹慎，以免引起不必要的猜測與誤會。但此刻，天司命卻是在紫晶宮禁地對晏聰說出這樣的話，而且是在晏聰馬上要晉見冥皇的時候，恐怕就不僅僅是客套那麼簡單了。

晏聰對自己是否能真的「前途不可限量」也不十分在意，不過能得天司命如此讚譽，難免有意氣風發之感。

天司命陪晏聰一同至天樞殿前便止步了，殿內大冥群臣及侍衛足足有二百餘人，卻依舊顯得很空闊，而且寂靜得沒有一絲聲音，這使殿外的絲竹聲顯得格外清晰。

晏聰進入殿內。殿內的地面由黑色大理石鋪成，光滑若鏡，不留縫隙，有一股簡潔的肅殺之氣，頂梁高深黑沉，莊嚴莫測。

整個大殿少見奢華之物。這就是大冥王朝的風格——大冥王朝以武立國，這使大冥王朝的衣飾、建築都崇尚簡練陽剛的特徵。雖然這些年來這些特徵漸漸改變著，但在作爲大冥王朝權力中心的紫晶宮內，還是十分明顯的。

冥皇高高在上，晏聰走至距冥皇四十步，停下，跪伏行禮，起身，神情榮辱不驚，甚是平靜。

冥皇凝視著他，少許，忽然展露笑容，「你就是重挫大劫主、名動樂土的少年英雄晏聰？」

晏聰冷靜地道：「所謂英雄，是叱吒風雲、爲常人所不能爲的人物，我豈敢稱英雄？」

冥皇道：「劫域之患，乃千年頑疾，一直困擾樂土。晏公子在『滅劫』一役中奮起神威，重傷大劫主，大挫劫域魔焰，樂土萬民振奮，這就是英雄所爲！大冥律例，有功必賞——本皇現在要賜你金一千，名刀一柄！」

冥皇令下，立即有數名侍官自柱後魚貫而出，動作無聲，可見訓練嚴謹。

轉瞬間，殿上金銀堆積，更有一個長約五尺的漆盒橫於晏聰的面前。

隨後，一名侍官將漆盒打開。

盒中有一柄長刀，刀身光華內蘊，並不奪目，卻有著尋常兵器根本無法擁有的霸者之氣。

晏聰由衷地贊了一句：「好霸烈的刀！」

冥皇神色肅穆地道：「刀的昔日主人更爲霸烈，正是晏公子所說的叱吒風雲、爲他人所不能爲的人物。」

「不知誰人？」

「虛祖！」

「帝刀虛祖?!」

「不錯，縱橫三軍、笑啖虜血的虛祖！」

晏聰不說話了。

百年來，但凡用刀者，無論是僅知皮毛的刀手，還是已臻化境的刀客，沒有人會不知帝刀虛祖。

大冥王朝以武立國，朝中自然有不少絕世好手，譬如今日的雙相八司就是如此。但武道中人多崇尚自由，無拘無束，所以大冥王朝不少絕頂好手，雖有一身驚世駭俗的修為，卻置身王朝之外，並不能廣受尊榮。

而虛祖卻是一個例外。

虛祖乃百年前大冥天司危——當時，樂土與千島盟的征戰遠比如今險惡，連阿耳四國也借機發難，與樂土南疆的盜賊相勾結，頻頻滋擾樂土。

虛祖成為大冥天司危之前，大冥王朝內外交困，形勢十分危急，加之連年天災，樂土萬民頓陷水深火熱之中，虛祖便是在這種情況下臨危受命的。

確切地說，是虛祖主動請纓的。

當時的天司危被刺客刺殺身亡，地司危在一次與千島盟的血戰中被重重包圍，在突圍無望的情況下向千島盟投降，結果仍是被殺。肩負護衛樂土重任的天司危、地司危先後皆被殺，大冥王朝頓時人心浮動，形勢岌岌可危。

危難之中，當時還默默無聞的虛祖冒死攔阻冥皇聖駕，向冥皇主動請纓，要接任天司危之職，力挽狂瀾，重振大冥！

當時的情形，擔任天司危就等於將自身置於風口浪尖，根本談不上享受榮華富貴，所以沒有人真心願意接任天司危一職。

以冥皇的權力，自是可以強令一人接任，但冥皇自己也清楚，這麼做對改變當時的形勢不會有任何實際意義。所以，虛祖之舉，既讓當時的冥皇感到欣慰，同時也難免有些疑惑。如果換了天司危仍不能改變時局，那後果將更不堪設想，至少，大冥樂土的鬥志將會跌至最低谷。

虛祖知道冥皇的顧慮後，二話沒說，立即折返家中。

當他再一次出現在冥皇面前時，他的手中已多了三顆首級！

一顆是他心愛的妻子的；一顆是他的愛子的，年僅九歲；一顆是他才出生七個月的女兒的。

虛祖長跪於地，目光冷硬如石如鐵！

他嘶聲道：「我妻兒已爲樂土而亡，若我不能爲樂土戰死沙場，便愧爲人夫人父！」

那一刻，天地變色，風聲嗚咽。

見慣了多少風雲變幻的冥皇，那一刻，也不由悚然動容！

他終是答應了虛祖——自此，虛祖由一介默默無聞之輩一躍成爲擁兵千萬的天司危！

虛祖親手以藥物將妻兒的首級浸泡，以使其不腐，然後將三顆首級縛於背上，衝殺戰場。

他讓人覺得難以忍受，所有的將士對他都畏之如虎。

他的刀法簡單得無以復加，快、狠！

甚至有人覺得這已不能稱爲刀法，因爲它幾乎就是純粹的殺人技巧，每一個動作、每一點變化，都是爲了唯一的目的：擊殺對手！

千島盟一向尙武，不乏驍勇不畏死之士，但這一次，他們遇到了較之更不畏死的虛祖！

每一場廝殺中，拚殺最慘烈、雙方傷亡最多的地方，定是虛祖所在的地方。

很快，千島盟人將虛祖稱爲「死神」！

甚至有時在噩夢中也常常夢見身攜三顆親人首級、目光森寒、殺氣懾人的虛祖。

虛祖成爲天司危半年之中，組織部署了七大戰役，親自參與了三十餘場廝殺，受傷四十餘處，殺敵數百，傷敵不計其數。

千島盟在虛祖成爲天司危之前，不但已經成功登陸樂土，而且還不斷突進，佔據了頗爲廣闊的領地，並建立了幾處要塞。

虛祖任天司危半年後，千島盟建起的幾處要塞已被一一攻克，千島盟人也已被逼至海邊狹長地帶，作負隅頑抗。

這時，樂土人的鬥志已完全振奮起來了，千島盟全面潰退指日可待，而虛祖也成了樂土人心目中的英雄——只是，這個英雄太過冷酷了一點。

此時，虛祖統領大冥大軍展開了最後一役。

這一役，大冥調動兵馬十萬之眾，這還不包括不少雖非王朝將士，也自行加入戰鬥的樂土武道中人。

虛祖運籌帷幄，調遣部署得無懈可擊，可謂已將他的統兵天賦發揮得淋漓盡致。

同時，他身先士卒，一如繼往。

三日血戰，千島盟人全線潰退！

對於這場潰退，千島盟是早有預見的。

這種預見，是自虛祖成爲天司危後開始有的，因爲有這樣的預見，千島盟早已在海上部署了船隻，當千島盟全線潰退後，這些船隻便擔負著敗退者順利回到千島盟的任務。

千島盟既然已退，大冥王朝就無意再追殺了。

連年征戰，大冥樂土已元氣大傷，如果再自水路追殺，又要付出不少代價。

千島盟島嶼眾多，更擅水戰，而且造船技術也優於樂土，大冥盲目陷身水戰，顯然是不明智的，畢竟除了千島盟之外，樂土還有其他強敵環伺。

虛祖也將這一點看得很清楚，他在最後一役發動之時，就已告誡將士，讓他們在千島盟人退至海上後，就不得再追殺。

但是，當千島盟的船隻接應了僥倖未戰亡的千島盟將士駛離樂土，並已在一箭距離之外時，忽然有意外的情況發生了。

只見樂土海岸邊忽然出現一葉小舟，小舟如一支利箭般向千島盟船隻退卻的方向射去——小舟上只有一人！

初時，眾大冥王朝將士還以爲有人貪功，違背天司危之令追殺千島盟人，後來待看清那小舟上的人，竟然是天司危虛祖本人時，無不愕然失色，誰也無法明白虛祖此舉何意。

遠處，是千島盟的戰船。

與千島盟的戰船相比，虛祖所乘的小舟實在太小，高大的虛祖雖然高首而立，卻仍是不及千島盟戰船船舷那般高。在這種情形下，虛祖孤身一人接近千島盟的戰船，其危險可想而知，縱然他有絕世刀法，也無濟於事。

大冥將士面對這突如其來的變故，根本沒有時間作出更多反應，短時間內也無法派人增援虛祖。

更讓大冥將士驚愕欲絕的是，他們發現虛祖竟沒有帶任何兵器在身邊。

當虛祖飛速接近時，千島盟人最初的反應是一片慌亂，十餘艘數丈高的戰船竟不約而同地加速潰退，彷彿向他們追近的不是一葉小舟，而是一支艦隊。

待千島盟將士回過神來時，虛祖與他們之間的距離已在百步之內。

十餘艘千島盟戰船迅速組成迎戰隊列，虛祖被眾戰船呈半月形包圍了，無數的箭矢自戰船船舷伸出，目標直指虛祖。

一聲令下，矢如雨飆，虛祖根本沒有回避！

剎那之間，他已身中百餘箭，緩緩倒下，落入海中，沉了下去，失去了主人的小舟在慣性的作用下依舊向前滑行而去。

數萬雙眼睛愕然望著這一幕，這其中有樂土將士，也有千島盟將士，他們是處於相互敵對的陣營，但那一刻，他們卻同時明白了虛祖的意圖——

虛祖只求一死！

後來，有人說，虛祖與他的妻子是青梅竹馬，夫婦二人情真意切，同時更是一個慈愛的父親。早在半年前殺了自己妻兒的時候，虛祖就已抱了必死之心。

對於這一點，沒有人會懷疑，而虛祖最後的舉動，也是一個明證。

虛祖以出人意料的方式結束了自己的生命，大冥兵馬折損了最高統領，卻並未使大冥兵馬出現混亂局面，恰恰相反，數萬大冥將士心中有著莫名的悲壯之情，他們肅立於岸上，鴉雀無聲，靜靜地等待著千島盟人的反撲。

如果當時千島盟人以為大冥新折主帥會軍心大動，所以趁機反撲的話，那麼等待他們的恐怕將是全軍覆滅的結局。

千島盟似乎感覺到了什麼，他們非但沒有反撲，反而加快了潰退的速度。

虛祖從成名到被殺，不過只有半年時間，但就是這半年時間，讓他成了樂土共尊的英雄！

他在大冥王朝中是天司危，在樂土武道中卻不屬於任何名門，也沒有名號，只是在他死後，樂土武道將之尊為「帝刀」！

英雄已逝，只留下他的兵器——狂瀾！

晏聰得知眼前這柄刀竟是當年虛祖的兵器時，心頭震撼不小。

若只論鋒利、威力、名氣，其師顧浪子的「斷天涯」都不在虛祖的「狂瀾」之下。但有一點「斷天涯」卻是無法超越「狂瀾」的，那就是「狂瀾」象徵著的忠勇霸烈！

或者說，「狂瀾」已不僅僅是一件兵器，還是一種精神，一種象徵。

大冥王朝在虛祖死後，將之留下的狂瀾刀珍藏於紫晶宮內，嚴加守護，百年來再無人見過狂瀾刀。而今，大冥冥皇要將狂瀾刀賜予晏聰，其意味不言而喻。

一直很平靜的晏聰這時終於顯得有些激動了，他道：「帝刀虛祖乃真正頂天立地的英雄，我怎能與他相提並論？狂瀾刀只有虛祖配用，請聖皇收回成命！」

冥皇道：「狂瀾刀封刀百年，因為大冥王朝深知狂瀾刀內蘊大冥的精義，所以今日本皇決定將此刀賜予你，也不會是輕率的決定，而是經過了深思熟慮的。」

頓了一頓，他接著道：「除了因為你重挫大劫主，讓本皇要將此刀賜予你外，賜狂瀾刀還有另外一番用意。」

晏聰道：「請聖皇明示！」

冥皇道：「劫域滋擾樂土，殺戮無辜，大冥已決定攻伐劫域——這些事，你都知道吧？」

晏聰點了點頭。

「本皇有意以你為此次攻伐劫域大軍的統帥，賜予狂瀾刀，就是希望你能如帝刀虛祖一樣忠勇！」

晏聰頓時怔住了。

坐忘城的人感到小夭變了。

昔日活潑好動、性情豪爽的小夭不見了，現在的小夭很少說話，也很少願意出現在大庭廣眾之下。

她回坐忘城後，不再居住於乘風宮，而是暫時居住在南尉府中。

她這麼做的理由是，她已不再是城主的女兒，現在的坐忘城城主是以前的貝總管。

貝城主真誠地加以挽留，但小夭很堅決。

末了，貝城主只好嘆息道：「其實，妳父親在我們心目中，永遠是坐忘城城主，小姐又何必拘泥於這些小事？」

小夭淡淡地笑了笑，笑意縹緲如煙，一閃即逝——與從前的張揚個性恰恰相反，小夭已變得謹慎內斂了許多。

對於是否自坐忘城調撥人馬參與大冥王朝攻伐劫域的戰爭，坐忘城出現了兩種相互矛盾的主張。有的人主張堅決不派一兵一卒參與大冥王朝的戰事；另一部分人則覺得應該按冥皇之令調撥人馬。

前者的理由，當然是因為殞驚天無辜被害，冥皇難咎其責，而後者的理由則是，雖然冥皇曾極不公正地對待殞驚天對待坐忘城，但攻伐劫域是整個樂土的心願，不應該將與冥皇的恩怨與此事聯繫在一起。

雙方各有理由，相持不下，爭執之中，各種本已存在卻一直隱藏著的矛盾開始有所顯露，坐忘城已出現了一些不和諧的氛圍。

乘風宮侍衛統領慎獨主張出兵，而接替重山河成爲北尉將的孤寒及東尉將鐵風則主張不出兵，見城主舉棋不定，南尉將伯簡子因此而成決定性的因素。

伯簡子是在貝城主的提議下成爲南尉將的，當時雖然是說只要其父伯頌恢復健康，便將南尉將之位還於伯頌，但伯頌的身體卻一直沒有什麼起色。伯簡子或許是知道自己南尉將這一位置得來的方式與其他尉將有所不同，所以他做任何事情都不願張揚，以免引來妒忌的目光。

這一次，坐忘城內幾位實力人物的意見相持不下，由此，南尉將的意見便對最終的結果具有舉重輕足的影響了。

這樣的局面，既讓伯簡子暗自興奮，又有些不安。成爲舉足輕重的人物的感覺固然不錯，問題是如果他作出的決定與貝城主心中的真實想法不同，那該如何是好？

現在，誰也摸不清貝城主真正意圖如何。

像鐵風這樣的人物，那當然不會在意貝城主的意見，他只會將自己的真實想法說出。伯簡子卻不同，他根基未穩，一旦出錯，前程堪憂。貝城主能夠將他扶上南尉將這個位置，也就能夠將他自這個位置拉下來。

伯簡子甚至想私底下問一問貝城主的意見，但最終，他還是打消了這一念頭。

無奈之下，他只好向父親伯頌請教。

伯頌聽罷，長嘆一聲，久久未語。

伯簡子雖然取代了伯頌成爲南尉將，但對自己的父親還是敬重的，眼見伯頌似有不悅之色，不免有些忐忑，忙道：「父親爲何不悅？」

伯頌苦笑一聲，有些恨鐵不成鋼地道：「你既然已是南尉將，肩負了此任，就應該有自己的想法，既然有了自己的想法，那又何需來問爲父？若是你連一點自己的想法都不曾有，就更不配爲南尉將了。」

伯簡子有苦難言地道：「我……」

「你是覺得自己根基太淺，若直言不諱地說出自己的想法，萬一與城主的想法不同，就會對你不利，是不是？」

所謂知子莫若父，伯頌一下就看出了這一點，伯簡子好不尷尬，但父親既然已經說出，他索性承認了。

伯頌道：「殞城主在的時候，我們四尉將對他都萬分敬重，卻不會因爲敬重殞城主，就不敢不願說出與之意見相悖的話，殞城主也從不會怪罪我們，正因爲如此，坐忘城才能蒸蒸日上，實力與日俱增。」

伯頌的身體久病之下已很虛弱，一口氣說了這麼多，臉色變得蒼白，一時說不下去。

伯簡子見伯頌很是激動，忙道：「父親教誨得是，我讓父親失望了。」

伯頌道：「希望明天坐忘城對出不出兵，已經有了明確的意見。」

第二天，坐忘城派出了九千人馬，統領者爲幸九安。

表面上看是伯簡子明確提出應該出兵，導致貝城主下了最後的決心，但伯簡子卻隱約感到出兵其實是必然的趨勢，無論他作出的是怎樣的決定——這讓他意識到，其實他在坐忘城仍是無足輕重的，貝城主遲遲不決，並不等於貝城主難下決心，而是要將伯簡子這樣的人推至前面。

意識到這一點，伯簡子的心情難免失落。

照理，小夭對這件事應該是最關注的，但伯簡子卻感到小夭對此並不在意。

有幾次，他曾旁敲側擊地試探小夭對這件事的看法，小夭都未曾流露什麼。她在南尉府的生活，幾乎可以用「深居簡出」形容。

伯簡子與小夭年齡相仿，幼時常在一起嬉戲玩耍，小夭性情直爽，沒有大小姐的架子，可謂是兩小無猜。見小夭情緒低落，伯簡子也有些擔心，這一夜，他左思右想，還是決定去見一見小夭，勸慰她幾句。於情於理，都應如此。

伯簡子行事低調，這次也沒有帶隨從，獨自一人去見小夭。

小夭的屋中亮著燈，燈光從窗紙透出，灑在窗外清涼的地面上。

伯簡子走至門前，輕輕叩門，卻沒有回應。

他想了想，又叫了兩聲「小夭」，仍是寂靜一片，伯簡子有些疑惑，手下意識地用了點力，門是虛掩著的。

「這樣進去，是否太冒昧了？」

這麼想著，伯簡子又大聲地清咳了幾聲。

如果小夭是在屋內，決不會睡得如此沉的，但屋內仍是靜悄悄的，伯簡子心頭一沉！

對小夭安危的擔憂超過了對男女之別的顧忌，畢竟他們一起長大，有如兄妹，伯簡子再不猶豫，果斷地推門進入。

小夭果然不在屋內！

伯簡子第一個反應是立即傳令尋找小夭，但很快他便改變了主意。

他懷著頗為忐忑的心情，將屋內仔細地打量了一遍，沒有發現什麼異常的地方，擔憂之情略去。

隨後，他的目光投向了桌上的那盞燈。

燈已結了長長的燈花，不時地「劈啦」一聲，由這一點看，小夭不在這屋中應該已經有一段時間了。她會是去什麼地方？

小夭是在坐忘城長大的，對這兒的一切都很熟悉，她要離開此屋出去走走本也很正常，但連這盞燈都未滅就出去，則有些不正常了。

伯簡子略略思忖，悄然退出屋外，將門重新虛掩。

如果小夭是出去散心，應該是在南尉府的後院，那兒比較僻靜。伯簡子快步向後院走去，但進了後院，竟仍未見小夭！

伯簡子有些沉不住氣了。

後院除了花房、伙房外，還有一條通道可以通向南尉府的武備庫，本是用以貯存兵器、甲冑之類，但現在武備庫基本是空置著的。

早在數年前，坐忘城就把四大尉府的四個武備庫合併了，統一建了一個大型武備庫。現在南尉府的武備庫中，只是堆放著一些雜物，照理小夭應該不會在武備庫。

伯簡子還是決定去武備庫看一看，他擔心越是偏僻無人的地方，小夭就越有可能發生什麼意外。

當武備庫尚未荒廢時，其周圍一帶的戒備是極為森嚴的。而如今周遭卻是一片荒涼景象，連通武備庫的那條路，也因為很少有人踏足而變得十分荒涼。雜草叢生，秋露悄然滲濕肌膚，涼意沁心。

伯簡子正往前走時，小夭竟迎面走來了。

乍見伯簡子時，她並不吃驚，倒是伯簡子自己有些不自在了，他道：「我……」

小夭平靜地道：「我只是出來隨便走走。」

伯簡子笑得有些不自在，「這地方有些荒涼了，以後妳要是想出來走走，可以告訴我，我讓人陪著妳。」

小夭道：「多謝了，伯大哥也許多慮了，在坐忘城中，我怎會出什麼事？」她自小稱伯簡子為大哥，至今也沒有改。

伯簡子雖覺小夭獨自一人來這偏僻的地方有些蹊蹺，卻不再追問什麼，暗自決定以後對小夭要多加關注與關照，決不能讓小夭在南尉府出什麼意外。

當伯簡子與小夭並肩而行時，過處正有一雙眼睛妒忌地望著伯簡子，那目光有失落、有怨憤。

那是伯簡子的胞弟伯貢子的目光。

伯貢子感到自己比兄長伯簡子更配成為南尉將，他覺得伯簡子行事處處小心，唯恐得罪了什麼人的樣子未免太可笑，這豈是成大事者所應有的舉止？而伯簡子在面對是否支持坐忘城派人馬參加征伐劫域這一問題時的猶豫不決，更是讓伯貢子忍無可忍！

「他僅僅因為年長的原因而成了南尉將倒也罷了，現在居然還利用這一身分，尋機對小夭大獻殷勤！」伯貢子越想越不是滋味。

兒時小夭出落得美麗可愛，伯簡子、伯貢子都很喜歡她，在嬉戲中，也是變著法子逗小夭開心，並以能得到小夭的親近、讚許爲驕傲。

伯貢子是一個自視甚高的人，一直認爲自己的悟性、天賦都在伯簡子之上，雖然自戰傳說進入坐忘城後，伯貢子受了重挫，但這一本性卻未完全改變。

伯貢子身處一間不起眼的小屋中，站在可以望見伯簡子、小夭二人的窗前，沒有點燈，整個人隱於一片黑暗之中。

伯簡子不知道自己正被人默默地注視著，他將小夭送回房中後並未作任何逗留，便離開了小夭的屋子。

他想：明天是否該選個伶俐的侍女陪著小夭？但到了第二天，他就發現不必這麼做了，因爲爻意竟也回到了坐忘城，而且居然是獨自一人返回坐忘城。

「戰傳說爲何沒有與她同行？」包括伯簡子在內，所有人都在思索著這一問題。

與常人不同的是，伯簡子在驚訝的同時，還想到爻意回到坐忘城，必然與小夭爲伴，那麼小夭應該不會出什麼差錯了。

第三章　玄武大戰

玄武一千九百七十六年初冬，大冥王朝傳令樂土征討劫域，共調集六萬兵馬，號稱十萬，由天司危爲統帥，兵發劫域。

六萬人馬主要由五部分組成，即坐忘城的九千餘人、卜城一萬餘人、九歌城一萬五千人、須彌城一萬五千人，以及近萬禪戰士。除這五部分人馬之外，還有由一百無妄戰士與五百司危驃騎組成的衛隊負責保衛天司危。

坐忘城人馬的統領是幸九安，須彌城的統領是惜紅箋，卜城人馬的統領是單問，而九歌城則以蒼黍爲首。

幸九安是坐忘城的西尉將，以他爲統領不足爲奇。惜紅箋雖乃女流之輩，但沒有人敢懷疑她的劍法與智謀，與須彌城城主盛依的處處小心謹慎相反，惜紅箋敢作敢爲，行事雷厲風行。有不少人私下議論，如果惜紅箋欲奪盛依之位，定能得逞，當然，事實上惜紅箋從來沒有這麼做。

卜城單問早在落木四在世時，就已是落木四的左膀右臂，他的重要作用在卜城可以說無人能取代。將單問派往參與攻伐劫域之戰，從表面上看合情合理，只能證明現任城主左知己對此事的重視。但知情者都知道左知己與落木四不睦，而單問一直站在落木四一邊，所以左知己與單問之間矛盾重重。

這次左知己讓單問參與攻伐劫域之役，恐怕是爲了支開單問，從而可以放心地在卜城培植自己的勢力，待單問返回卜城時，左知己恐怕已完全掌握了整個大局。

至於九歌城派出蒼黍而沒有派其獨子蕭戒，則多少有點耐人尋味。

表面上看，九歌城對獨子蕭戒和對蒼黍是一視同仁無所偏袒的，但事實如何卻非外人所能知曉，所以對九歌城的決定，旁觀者有兩種看法。一種是認爲九歌城袒護自己的親子，因爲他知道劫域地形複雜，酷寒無比，此行必然十分凶險；另一種看法則是認爲九歌城心胸寬廣，更器重蒼黍，所以想借此機會讓蒼黍建功立業，從而提高蒼黍在九歌城的威望，以便將來名正言順地將城主之位傳與蒼黍。

持這種觀點的人堅信勝利必然屬於大冥王朝，而且是在不需付出多少代價的情況下。

蒼黍的思緒卻比旁人更爲複雜，在他內心深處，已將此次出征視爲一場煎熬。其原因就在於晏聰，因爲晏聰已被冥皇委以重任，成爲近萬禪戰士的統領人物。

誰都知道，大軍的五部分人馬中，以禪戰士這一部分戰鬥力最強，而且由禪戰士組成的兵團擔任先鋒重任，相當於大軍的箭頭。而晏聰能成為先鋒軍團的領軍人物，實是大出世人意料，也足見冥皇對他的器重。

更何況，冥皇還賜予晏聰狂瀾刀，此舉的意義不言而喻——晏聰儼然已成了熾手可熱的人物！晏聰年僅二十便有如此成就，不能不讓人刮目相看。

此事對於蒼黍而言，則有更大的影響。

蒼黍覺得是晏聰導致了他父親蒼封神被殺，雖然蒼黍不便向晏聰尋仇，卻難免心存恨意，奈何晏聰的武道修為突飛猛進，蒼黍要想向其尋找洩心頭之恨的機會越來越少。

而今晏聰不僅武道修為遠在他之上，連在大冥王朝的地位也已遠高於他，蒼黍心頭的失落可想而知。

晏聰卻沒有顧及蒼黍的感受。或者說，他能猜測到蒼黍的感受，卻無暇多加顧及，甚至是不屑顧及。

晏聰自信蒼黍這樣的人物，已無法與他相提並論，既不配成為他的朋友，也不配成為他的對手。如果不是沾了九歌城的光，蒼黍定然連今天這樣的地位也沒有。

當晏聰還沒有今日這樣的成就之時，他尚且不懼蒼黍會向他尋仇，何況現在？

想到可以當著蒼黍的面叱吒風雲、成就功勳，晏聰心頭就有莫名的快意，他忍不住想起一件事：如今，戰傳說何在？

當世年輕一輩高手中，晏聰內心深處唯一不敢輕視的只有戰傳說了。他心想：如果戰傳說不是與冥皇有難以化解的矛盾，也許，統領先鋒軍團的重任會落在戰傳說肩上，而不是他晏聰。戰傳說之父戰曲乃樂土英雄，晏聰的出身是無法與戰傳說相比的。

大軍出發之前，在禪都城外，召開規模空前的誓師大會——誓師大會上，冥皇授以晏聰以「滅劫大公」的爵位，晏聰正是以「滅劫大公」的身分擔任先鋒兵團統領的，否則以一介平民的身分擔此重任，會顯得名不正、言不順。

即使冥皇為晏聰作了鋪墊，當晏聰接過冥皇賜予代表權力與地位的絳紅色戰甲時，他仍感覺到來自四面八方的目光中所隱含的驚羨、妒忌，同時也不免有敬佩、崇拜。

誓師之後，大軍並未立即開拔。晏聰已是禪都新貴，不少人見他如此年輕已有今日地位，猜測其前途將不可限量，故爭先恐後地與晏聰籠絡情感，每天都有宴席在等待著晏聰。

晏聰應對得十分得體，能拒絕的，他都盡可能婉言相拒，實在推脫不過的，也會先向天司危稟報請准——他沒有被目前的風光沖昏頭腦。

縱然如此，晏聰仍是在短短數日間，見識了什麼才是真正的豪族名門的生活，其奢華與氣派會讓如晏聰這樣出身平凡的人，不由自主地對自己以往的生活產生懷疑與否定。

樂土北境的子民曾受盡劫域人滋擾之苦，當大冥大軍北上時，沿途百姓無不夾道相送，並獻上美酒與魚肉，這使大軍上上下下備受鼓舞，士氣空前高漲。

尤其是當盤踞於樂土北部邊境的幾支劫域的小股人馬在大軍北上時望風而逃時，作為統帥的天司危相信這是大軍將會所向披靡的徵兆，當即將此事當做捷報報與禪都。

出了樂土，進入劫域的領地後，自是再也沒有樂土百姓夾道贈送魚肉美酒，大軍開始面對異常的平靜，整整兩天兩夜，除了行軍還是行軍，沒有任何的意外發生，更不用說受到劫域人的滋擾侵襲。

這看來是好事，其實過於平靜反而會讓軍隊的士氣開始回落。劫域地廣人稀，常常一連數十里不見有人活動過的跡象，更不用說見到村鎮了。

途中休息造飯時，天司危在二十餘名司危驃騎的簇擁下巡視各路人馬。自成為天司危以來，他還是第一次親自指揮如此大的戰役，自是希望戰績彪炳，當他感到大軍士氣有些低落時，趕忙親自巡視，以振士氣。

「劫域總共不過二萬餘人，加之大劫主又已被殺，他們怎敢再與我大冥的大軍對抗？劫域地域寬廣，只怕劫域人會利用這一點回避鋒芒，不肯與我們交戰，我們空有壓倒性的優勢力量也無濟於事了。」

當天司危經過九歌軍團的營地時，聽到了這樣的議論聲。

說話者是九歌城的一名低級將領，他正指揮著幾個九歌城戰士起灶，背對著天司危這邊，顯然沒有發現天司危一行人的到來。

那幾名九歌城戰士卻發現了，神色都變得有些緊張。天司危若是以方才那低級將領的言論爲依據，將他們扣上「動搖軍心」的罪名，也不是毫無理由。

其中一人向那低級將領努了努嘴，低級將領回首一看，臉色變了變，暗叫一聲：「不好！」

此人倒也有些骨氣，雖然擔心，卻並未表現得過於懼怕，忙領著那幾名九歌城戰士一起向天司危施禮。

天司危並未動怒，他甚至笑了笑，望著那低級將領道：「若劫域人真的如你所說的那樣，回避我大軍的鋒芒不肯交戰，我們該如何應付？」

那低級將領只不過是在九歌城戰士面前顯示自己有謀略而已，當天司危要他說出對策時，他是無論如何也說不出來的。不過他倒算機靈，很快就回過神來，「天司危大人定已成竹在胸，屬下怎敢班門弄斧？」

天司危哈哈一笑，並沒有再說什麼，向身邊的人打了個手勢，自顧離去，留下了目瞪口呆的九歌城戰士。

無論是否真的胸有成竹，以天司危的身分，又怎會對一些地位低下的普通戰士細說？

事實上，天司危對於這一問題並沒有應付的良策，此次兵發劫域的目的，不是爲了攻城掠地，而是要從根本上將劫域徹底消滅！如此一來，如何吸引劫域人正面交戰便成了至關重要的問題。

而自大軍進入劫域境內這兩天的情況看，劫域人似乎已摸透了大冥王朝的意圖，竟一次也不肯出現。

如今的大冥大軍就像一隻握緊、飽蓄力量的拳頭，想要全力擊出，卻遲遲不見目標出現。回到帥營，天司危立即傳令，爲先鋒兵團配備最好的戰馬。先鋒兵團備足三日的糧草，除必要的武器裝備外，其餘輜重一律拋下，即刻全速前進，直插劫域腹地，以儘早找到劫域有生力量爲重任。

給先鋒軍團下達這樣的命令，固然可以促使晏聰的先鋒軍團全速前進，但相應地也會造成先鋒軍團與主力軍的脫節，給劫域人圍殲先鋒軍團的機會，陣形的前後脫節實是兵家大忌！

天司危不會沒有想到這一點，但在他看來，這是唯一有可能吸引劫域人出戰的辦法。

一旦劫域人感到大冥先鋒軍團孤軍深入有利於圍殲，就極可能沉不住氣主動出擊。在人數上，先鋒軍團不到萬人，而劫域人有二萬餘，而且還佔有地利，有著不少優勢，但先鋒軍團主要是由禪戰士組成，戰鬥力驚人，就算不能勝過劫域人，至少可以與對方相峙一段時間，這就給了大冥主力銜尾追擊創造了條件。

可以說，晏聰的先鋒軍團，就是天司危拋出的一塊誘餌，但劫域人會不會試圖吞下這塊誘餌？天司危也毫無把握。

命令傳出之後，天司危才忽然想到了一件重要的事情，臉上不由展露笑意。他知道自己拋出的誘餌，劫域人一定會吞下的，其原因就在於先鋒軍團的統領是晏聰！

大劫主的死，很大程度上是因爲晏聰的緣故，當晏聰孤軍深入的時候，劫域又怎會放棄爲大劫主復仇的大好機會？

想到這裏，天司危不由精神爲之一振。

作爲先鋒軍團的統領，晏聰在此次攻伐劫域的戰役中的重要作用是不言而喻的。眼下僅憑他那驚世駭俗的武道修爲是不夠的，他要設法讓近萬禪戰士的戰鬥力全面發揮。

禪戰士的個人作戰力絕對比大冥普通戰士強，但在大規模的戰役中，單兵作戰力的強大，並不一定就等同於整體戰鬥力的強大。晏聰明白這一點，問題在於他雖然明白這一點，卻沒有任何統領千軍萬馬的經驗。如果僅僅只有勇猛，那麼這支近萬人的先鋒軍團所能做的，唯有在冰雪皚皚的劫域闊野裏漫無目的地前進，直到被自己拖累得筋疲力盡。

對於晏聰來說，與其他軍團統領不同的是，他是一個從未直接爲大冥王朝效命的武道中人一下躍升到這一位置的，身邊沒有一個親信。

既以晏聰爲先鋒軍團的統領，天司危也爲晏聰挑選了幾名偏將與幕僚，但幾天相處之後，晏聰並未發現這幾人有何過人之處。

現在，晏聰迫切需要一場痛痛快快的勝利，以樹立自己的威信。

正因爲如此，對天司危讓先鋒軍團加強前進的命令，晏聰是樂於接受的。

同時，他也清楚地意識到這也是一個很大的挑戰。天司危只讓他們留足了三日糧草，這便等於要先鋒軍團在三日之內，必須找到劫域的主力。

以晏聰對劫域的瞭解，他知道由此處前往劫域普羅城，有三天的時間是足夠的，問題在於直撲普羅城是否就一定能遭遇劫域的主力。

晏聰沉吟良久，發出了自他爲先鋒軍團統領以來第一條重要指令：精選百名禪戰士分作十組，以十里範圍爲半徑，以先鋒軍團主力爲核心，全面出擊！一旦發現劫域人馬則立即與先鋒軍團主力聯絡。

作此安排後，先鋒軍團即依天司危之令，立即加速前進。

劫域境內地形大多比較平坦，但由於冰雪終年覆蓋，無論是騎兵還是步卒，都只能沿著大道前進，而決不適宜全面推進。

晏聰勒馬立於一座小山岡上，望著不見首尾的浩浩蕩蕩的隊伍，心頭竟沒有多少豪邁之感。

坐騎在他身下噴著熱氣，熱氣被刺骨的冷風一吹，又立刻變成了白茫茫的冰霧。

晏聰撫摸了一下自己冰涼的臉，對身邊的人道：「如果劫域人刻意避戰，大冥倒不妨採用其他策略。譬如攻下普羅城後派精銳人馬長駐普羅城，以普羅城爲據點追剿劫域人。在這樣冰天雪地的環境裏，劫域失去依據點，絕難久撐。」

他身邊的人紛紛點頭附和。

傍晚時分，先鋒軍團進入一片相對開闊的地帶，晏聰下令紮營，並嚴令每個人睡前務必用有薑汁的熱水燙洗手腳。

沒想到這一命令傳下去不久，就有一名負責管理先鋒軍團武備後勤的將領匆匆趕來見晏聰，此人名爲藍橋，年逾四旬，頗有行軍征戰的經驗。

藍橋一見晏聰，便急忙道：「滅劫大公，劫域境內極少有草木，想要僅僅依靠在行軍沿途伐木取火，根本無法辦到。而且還會耽擱前進速度，加上沿途溪泉皆遭冰封，連用水也必須以薪火融化冰雪，如果再燒沸水燙洗手足，那麼不出兩日，我等將無柴草起灶生火。」

晏聰一怔。他之所以傳出此令，是擔心部下被凍傷，本以爲自己考慮得夠周到了，沒想到事情根本不像自己想像的那麼簡單。

晏聰不由心頭一陣煩躁，他有些不耐煩地道：「不如此，若將士凍傷影響戰鬥力豈不更棘手？」

藍橋道：「劍帛人原先曾是生活在與劫域相連的劍帛國，亦屬寒冷之地，所以劍帛人便以十數種草藥製成了一種膏，名爲『無憂膏』，將無憂膏塗於手足裸露部位，可防凍傷。當年劍帛人僅靠出售無憂膏便賺了不少。後來劫域人侵入劍帛國，帶走了一批能製無憂膏的工匠。如今除了劫域或許還有能製無憂膏的匠人外，其餘的恐怕已漸漸失傳了。」

晏聰明白了藍橋的意思，卻也因此而更為疑惑，他道：「既然已失傳，你又為何提及此事？」

藍橋道：「屬下的意思是，寧可讓部分將士凍傷，也不能使整支先鋒軍團在饑餓中作戰，只要一鼓作氣攻下普羅城，等能找到被劫域人劫持的劍帛人的後人，那時再醫治也不遲。」

晏聰已有些被藍橋說動了，卻聽另一人道：「大公萬萬不可收回成命！」

晏聰一看，卻是嵐顯，是奉命輔佐晏聰的四員戰將之一。

嵐顯道：「頻頻更改軍令，將有損大公威望，更何況沒有薪禾，還有黑火石可用。」

「黑火石?!」晏聰不解地道。

「不錯，劫域境內產有一種岩石，此石黝黑發亮，可以燃燒，火力較之柴禾更猛。只要找到黑火石，就算與劫域相持更長時日，也不成問題。」

晏聰轉向藍橋道：「劫域是否真有黑火石？」

藍橋點頭道：「確有此石，不過都為冰雪覆蓋，開採不易。」

晏聰道：「諒也不會太難。」

藍橋見晏聰心意已決，便不再多說什麼。

小小的一場爭議，讓晏聰意識到出征劫域須得面對千頭萬緒，一旦陷入持續作戰中，不知還會遭遇怎樣錯綜複雜的局面。

半夜，晏聰正朦朧入睡，忽然被一陣嘈雜的喊聲驚醒，他立即翻身坐起，提刀在手，衝出營外，大聲喝道：「何事喧嘩？」

一侍衛飛奔而來，跪下道：「稟大公，西營起火了！」

晏聰心往下一沉，沉聲道：「是糧草起火了？」

西營正是囤積糧草的地方。

那侍衛道：「其他兄弟已前去查看……或許正是糧草起火了。」

晏聰朝西向望去，但見火光沖天。憑直覺，晏聰相信定是糧草起火了，也許是因為他聯想到白天的那場爭議。

果然，只見藍橋跌跌撞撞地跑來，臉色蒼白地跪於晏聰面前，嘶聲道：「所有糧草……已被付之一炬……」

晏聰目光淩厲若劍，逼視著藍橋，幾乎是一字一頓地道：「此刻你應是在西營救火！」

藍橋聲音嘶啞地道：「沒有用了……這是有人縱火而非失火，糧草薪禾上被潑了一層油，火勢一發不可收拾，營地周圍只有積雪，沒有江河，根本無法撲救。」

晏聰面色如霜！

「難道劫域人久久不露面，卻一出手便是直取我要害？」晏聰飛速轉念，「但這一帶地勢平坦，我又曾叮囑務必要加強巡守，嚴防劫域人發動襲擊。照理劫域人絕難得逞，就算得逞，也不可能立即能夠全身而退，卻不被阻截。」

想到這裏，晏聰心頭猛地升起一個念頭，這個念頭讓他暗自打了個冷戰。

火終於滅了，但並不是被撲滅的。

當晏聰趕到西營時，眼前的情形讓他明白藍橋所言並不假，這場大火根本無法撲滅。

現場已零亂不堪，晏聰曾是最擅長追蹤術的六道門弟子，此刻也難以發現有價值的線索。

沒有糧草，就算即刻出發趕往普羅城，也將成爲一支又睏又餓之師，晏聰別無選擇，只有向天司危請求暫緩前進速度，等得到後援再發兵。

專門用於大軍數路軍團聯絡的靈鴿，在晏聰的目送下向南飛去。

劫域普羅城百戰殿的主殿內。一身材高碩、膚色白皙的中年男子，將一幅圖在他身前的長几上徐徐展開。此人即劫域四將中最後一名倖存者——幽將。

大劫主已亡，劫域的大局理所當然由幽將把持。

圖是一幅地圖，圖的中央有城池模樣的標識，旁邊以朱色寫著三個字——普羅城。

幽將提起筆，自圖的下方拉出一條粗黑線，然後一直往上延伸，直至迫近普羅城，終於頓筆，順手一勾，勾勒出一個大大的箭頭。

「大冥王朝的人馬前進速度極快，其先鋒軍團已與主力脫節，看來此次尊釋是勢在必得了。」

尊釋乃冥皇未加冕登基前的稱謂，劫域的人卻至今仍直呼此名。

幽將將目光自地圖上抬起，掃視四周，接著道：「陣形前後無法呼應，乃兵家大忌。大冥王朝中人一向以熟悉兵法自詡，自以為是天下兵家宗主，未料卻犯下如此低劣的錯誤。看來大冥雖來勢洶洶，卻並非無懈可擊！」

立即有人應和道：「聽說大冥先鋒軍團的統領，是一個叫晏聰的年輕人，大劫主之死，與此子有很大關係。我們不妨就借機一舉擊潰大冥的先鋒軍團，拿晏聰的人頭祭奠大劫主！」

「對，以晏聰的首級祭奠大劫主！」

一片叫囂聲中，忽聞一平緩的聲音道：「除非用我之計，否則要除晏聰決不容易。」

語氣不疾不徐，卻有神奇的力量，讓殿內眾人一下子安靜下來。

眾人的目光聚於一人身上。

此人衣飾樸素無華，但除了眼神過於陰鬱外，絕對稱得上氣宇軒昂，最奇怪的是，從五官特徵來看，他並不像是劫域人，反倒像是樂土人。

幽將望著那人，不動聲色地道：「你是覺得劫域勇士，連大冥的先鋒軍團都勝不了嗎？」

那人淡淡一笑，「如果我沒有猜錯的話，大冥的統帥天司危之所以會任憑先鋒軍團與主力脫節，並非他太昏昧無知。恰恰相反，這定是其策略——或者說，這是尊釋的策略。他們願意以晏聰爲誘餌，引我們出擊。在他們看來，劫域必然會仇視晏聰，晏聰促使大劫主被殺，如今又步步緊逼，劫域定無法忍受！以如今大冥王朝與劫域力量對比來看，一旦劫域與大冥的先鋒軍團正面對決，就正好中了尊釋與天司危的圈套。晏聰本是樂土無名小卒，卻能夠一夜之間成爲大冥王朝重臣，這看似是由於晏聰在圍殺大劫主時起了重要作用的緣故，其實更重要的原因應該是尊釋想利用晏聰。晏聰越年輕氣盛，越想急於表現自己，尊釋計謀成功的可能性就越大。損失了晏聰，對尊釋而言，根本不足掛齒，但劫域恐怕就會爲此損失不少的力量，畢竟晏聰的修爲實在不可小覷！」

幽將目光一寒：「劫域決不會畏懼什麼，晏聰的人頭，我們是要定了的！」

那中年男子道：「要殺晏聰同時又將劫域的損失減至最低，就必須借助一個人！」

「誰？」幽將沉聲道。

那中年人自信地一笑，緩緩地道：「當然是我。」

殿內一陣讓人窒息的沉默。

幽將倏而大笑，笑聲振耳發聵，眼神中滿是譏嘲：「哈哈哈……真是可笑之極！如果尊釋沒有發兵，你還有用處，可以讓尊釋知道若他敢背叛劫域，就將死於你們大冥皇族所稱的『魔之吻』，而你則取代其地位。但如今尊釋既然已經明目張膽地發兵，就說明他已不再顧慮『魔之吻』。我雖對他為何不懼『魔之吻』發作的原因不得而知，但有一點是肯定的，那便是你已不再有昔日的利用價值！一個已無足輕重的人，竟敢如此狂妄，實是可笑！」

那中年人神色依舊從容，他以平靜的目光望著幽將道：「如果劫域真的覺得我毫無利用價值，此時我就不會在這兒了。」

頓了一頓，他目光掃視眾人後方道：「相信諸位對眼下劫域的情形應該很清楚了，大劫主已亡，四大戰將僅存幽將，除了與我聯手，你們已別無他途！」

幽將霍然起身，殺機畢露地道：「你不過隻身一人，其身分與劫域的地下囚無異，根本不配提『聯手』二字！」

中年男子冷笑道：「不錯，自九歲進入劫域以來，我的地位就有如階下之囚。你們可知為什麼當年被帶入劫域的是我而不是尊釋？」

不待他人回答，他已自顧接著道：「那是因為我比尊釋更出色！你們擔心如果讓我留在樂土並成為冥皇以後將無法約束我，所以你們選擇了比我平庸的尊釋留在樂土，而將我帶入劫域！」

他的眼神忽然變得無比的自負，神情有些狂野，眼中似乎有兩團火焰在燃燒：「雖然我尊嚣是隻身一人，但我有無人能及的智慧！當今之劫域，要麼選擇與我聯手，要麼只能選擇滅亡！」

如此狂妄的言語立時在殿內激起軒然大波！

尊囂九歲便被劫域人自樂土紫晶宮內帶至劫域，一直是屈顏卑膝地活著。只要樂土冥皇不出什麼意外，他就將在劫域默默無聞地終老一生。這樣的人，忽然間說出如此驚人之語，豈不讓劫域人驚駭不已？

殿內一銀盔劫士勃然大怒，當即向幽將道：「既然此人已毫無用處，就讓屬下殺了他！」

幽將掃了那銀盔劫士一眼，復而對尊囂道：「要取你性命我們無須動手，只要任『魔之吻』在你身上發作即可。不過，在作出這一決定之前，我倒想聽一聽你有什麼辦法可以應對大冥大軍。」

尊囂道：「僅憑口舌，你們未必會信服，我尊囂更願意以事實說話。晏聰所率先鋒軍團的所有糧草將會被付之一炬，而這就應歸功於我。相信這一消息傳到普羅城後，你們應會改變看法。」

「本將倒想看看你如何讓大冥先鋒軍團的糧草付之一炬。」幽將道，「樂土人深入劫域，最要緊的就是補給，再愚蠢的人也明白這一點……」

話音未落，有銀盔劫士匆匆入殿，向幽將稟報道：「樂土先鋒軍團忽遭變故，他們貯放糧草的西營突然起火！」

幽將萬分驚訝地「哦」了一聲，以極複雜的眼神看了看尊囂，隨後對那銀盔騎士道：「此事確切無疑？」

「那場火燃燒得相當烈，數里之外也能看見火光。」

幽將難掩興奮地道：「樂土人先鋒軍團糧草被燒，一定不敢繼續全速前進，這對我劫域將十分有利！」

「幽將是指劫域可以有更充足的時間疏散回避吧？」尊囂的語氣越來越鋒芒畢露了。

此次殿前議事之所以讓尊囂參與，幽將的本意只是想讓尊囂領著工匠鑄造一些防守器械。尊囂自從九歲進入劫域後，予他人的印象是沉默少言，與世無爭，他唯一樂此不疲的事，就是向劫域的工匠討教製造各種器械的技術，而且在這方面頗有悟性。

劫域的工匠大多是自劍帛國擄來的，也有一部分是樂土人，幽將覺得用同樣不是劫域人的尊囂來管制他們更為適宜。不曾料到一向沉默少語的尊囂竟一鳴驚人，而且他的自負與咄咄逼人，讓人感到了他與先前已判若兩人。

幽將心頭有怒焰升起，卻強行克制住了。尊囂的預言竟然得到了印證，這不能不使幽將對他刮目相看。

「也許，劫域度過此次危機的關鍵，竟會是在此人身上？」幽將默默思忖。

幽將沒有理會尊囂揶揄的語氣，他道：「樂土人糧草被焚，真的與你有關？但你本人一直在普羅城，與樂土中斷聯繫已有三十年了。」

尊囂高深莫測地一笑，「如果你夠膽識讓我尊囂放手一搏，我將給劫域以更大的驚喜！必讓尊釋的十萬大軍有來無回！」

幽將道：「你本是樂土人，為何反而要對付樂土？」

「很簡單，這是我取代尊釋的最好機會，我不會錯失良機的。」

幽將果斷地道：「好，本將就給你證實自己實力的機會！只要你能消滅大冥的先鋒軍團，劫域便助你取代尊釋成為新的冥皇——破大冥的先鋒軍團，你需要多少人馬？」

尊嚣胸有成竹地道：「二千足矣！」

幽將目光一閃！

大冥先鋒軍團有近萬人，且是由精銳的禪戰士組成，尊嚣竟稱以二千人可破，這是否過於狂妄？

殿內不少人顯然對尊嚣根本不信任，但沒等他們作出反對，幽將已道：「本將就讓你統領二千劫域勇士前往破敵——你準備何時出擊？」

尊嚣道：「不急，我們還可再休整半日，今夜出發即可。」

幽將一震，沉聲道：「要消滅晏聰的人馬，務必要在他們與樂土主力會合之前，再休整半日，如何來得及？」

尊嚣道：「幽將之所以有此擔憂，是因為相信晏聰的糧草被焚後，會減緩進軍速度以求得到主力的支援，但我的判斷卻是與此相反——我們只需以逸待勞即可。」

幽將惑然道：「你是說晏聰反而會全速逼近普羅城？」

「必然如此！」尊囂道。

「擁精兵萬人之眾卻遭劫域流賊焚燒糧草，爲將者難咎其職！焚糧之舉乃劫域緩兵之計，若停滯不前，則恰恰中其計謀。本司危希望滅劫大公加速前進，此舉定出乎劫域預料，一鼓作氣，直搗普羅城，將功折過。」

晏聰又將天司危的回覆仔細看了一遍，仍是難以相信天司危竟會下達此令。

「此去普羅城還需多少時間？」晏聰向身邊的人問道。

「若是騎兵，還需十二個時辰。」

「步兵呢？」

「十個時辰。」

「哦？爲何兩者相差很少？」

「途中有不少冰坡，騎兵的速度並不能得到發揮。」

晏聰若有所思地點了點頭，「天司危有令，要先鋒軍團繼續全速前進，不得延誤，諸位看法如何？」

眾人面面相覷，一時沒有言語。誰都明白在糧草盡失的情況下，再全速前進定會處於相當不利的境地。首先軍心、士氣就有問題，但天司危既然已下達此令，先鋒軍團是不可能抗令而行的。

「但憑大公定奪。」眾人將這棘手的問題又重新拋還給晏聰。

晏聰沉吟了片刻，「先鋒軍團共有騎兵多少？」

他雖然是先鋒軍團的統領，但畢竟是倉促受命，對具體事宜並不瞭解。

「約三千。」

晏聰點了點頭，「我有兩全之策了。」

尊囂領著二千人馬離開普羅城，消失於夜幕下。

幽將駐足於通向百戰殿的石階上，神色凝重。

劫域四大戰將中，以幽將最爲多智。正因爲如此，當大劫主、恨將、哀將、樂將相繼被殺之後，幽將總攬劫域的大小事務並未遭到他人的抵制——如今，也唯有幽將有這樣的勇氣與威信敢獨撐大局了。

不過，對於幽將竟真的將賭注押在尊囂的身上，不少人是難以接受的，只是尚未有人公然反對罷了。

「你放心，無論尊囂是成是敗，晏聰都難逃一死。」一個幽將無比熟悉的聲音在他身後傳來，當他聽到這聲音時，整個人幾乎完全僵住了，神情極度驚愕。

良久，幽將才緩緩地、緩緩地轉過身，動作是那麼的遲緩，彷彿如此簡單的動作，卻要他付出極大的努力。

幽將所看到的是一高大無比、氣勢逼人的男子，此人雄魁絕倫的身軀讓人感到他有如天神！

幽將很吃力地咽下一口唾液，他感到有些口乾舌燥，心頭萬般滋味飛速閃過，一時間竟無法分辨得清。

他的唇嚅動了幾下，似乎想說什麼，卻久久說不出話來。

忽地，幽將猛地跪了下去，嘶啞著聲音道：「大劫主，真的是你嗎?!難道屬下是在夢中不成?」

那居高臨下、氣勢逼人的男子，不是大劫主又是何人?!

幽將忽見到早應隔世爲人的大劫主竟不可思議地出現在自己面前，心頭之驚愕可想而知。

廣袤無邊的劫域原野，冰雪在夜色中映射出幽幽的銀色光芒，萬籟俱寂！天地間寂靜得像是在混沌初開的遙遠年代。

「沙沙沙……」忽然有極爲輕微而細密的聲音響起，就像是一陣風掠過了鋪滿枯葉的地面般。

夜色中，忽然多出了一些白色的身影，以極快的速度往北向掠去。他們的衣衫與冰雪同一色調，若非此時是在飛速掠走，定很難將他們與劫域的冰雪區分開來。

正當這些人無聲無息地向北掠行之時，忽聞其中一人壓低聲音道：「稍等片刻，我有話要說。」

所有的人很快停住身形，並迅速圍成一個小小的圈子。

這些人約有四十人，皆一襲白袍，連頭上也戴著銀白的面罩，使其真實面目掩藏於面罩之後。

「巢由公子，什麼事？」其中一人問道。

其中一個白袍人慢慢地蹲坐下來，「還有一個時辰天就要亮了吧？我們該停下歇息了。」

此人被稱做巢由公子，莫非就是稱為禪都七公子之一的那個巢由公子？

「巢由公子，晏聰的先鋒軍團一路疾進，如果在他們已與劫域交戰時我等尚未接近普羅城，就有些不妙了。既然還有一個時辰天才亮，我們就應該利用這一個時辰再緊趕一陣。」有人低聲催促巢由。

巢由卻依舊坐著，「花犯，難道你沒有感到空氣又濕又悶？」

這一行人正是冥皇為對付劫域設下的奇兵，戰傳說亦在其中，另外還有來自紫晶宮的侍衛及其他好手。奇怪的是，巢由公子、花犯竟也在這支小小的隊伍之中。

花犯道：「是又如何？」

「空氣又濕又悶，是欲降大雪的先兆啊。」巢由公子道。

花犯奇怪地道：「降雪了又如何？」

巢由道：「劫域降雪可非同小可，定然是天地蒼茫，就算我們在白天出發，也不會有人發現我們的。」

花犯道：「但若是天亮之後並不降雪豈不麻煩了？」

巢由公子「哧」地輕笑一聲，不以爲然地道：「這也不能怨你，你並非禪都人，自然不知道禪都有一個上通天文、下曉地理的巢由公子。」

自禪都出發後，花犯對巢由那漫不經心的性格已頗有微詞了。他是四大聖地的傳人，秉承了四大聖地嚴謹的作風，與巢由的性格謂稱格格不入，而巢由在這種關鍵時刻還大談不著邊際的話，饒是花犯性情寬厚，也有些氣心了。

他正待催促，戰傳說已搶先道：「花犯兄弟乃九靈皇真門傳人，自是內家修爲根基深厚，並非人人都能如此的，你就讓巢由公子歇息一陣吧。」

巢由公子笑道：「想使激將法嗎？嘿嘿，其實我是覺得大冥以十萬之眾對付劫域，優劣明顯。我等實在無須疲於奔命，等到普羅城被擊潰了，我們再戮殺幾個劫域人，即可向冥皇交差了。」

戰傳說暗自好笑，真不明白冥皇為何偏偏選中了巢由公子。

這時，一紫晶宮侍衛道：「巢由公子不是常常感慨『士未能生於神祇時代』嗎？我們紫晶宮的兄弟本都相信以巢由公子這等人物，若是在神祇時代，真的能有一番轟轟烈烈的作為……」

巢由公子一躍而起，掃了眾人一眼，「這個自然，不必在神祇時代，便是現在，我也同樣可以有驚天動地的作為！」

說到這兒，他忽然有些狡黠地一笑，續道：「但這與是否日夜兼程趕往普羅城又有什麼關係？」

花犯有些哭笑不得。

千島盟盟皇神情深若秋水，淡若微風，像是這個世間不再有任何可以讓他心動的東西。

小野西樓垂著頭，大盟司和盟皇議事本不是她應該旁聽的！但盟皇卻留下了她。

「小野對此次樂土出征大劫域有何看法？」盟皇的目光深不可測地投入小野西樓！

小野西樓沉默片刻，「臣以為我進入樂土最大的障礙就是卜城。卜城若破，必可大挫樂土意志！此次樂土出兵大劫域，卜城也抽調出了兵馬！這是天賜良機。」

「我們想到了這一點，冥皇又怎麼會想不到這一點，卜城就算被調走了兵馬，但也一定加強了城防。他們依城而守，只怕此次勞師遠征並不太合算。」盟皇淡淡笑道。

「但有一人可助我千島盟！」小野西樓道。

「何人？」大盟司一喜。

「勾禍。」

大盟司緩緩地道：「此人雖武功超凡，但卻性情古怪，且狂傲不可一世，只怕未必會對我們有所幫助。」

「勾禍對樂土滿懷怨恨，仇恨會使人瘋狂，他需要我們的力量爲他報仇。只要能說服他出手，卜城將進入前所未有的危機之中。況且，卜城左知己能得到城主之位置，其中還存在著外人無法得知的秘密。」小野西樓胸有成竹地道。

大司盟沉吟不語。

片刻後，盟皇朗聲笑道：「本皇果然沒有看錯人。我想把這件事交給妳去做，妳再爲本皇去一趟樂土，可願意？」

小野西樓道：「盟皇所託，小野當萬死不辭。」

「如果我沒有估計錯的話，在三個時辰內必將有一場大雪。晏聰不會放過這可避人耳目的行軍時機！而這時候便是我們最佳的出手時間。」尊矚環視了一下身邊的幾人，嘆了口氣道，

「想不到我來自樂土，今日卻要帶著異域的兵馬殘殺我的同胞。」

尊囂邊上的幾位劫域高手冷冷地望了他一眼，對他的話並不置可否。事實上，在這些人的眼裏，尊囂不過只是一個階下之囚，根本沒有資格做他們的統領。不過是幽將的決定，他們只得遵從。況且，劫域已陷於絕境，尊囂已是他們最後的希望。

尊囂並沒有看他們的臉色，但卻知道這些人的心中在想些什麼，所以收回話題，漠然看著身邊那瘦高的漢子道：「幽戰，你帶五百強弩手伏於側嶺之北，敵兵到來前，不得移動半步！」

幽戰並無反對，他是幽將的弟弟，知道此次幽將的壓力。

尊囂又道：「以響箭為號，若見響箭升天，你們便可出擊，但一擊而退決不可戀戰！若你能將敵人引至貪狼坡，那麼此次就算你們大功告成！」

「幽戰領命！」幽戰無多餘的話，說完便領著一隊人馬向側嶺飛馳而去。

尊囂環視了一下眾人，嘴角邊浮起了一絲難測的笑意。

「司危大人，晏大人的前鋒軍與我們中斷了所有聯繫！」一騎探馬飛速趕到天司危的座前，惶然道。

天司危臉色微變，望了望灰濛濛的天幕自語道：「好大的一場雪！」說完將目光移向幸九安：「西城尉對這件事有什麼看法？」

「屬下以為，此大雪封天的氣候裏，視線很難及遠，而晏大人的糧草被燒，極有可能冒險疾進，這便使我們難得知其行蹤。」頓了頓，幸九安又不無憂慮地道：「晏大人如此冒進，已經犯了兵家大忌，若是敵人趁風雪伏擊，我軍並不習慣劫域天氣，而劫域人對酷寒極為習慣，這戰局只怕……」

幸九安欲言又止的話，使在場的每一位將領心頭大震。他們何嘗不知道晏聰這急躁冒進的危險程度，而且又遇這可怕的風雪。他們的心中不禁升起了一團陰影。

天司危眉頭擰得更緊，半晌才吁口氣道：「此次我們很可能低估了劫域的力量。我們已經行軍數日卻無法探知對方的一點情報，連一支小股敵人也不曾遇到，而他們一出手就燒了前鋒軍的糧草，逼晏將軍不得不速進，可見此次敵人的狡猾已在我們的預料之外。」

「眼下我們最要緊的便是探知前鋒軍的下落，如果我們無法把握他們的行蹤，此次誘敵之計便要落空，這不是我所想看到的結果。」

「傳令全軍，不作逗留，速速行軍，探馬不惜一切去找到前鋒軍的行蹤。」天司危語氣中多了一絲無奈，他知道這場風雪使他們完全處於被動狀態。他唯一可做的就是儘量保全晏聰前鋒軍的力量，再集中兵力與劫域決戰。

晏聰突然覺得眼皮狂跳了一下，風雪裏頓有一股寒意漫入心頭。他不由得拉住馬韁。被皮

革包裹得緊緊的戰馬，呼出的白氣如凝實的冰一樣白。他望著白茫茫的雪原，那漫天的雪使天空更顯灰暗，

「這裏已經是哪裡了？」晏聰問了一下身邊的人。

「回大人，前面三里就是側嶺。」那身邊的護衛環視了一下周圍恭敬地道。

晏聰眉頭微皺，側嶺距劫域聖地並不太遠，但到現在為止，那群敵人似乎除那次燒了他的糧草之外便再無動靜。但是晏始終覺得，似乎有更大的危機在等著他們，只是他無法清楚那究竟會是怎樣的一種危機。

正在思慮之時，那灰濛濛的天空裏突然傳來一陣尖嘯，一支響箭帶起一簇火花沖天而起。

「小心戒備……」

晏聰話音未落，箭嘯聲四起，無數支利箭自灰灰的天空鋪天蓋地地壓下，佔據了樂土人的整個視野。

短促而淒厲的慘叫驟然響起。

晏聰神色微變，他所擔心的事情終於還是發生了！

晏聰出手，風雪驟起，捲起一道狂野之極的雪暴，向箭雨狂捲過去。

那漫無邊際的亂箭在勁風之中幾乎都東倒西歪，但卻仍然使樂土軍傷亡不斷。

在晏聰出手的那一刻，號角之聲突然響起！漫天箭矢頓止，那一片茫然的雪暴之中，依然

無法看到更遠處的人影，晏聰所捲起的風雪帶著強烈的銳嘯，幾使所有人耳目失聰。

唯有晏聰在第一時間捕捉到以無可比擬的速度破空而至的利箭。其速之快，遠勝前一撥箭雨。

是高手！

晏聰立即斷定，憑此人的修爲，其地位應在劫域四將之間，晏聰不驚反喜。

劫域四將不過是他的手下敗將，而此時劫域便只剩一個幽將，若此時是幽將親至，劫之亡必成不可扭轉之局。

狂瀾刀倏起即落。

「轟……」巨大的氣旋在空中炸開，無可抑制的氣流四散衝開！那破入雪暴中的箭再也無法對晏聰構成任何威脅。

但卻在這時，晏聰赫然發現那目標脫出他的氣機之外，他心中一凜，身形飄落，而此時四面唯有風聲雪霧和一地的狼藉殘屍。那漫天的箭雨像他出現時一樣神秘消失了。

晏聰認準一個方向，疾掠而過，快不可言。他不願錯過與劫域人決戰的機會，求戰心切的他，甚至忽視了他更重要的職責，指揮他的部屬儘快包抄劫域人。

禪戰士略略從剛才的攻擊中回過神來，晏聰與他們已經相距甚遠。可是，晏聰卻撲了個空。

他在一行足印前站定，神色愕然。從足印看，襲擊他的高手彷佛突然憑空消失了，再也沒有留下任何痕跡。

晏聰靜立片刻，若有所思地向另一方向望去，果然看到隱約有一隊人馬飛速離去。不由又驚又怒。

看來，最後向晏聰出手的高手，與其他劫域人並非埋伏在同一個地點。其目的就是要爲大隊人馬爭取撤退的時間。

劫域伏兵在幽戰的帶領下，按照尊嚚的計畫撤離。

幽戰本不想急於撤退，但卻感覺到來自晏聰的威脅。當晏聰那強大的氣勢將他完全罩住的時候，他幾有喘不過氣的感覺，幸好此地是雪原之上，昔日自鬼將那兒學到的遁術在緊硬的地上或許無用，但在劫域雪原，卻可以幫助他成功躲開晏聰的追襲。

尊嚚望著那逶迤而來的樂土前鋒軍，眼裏閃過一絲殘忍，他知道晏聰一定會來。對於這樣一個剛居高位意氣風發的年輕人來說，連連受挫，只會激發其心裏的傲氣，心中傲氣太重，必將做出一些衝動的事情，晏聰也難以例外。

在如此風雪的天氣之下，因爲沒有糧草，晏聰不可能會有機會在這裏安營紮寨，除非他知道天司危能夠很快趕到這裏，但這不可能，因爲所有去與天司危聯繫的傳信兵全被截殺。

「恭喜幽戰將軍旗開得勝。一會兒還須借助將軍的神箭，相信將軍不會推辭吧？」尊嚚微微笑道。

「一切聽憑你的吩咐。」幽戰提醒道，「不過晏聰此人武功極高，只怕我們都低估他了！」

「我看到的卻是一個只有匹夫之勇的晏聰。」尊囂不置可否地道，稍頓向幽戰問道，「知道我們爲何以只鼓聲傳信嗎？」

「因爲此時天昏地暗，帥旗所在並不能讓所有人遠處看清，唯有鼓聲才能傳入人耳。」幽戰心中不屑，心道：「如此簡單的問題也來問我！」

「那我爲何要在諸山之上設下那麼多的帥旗？」尊囂指了指不遠處幾個雪坡高地上的帥旗又問道。

「幽戰不知。」

「你說得好，在如此天氣裏，能遠遠看見帥旗所在的人確實不多，除非是真正功力高絕之人，但我相信晏聰一定可以看到。此時他們已是疲軍，風雪遮天，無法得知我們的虛實，唯一可以扭轉戰局的就是擒賊先擒王。晏聰從來自信自己的武功，聽說劫主也是爲其所害，此刻樂土軍士氣極弱。他想提高士氣就得兵行險地。」

幽戰的眼裏閃過一絲亮彩，頓時明白尊囂之意，心中暗服，「尊將軍果然妙計！」

尊囂心中嘆了口氣，微有些感傷，他擁有無上智慧，卻是用來對付故土的戰士，這真是一種悲哀。

晏聰追著幽戰的方向，也是那支響箭升起的方向疾行了十多里，突然發現一道平坦的雪原，無數的足印向遠方延伸而去。

「大人，這裏應該就是普羅西河。」一旁的人提醒道。

晏聰問道：「他們是從河上行過去的？」

「正是，普羅西河一入冬便會結出厚冰，成爲冰河，此時河面可行車馬！」此人是出兵之前在樂土找到的劫域嚮導，對劫域的地理很熟悉，所以晏聰一直帶在身邊。

「哦，那我們也可以從河面上行過了？」晏聰反問道。

「是的，大人。此冰厚過三尺，我軍通行應無問題。」

「傳令，一營兩千戰士兵先行渡河，掃前方障礙。」晏聰沉聲吩咐，他雖然想急著追趕敵人，但是卻也知道不可以全然冒進，對極北的荒原他並不熟悉。

前鋒一營迅速渡河，那寬闊的河面如平地一樣，上面積雪上再次留下了無數的腳印。

見一營安然渡過，晏聰鬆了口氣，「過河。」知道對方不可能在這空曠的地方設下埋伏，他再也不能給對方喘息的時間。

「你在擔心晏聰？」花犯望著神情肅然的戰傳說道。

「是的，如此風雪的天氣實不宜急行軍。前方曾傳來晏聰糧草被燒的消息，我擔心他會因此冒進。」戰傳說道。

他深吸了口氣，繼續道：「以前的晏聰會謀定而後動，甚至可以隱忍多年，但今日的他與昔日不一樣了！」

「不一樣？」花犯意外。

「自從他被靈使抓之後，整個人都變了，武功進步之快讓人難以相信，可性情卻變得躁動。如果糧草被燒卻未能原地待援，後果難料啊。」戰傳說不無憂慮地道。

「晏聰之敗本是必然，事實上，他不過只是一個誘餌，誘得劫域大舉出擊，然後由樂土大軍一舉而殲。」巢由公子的聲音悠悠地傳來。

戰傳說和花犯同時一驚，臉色頓變，吃驚地望著巢由公子，愕然到：「此言當真？」

「不錯，一開始他便只是一個誘餌。大劫主之戰他一戰成名，也因此成了整個劫域的大仇人，如果他領了前鋒軍出戰，必定會激起劫域人的仇恨，那樣敵人一定會不惜一切對付他。之後所以給他兩萬人馬，那是因爲，唯有這麼多人，才會讓劫域不得不動用所有的兵力來出戰，否則他們面對前鋒軍沒有必勝的信心。」巢由胸有成竹道。

戰傳說神色凝重。如果巢由公子所說是真，那麼冥皇把兩萬多戰士的生命作爲誘餌，生命在冥皇的眼裏如此微不足道，唯實讓人心寒！他不由得扭頭望了一下花犯，卻見花犯低頭凝視著他的劍，握劍的手，關節微微泛白。

半晌，花犯長吸一口氣，轉身便向自己的帳中行去。

戰傳說和巢由公子不由得對視一眼，卻再無話可說。

「轟……」「轟……」

晏聰的前鋒大軍剛行到河中，天空中突然飛落下無數的巨大石頭，巨石落到河面的堅冰之上激起無數的冰屑和雪霧。

晏聰的臉色都變了。巨石所過之處，那些樂土戰士如紙人般飛開，血肉模糊，人仰馬翻，那冰屑如箭矢一般，被射中之人無不慘號不止。

「快速渡河！」晏聰低吼一聲。

「嘩……」一塊巨石再落下，卻在冰面上砸開一個巨大的冰洞，冰面之上裂開一道長長的冰隙！

巨石依然不停地飛落，但所激起的不再是冰屑，而更多的是水，河面的堅硬冰竟被砸開。一些戰士也因此落入冰河之中。

晏聰心中大恨。雖然他擔心有埋伏，但卻沒想到對方竟會在河面的冰上做了手腳。

能被這巨石砸開，說明這冰不會有預期的那麼厚，最有可能是對方在不久前先將冰全部砸開，然後再重新結冰。在短時間裏冰層並不太厚，如果只是一隊輕騎那不會有問題，但如果人馬太多又加上巨石重擊，這還未能結成的冰河將再度破碎。而他的兩萬前鋒軍將面臨著無可估計的災難。

巨石並沒有因樂土戰士的哀號而停止，冰河開始加速度破碎，更多的人掉入河中，更多的人因爲混亂竟被自己的同伴擠入河裏，但大家就是有一個方向，那就是岸，不是彼岸就是此岸。於是前方的戰士拚命前衝，後面的戰士拚命後退，樂土前鋒軍頓時分成兩個部分，晏聰幾乎無法控制場面，唯有隨著戰士往對岸飛掠。

巨石未停，但衝上對岸的樂土戰士的災難並沒有結束，迎接他們的是無數的箭矢。

晏聰心中的怒火燃燒到了極點！他知道如此下去，他們的前鋒軍只怕沒能見到對方，就會全部潰散。

此刻，他的人馬分成兩部分，能夠安全渡河的不過數千殘兵，另外有些人逃回對岸，還有數千人掉入冰河之中，能從水中起來的人少之又少！

此次可謂是大敗，最窩囊的還是連敵人影子也沒能看到。

晏聰鏗然拔出狂瀾刀，目光裏閃出如火的殺機，穿透雪霧的目光緊鎖在不遠處一個雪坡上的敵軍帥旗。

他知道唯一可以扭轉局面的方法就是斬殺敵方主將，以壯自己戰士的鬥志，亂敵之心。他很自信，劫域除大劫主之外沒有人可以威脅到他。而大劫主卻已被他擊下山崖，活著的可能並不大！劫域主帥最可能就是幽將，這些人還不曾放在他的眼裏！

箭如雨，但在晏聰的身前如同隔著一堵極厚的無形氣牆，冰化水，水化氣，氣成霧，在炙熱的狂瀾刀刀氣之中凝成巨大的球，晏聰完全消失於其間。

樂土戰士士氣略振，至少他們還有一個晏聰，一個曾力殺大劫主的絕頂高手。

盾牌手立刻自動組織，剛開始被打得措手不及的樂土戰士開始還擊，不過占著地利之優，劫域占士仍有著先機，樂土戰士一上岸便傷亡了近千人，再被幾輪狂射，能戰之人竟然不到五千。

身後是冰河，唯一的機會就是向前突圍！

反擊與被反擊，殺戮在戰場之上唯有一個字能夠終結——血！

晏聰身上在流血，卻並不是他的，而是來自劫域的戰士，沒有人可以阻擋他的腳步，他的目標就是要殺到那帥旗之下斬殺敵將。

雪霧中，晏聰如驚世魔神，強大的氣焰似給他鍍上了一層魔火，那無形的氣焰在虛空中凝成巨靈惡獸之狀，以一往無回的氣勢直逼雪坡。

帥旗動了！

昏暗的雪霧並不能掩住晏聰的目光。他看到那帥旗迅速地向雪坡之下退去。

敵人已經知道了他的意圖，在難以抵擋他的情況下，選擇了撤退的方式以保全。但他怎麼肯放過誅殺對方主帥的機會。

晏聰也不知道自己殺了多人少，血濺得他滿身滿臉，分不清是敵人還是自己的，終於殺到那帥旗之下，但他呆住了！

那準備遠逃的帥旗竟是三隻雪狼所拉的小雪車之上的裝飾。帥旗之下根本就沒有守衛，或者說曾經有，但在那個守衛驅動帥旗逃跑的時候，便不再有人守著這帥旗了。

晏聰心中一陣寒意狂升而上，他中計了。

號角聲中，他看著敵人的帥旗高高地飄在另一個山頭之上！斗大的「幽」字在寒風中獵獵飛揚，但卻似乎蘊涵著千萬的力量，影響著整個戰局。

果然是幽將親自來了。

晏聰暗忖，雖然剛才上當，但知道督戰之人是劫域唯一剩下的幽將，他心中又大喜。因爲如果他能一舉擊殺幽將，使大劫域群龍無首，那就算折損了這幾千戰士，也是值得。

所以，他絲毫沒有猶豫，轉身向那帥旗的位置撲去。

天司危望著那漫天的飛雪，本來存在的道路早已不見蹤跡。北方的天空比想像中的還要冷上一些。

他依然沒能收到晏聰的消息，隱隱的，他心頭升起一種不祥的陰影。他本想快速行軍，但大雪封山，大軍的糧草完全無法推進。

若是強行逼進，唯一的可能就是戰士病倒，戰馬凍死。他沒辦法，唯有就地紮營。

突然間，他覺得無法把握眼前的這一場未知的戰爭。像是有一隻無形的手在暗地操縱著這一切，他不過是受著這不可逆轉的力量推著他走向這戰爭的前端。

「報……」一人推開大帳，跪向天司危。

「何事！可是有晏將軍的消息？」天司危沉聲道。

「稟司危大人，我們自九歌城送來的糧草被人劫走，僅有一人逃出，其餘全都戰死！」那人不敢抬頭看天司危的臉色。

「將他帶進來。」天司危緩緩地道。

「在外面。」

那人轉身出了帳外。片刻，一名臉色蒼白如紙，身子幾乎僵硬，渾身全是血跡的人被抬了進來。

天司危眼中閃過複雜之色。他知道此人活下來的可能並不大，能夠在此酷寒中趕到這裏報信，已經是到了極限。

「備火盆速給他取暖！」

說話間，他快步走至被抬進來的人身邊，看了一下那幾近死灰的臉。深吸口氣，將內力輸入那人體內急問道：「究竟是什麼人幹的？」

那人精神微微一振，勉強撐開眼，見到天司危，竟掙扎了一下，喉間發出一陣咕嚕的聲音，卻讓人無法聽得明白。

天司危附耳過去，那人再掙扎了一下，身子一僵卻已氣息全無。天司危的身子也便保持著那附身的姿態，久久未能直起。

大帳之中靜得可怕，像是一呼吸便能將空氣完全撕裂。

沒有人敢驚動天司危，因爲沒有人會預料到將會出現什麼後果。

良久，天司危才抬起頭，「將他好好安葬了！」說完，天司危又陷入了沉默之中，他不明白又會是誰在他們的後方做了手腳。

他出師至今未能得勝一戰，前方和後方都出現了問題，確實使他心情極爲沉重。深深的危機感使他不再有出師之際的那種輕鬆，對大劫域之戰決不會像表面上看得那樣簡單，所牽動的將會是整個樂土，甚至是蒼穹諸國。

那神秘的劫道人又會是誰呢？

「傳九歌城統領蒼黍來見我！」天司危深吸了口氣道。

「本皇昨夜突有所感。夢天煞東來，紫微北陷。我一直無法悟透是何意思，今天請二位司殺來，便是想為本皇解開此惑。」冥皇語氣低沉地道。

「皇上連日操勞，可能只是勞累所致，不過此象也非無中生有，也可見天煞東來，實為千島盟對我樂土虎視眈眈，而此刻我們兵發劫域。依臣之見，不足為慮。大劫主死於樂土，其四將有三將亡於樂土，即使他們有何詭計也難成氣候，以其兩萬不到的兵力如何能敵我樂土六萬大軍。」地司殺傲然道。

冥皇並不介意地司殺的態度。冥皇樂土本以武立國，地司殺乃是征殺四方之人，性情自然更為豪放一些。

「臣以為，我們此次出兵北征，凱旋而歸是毫無懸念。但同時卻也給了我們的另一個敵人機會，以臣之見，千島盟決不會坐失此機，一定會打我卜城主意。我們必須穩守卜城，不給千島盟可乘之機。」

頓了頓，天司殺繼續道：「這幾日臣仔細思量了一下，仍有些話不吐不快！」

「哦！愛卿有什麼話何不直說？」冥皇有些意外。

「皇上此次讓晏聰此子做前鋒，臣覺得值得商榷。此子武功才智確實不凡，但謀略卻似乎仍不足以服眾。另外，此刻北方的天氣仍然極寒，我樂土戰士只怕並不適應征戰北方。晏聰做前鋒統領，容易激起劫域之人的仇恨，只會使他們更團結，這對我們的作戰極爲不利。」天司殺不無憂慮地道。

冥皇眼裏閃過一絲讚許之色，淡淡地道：「天司殺所說也正是本皇所想的！不過，我就是需要劫域人仇恨，那樣他們便會發起更強的攻擊，也可以讓天司危能集中兵力一舉而殲。此次戰爭本皇決不想拖太久，那只會給本土一些人有機可趁，所以想要速戰速決，最好的辦法，就是拋出晏聰這個大餌。我更擔心的是千島盟，今天召你們來，也是想要你們代本皇前去卜城，因爲那裏決不允許有半點閃失！」

晏聰的刀無人可擋，像是一道黑色閃電劃破長空，掠過雪幕，帶著濃濃的血腥殺到帥旗之下，那個斗大的「幽」字依然在風裏發出低嘯，但帥旗之下卻空無一人，旗杆之上書寫著：「晏聰絕命於此！」

晏聰真的怒了！

他再回頭之時，四面的雪坡之上全都插滿了劫域的帥旗。

普羅西河邊上的雪全都成了紅血！血與雪交織成詭異的畫面。

戰爭之慘烈比晏聰所想的更殘酷一些。過河的那活著的數千樂土戰士僅只有千餘人仍在戰鬥，就在他對撲向兩處帥旗之時，他的戰士再次死去了大半。望著那滿地狼藉的屍體，晏聰心頭在滴血，他知道這所謂的前鋒軍，在此刻已經是完全大勢已去。

「啊……」晏聰一聲怒吼，惹萬千驚雷掠過天際，雲湧風動雪亂舞。他的整個身體如同燃起了一層黑火，他身邊的積雪以驚人的速度化成汽水，近處劫域戰士在那狂野的聲流之下被震得七竅流血。

普羅西河上的碎冰在聲浪之中相互撞擊，彷彿整個天地也爲之沸騰了一般。在某些方向晏聰聲音越吼越高之時，一道清越的聲音也悠悠地傳出在那驚雷般的怒嘯之中，絲毫不亂。

那些被聲波衝擊得七零八落的戰士頓時覺得壓力一輕！

殺戮依然在繼續，但已經由最開始的弓箭戰變成了更慘烈的血拚。

晏聰的目光投向那聲音傳來的地方，他看到了一個中年人，一個高大挺拔的中年人，他不由得失聲叫了聲：「冥皇！」

來人正是尊囂，他有著與他兄弟幾乎相同的面孔，惹不是仔細看根本就無法分清。也難怪晏聰遠遠一看就以爲是冥皇親至。

尊躍的目光遙遙與晏聰目光相遇，在虛空中擦起一道詭異的火花，於是尊躍笑了！他自晏聰的眼裏看出了憤怒、仇恨和困惑。

這是一個絕對強悍的對手，而這樣強悍的對手在心靈之中竟然還存在著這麼多的情緒，這一戰，晏聰未戰已敗！

晏聰回過神來，此人決不會是冥皇。

他極度意外在劫域，能看到一個與冥皇如此相似的人，他不知道此人身分，但卻知道此人絕對是除大劫主之外最可怕的對手。

「你是何人？」驚愕之餘，晏聰反而漸漸冷靜下來。

此刻，他的眼裏只有這個可怕的對手，再無其他，無論樂土戰士的死亡還是劫域大軍的勝利。

尊躍也有些意外，眼前的年輕人比他想像中的更可怕一些，僅在一句話之間，就似乎拋開了所有的情緒，進入了空靈狀態。外界傳說晏聰是殺害大劫主的兇手，這一刻他倒是有些信了。

不過他的心情卻開始有些激動，在劫域這麼多年裏，他一直處於刻意收斂自己。他是階下之囚，他也從未向外人展示過武功，但這一刻，他卻遇上了這樣一個對手，這使他無法不興奮。

那微顯瘦弱的身子，陡然間似乎充盈著無限的生機，天與地與他彷彿完全融在一起不分彼此。

幽戰簡直不敢相信眼前的人是尊翯，一個昔日他們一直視若草芥的人。但這一刻他才深深地知道，自己乃至整個劫域之人，都低估了這個階下之囚。

尊翯自一開始便算準了今日的天氣，甚至是完全把握了晏聰的性格和行動，讓人意外的是，在此之前，他絕對不可能見過晏聰，卻為何如此瞭解晏聰的性格？

之後讓他引晏聰入冰河，再以空車拉旗引開萬夫莫敵的晏聰，集中力量去消滅晏聰的前鋒軍。當晏聰明白過來的時候，卻只剩下不足為慮的殘兵，大局完全掌控在尊翯的手中。

幽戰也不得不佩服這個階下之囚，其心智之高，直讓人無可測度。而最讓幽戰心驚的還是尊翯那足以與晏聰相抗的驚世內力，這樣一個人，他卻甘於在劫域做了幾十年的人質，難道真的只是害怕「魔之吻」的詛咒？

不過此時，這些並不是幽戰所要考慮的問題，他所要做的任務就是將這些殘兵解決掉，至少要在對岸的樂土軍順利渡河之前解決眼前的這些人。

晏聰的氣機與尊翯緊緊交纏，他竟只能感覺到尊翯或有若無的存在，當他的心神欲向對方更深的精神層次裏探索之時，卻只能感覺到茫茫的雪野和那奔流不息的普羅西河流水，彷佛尊翯本就是這大自然的一部分，使他有種渺小與浩瀚的失落之感。

就在晏聰這失落感剛升起的時候，尊翯動了。

尊囂動了，晏聰直感覺整個世界都向他不斷地擠壓過來，那雪原，那不息的河水，還有那存於天地之間的千萬精靈，在頃刻間成欲吞噬其生命的惡魔。

「不……」晏聰內心裏一聲狂吼，他知道一切都只是幻象，一開始他就步入了尊囂所佈置的一個精神陷阱裏。

尊囂一震，來自晏聰內心的強大抗力幾乎使他心神煩亂，他難以理解像晏聰這樣年輕的人，居然會有如此之強的心靈之力。

他當然不知道晏聰的心靈之力，比之靈使都要更爲強大，這一切都只是因其心中積壓了太多情緒，而又被靈使刻意地改造。

在尊囂精神一鬆之際，晏聰便乘機掙脫了出來，於是他看到了尊囂的手，一隻修長白晰幾乎完美的手。

無窮的氣機如一張完美的網自四面擠壓而至，晏聰無法不出刀！

也不可能有第二條選擇，突然間，他發現眼前這個人竟比大劫主更爲恐怖。

狂瀾刀劈出，彷彿拖起長尾的彗星，破開虛空，在一往無回的氣勢中狂劈上尊囂的手掌。

沒有人敢以肉掌去面對狂瀾刀，尊囂也不例外，但他的手並不與刀鋒相接，僅像是一團雲霧般緊裹著狂瀾的殺氣。

就在刀與掌接實的那一剎那，晏聰突然感覺尊囂自他靈覺裏消失，像是空氣一樣，而那隻擋住刀的手也一樣消失。

一切像是一場夢，變得虛幻。在浩瀚的天地裏，只有那無邊的雪原和汪汪的流水，晏聰突然覺得自己像是被抽離了戰場，那空靈裏靈魂越陷越深……有風吹過。

他感覺不到尊囂的存在，又覺得尊囂便是這死寂的世界，是這特殊的空間裏的每一部分。冥冥中有種力量將晏聰引向這死寂的世界深處，一種孤獨的感覺伴著莫名的寒意，慢慢地滲入到晏聰的內心深處。

寒意透過他的身體，麻木著他每一寸靈魂，就在這時，他看到了一雙眼睛，一雙邪惡森冷的眼睛，像雪原上孤狼的眼睛，透著有如冷月一樣的光芒。

晏聰只覺得渾身一震，竟自那幻境中醒來，但他駭然發現尊囂的掌已經落在他的前胸。

「轟……」晏聰發出一聲長長的慘號，身子倒跌出十丈之外。

尊囂也發出了一聲悶哼，晏聰在中掌之際，刀竟能同時劃傷尊囂，刀速之快完全出乎尊囂意料之外，讓尊囂意外的不只是因爲晏聰的刀，更是因爲晏聰竟能在這最緊要的關頭醒來，雖然他仍一舉使晏聰重傷，但對他的自信仍然是一種打擊。

血自尊囂肩頭流下，滑到手心再從指尖滴落到那潔白的雪原，如同點點紅梅，鮮豔得刺目，他長長地吸了口氣，目光有些憐惜地望著那掙扎著站起身來的晏聰。

他突然覺得與這個年輕人有種惺惺相惜之感。

一個在他八成掌力之下仍能站起來的人，他相信這個人確實有能力成爲狙殺大劫主的兇手，但他卻爲這個年輕人今日要死於此地而惋惜！

「哇……」晏聰又狂噴出一口鮮血，他心中駭然，眼前這個極似冥帝的對手之可怕比之大劫主決不遜色，但他卻從沒有聽說過劫域裏還存在著這樣一個恐怖的對手。

而讓他吃驚的卻是尊嚚所用的攻擊方式極似靈使的武功路數，以強悍無倫的精神修爲侵蝕對方的心靈，再一擊致命，只不過眼前這人的精神修爲比之靈使又不知道要強上多少。

「你究竟是什麼人？」晏聰聲音有些虛弱地問道。

尊嚚能感覺到晏聰體內真氣的渙散，從其說話的聲音裏他可以聽出來，於是他笑了！很落寞，像是一個絕望的老人，笑得有些冷卻很平靜。

「我是誰，我不過是一個早已死去的人，是誰並不重要！重要的是今天你卻要死於此地！」尊嚚冷冷地道。

「一個已經死去的人！」晏聰心裏一驚，他不明白尊嚚話裏的意思，但是卻明白今日他真的是徹底地敗了！

第一次領軍，兩萬樂土前鋒軍卻是一敗塗地。最讓他心痛的居然是對方不過才兩千人左右，自己十倍的兵力反而被擊潰，這是一種揪心的痛！

「想殺我的人不少，但結果都死在我的刀下！」晏聰深吸了口氣，他感覺體內的真氣以極快的速度恢復，三劫戰體的妙處在這種情況下才真正地得到體現。

「但這一次不同，因為你的對手是我！」尊囂極傲地道。

晏聰不再說話，只是緩緩地揚起刀鋒，沒有什麼事情比事實更能證明一切。他不喜歡說一些多餘的話，儘管直覺告訴他，眼前的對手與冥帝可能有著某種極不尋常的關係，但他卻不可以以自己的生命中斷為代價來換取這秘密！

晏聰的刀揚起，那散落四地的雪便開始急速旋動，但又迅速氣化，在虛空之中凝成一道似真似幻的氣刀。

尊囂也大感意外，晏聰生命力的恢復能力之強，確實比他想像得更可怕。竟能在如此短的時間裏，再次聚起如此強烈的氣勁，而且還在不斷地增強，似乎都不曾受過剛才那要命的一擊一般。

尊囂與晏聰的交手始終沒曾逃過一個人的眼睛，那個人便是幽戰。他跟隨尊囂出戰，並不只是為了能夠擊敗晏聰，更重要的卻是因為幽將並不放心這位一直成為大劫域階下之囚的人。所以幽將讓他最信任的弟弟一路隨尊囂而行。

幽戰無法測度尊囂的可怕，但他卻知道從今日開始，尊囂將不會再安分於他的那個階下之囚的身分，更將是沒有了大劫主之後劫域最危險的變數。一個擁有如此能力的人能如此忍辱數十年，這份忍耐只會讓他變得更危險。

想到這裏，幽戰不由得心裏一陣發寒，再看看尊嚣那詭異的笑容，幽戰一咬牙，揮刀斬殺身邊的數位樂土戰士，低喝了聲：「伍行！」

一名箭手縱騎而至，向幽戰行了一禮。

「你立刻回城，將此戰經過向我大哥回報。此戰之中尊嚣武功蓋世，立下大功，讓我大哥一定要記在心中！」幽戰語氣一冷，深深吸了口氣說道。

伍行一怔，他不明白爲何幽戰要作出這樣的決定，但他是幽戰的親信，而且能在此時抽身離開戰場，也是每個人所願意的！

當然，此次出兵主將雖是尊嚣，但實際尊嚣的影響遠不如幽戰！不過今日一戰，尊嚣的武功卻不能不使這些劫域戰士大爲震撼，對這個人的觀點也發生了難以估計的變化！

伍行悄然退去。

當伍行的背影消失之時，幽戰又斬殺了五名敵人，身上卻添了一道傷痕。

幽將的神情肅穆，大劫主只能孤身一人回來，這讓他意外也讓他傷感，那些曾經與他一起並肩作戰的兄弟，一個個都定已離他而去。

大劫主面容在長髮之下並無法看得真切，但那股自然流露的霸氣卻依然絲毫不減，反而變得更爲深不可測。

「臣不覺得他能夠贏樂土的兩萬先鋒軍，畢竟他只有兩千人馬！」幽將沉吟了一會兒淡淡地道。

「如果他能夠做到我們想不到的事情呢？」大劫主反問，語氣裏滿是冷殺的味道。

「如果他真能做到，那他在我們劫域隱忍數十年，決不會這麼簡單。」幽將眼裏殺機一閃，似乎意識到什麼。

「本座此次樂土之行確實是慘敗而告終，但卻也讓我感覺到，在我劫域有一股無形的力量，暗中影響我所有在樂土的行動。本座之所以慘敗，極有可能就是這股力量讓我陷入極爲被動的狀態，也使我們劫域陷入被動。」

幽將有些吃驚地望著大劫主，他從不懷疑大劫主的話和判斷，只是他無法想像，在劫域之中還有如此強的一股力量，能左右大劫主的樂土之行。

「此次樂土之行，我本不欲張揚，但卻有人不斷地借我之名殘殺樂土諸派之人，這才使得各派聯手對付我！若非如此，樂土又有誰能憑一己之力或者是一派之力傷我至此。」大劫主肯定地道。

幽將大爲錯愕，他並不清楚此次樂土之行的具體情況。僅只是聽說大劫主爲各大門派聯手擊殺，而這些人之中一個最重要的人物，就是晏聰。卻沒想到竟是有人冒大劫主之名先激怒各派，再陷大劫主於絕地，不過慶幸的是，大劫主還活著。

「臣只聽說主公在樂土遇害，卻沒想到會是有人暗中搞鬼！」幽將憤然道。

「僅憑那群烏合之眾也想殺我！」大劫主不屑地道，頓了頓：「我回來之事決不可以讓人知道，當日他們確實將我擊下絕崖，但如果我不死，出賣我的人便會不敢出現，所以我要天下人都以為我死了！否則我若欲脫身，根本不可能有人能夠擋得住我！」

幽將頓時明白大劫主的用意！只是他心裏卻感到更加沉重，眼前劫域不僅面臨著樂土的大舉攻伐，更要擔心內部的潛在威脅。昔日有四將同在，可今日卻只有他力撐大局，這怎麼不讓他感到壓力。

「臣明白，主公回來之事，除我之外，將不會再有第三個人知道。」幽將肯定地點了點頭。

「很好，聽說你派人不斷地騷擾樂土軍的後方，這做得很好！當日我留你在劫域主持大局，看來確實是一個非常明智的選擇，我希望你這一次也不要讓我失望。」

第四章　帝刀復甦

晏聰的刀劃過長空的軌跡，猶如黑色的閃電一往無回。就在他再次握緊狂瀾之時，彷彿有一股超強的力量自刀身湧入他的體內。

那是一種莫名的戰意，一種超越生死，超越成敗的戰意。

狂瀾刀乃是帝刀虛祖昔日統率三軍的戰刀，曾飲千萬千島盟敵人的鮮血，那凝於刀身之中的殺氣已經沉睡了兩百年，但這一刻卻被晏聰那瘋狂的戰意啓動。

「狂瀾復生！」尊囂低叫了聲，眼裏閃過一絲難察的神采。同時他也不能不出手，狂瀾那沉睡了兩百年的戰意陡然驚醒，那霸烈剛猛的殺氣如風暴一般席捲而至，黑色的刀芒拖起丈餘長的鋒尾，幾乎是無堅不摧。

尊囂一動，晏聰只覺眼前儘是虛影，尊囂的速度快得讓人難以相信，便像是融入虛空中的空氣一般無可捉摸。

尊囂嘴角泛起一絲冷冷的笑意，但在他還未曾讓笑容泛開之時，卻又變了臉色，因為晏聰竟在此時閉上眼睛。

在這生死關頭，晏聰竟閉上他的雙眼，周圍的一切彷彿與他無關，但卻又一絲不漏地印入心底，包括尊囂的攻擊。他終於找到唯一可以不受尊囂所製造的幻象所影響的方式，狂瀾刀再也不遺餘力。

「叮……」一聲若鳳鳴龍吟的金鐵之聲傳入虛空，聲震九霄，經久不絕。

尊囂終於露出了他的兵刃，卻是一根黑色的鐵杵，龍形杵頭有一個極尖的小嘴，閃著幽暗的光澤。在與狂瀾刀相擊的那一刻，暴出一道如電芒一樣的光弧。

尊囂與晏聰同時飛跌而出，那股毀滅性的力量衝擊之下，捲起一道巨大的風暴，二人周圍的冰雪在頃刻之間化成水汽。不遠處的普羅西河上的冰，似乎也無法承受這巨大的衝擊，竟紛紛崩裂化為碎片。

晏聰以刀拄地，大口大口的鮮血自口中湧出，他努力地吞咽卻依然無法改變狀況。尊囂卻在這時候再次站了起來，儘管他的嘴角也掛了血絲，但晏聰的攻擊並未能讓其受更重的傷害。

「去死吧！」

出手的人卻是幽戰，對於一個殺大劫主的兇手，幽戰心裏懷著無限的恨意。他知道此時的晏聰幾乎等於一個廢人，所以他決不會錯過機會。

晏聰的眼裏閃過一絲慘澹的苦澀，他知道今天可能真的會死於此地，可是他連對手究竟是什麼人都不知道，這確實是一種悲哀。

「何勞幽將軍動手！」尊囂說著，手中的怪杵一振，直擊向晏聰。

晏聰搖晃著提刀再次出擊，他卻發現自己有著前所未有的虛弱，整個人像是完全掏空了一般，但他還是擊出了一刀。

死也不能坐以待斃，因爲他是狂瀾刀的主人，今帝刀的主人。

幽戰的劍在晏聰的眼前不斷地擴大，然後整個天地都只有幽戰的劍，他像是被完全吞噬了。在一個無法轉動的空間裏，死亡竟是那般貼近，他的心境也一下子變得無比平靜，而這前所未有的平靜讓他捕捉到一絲吃驚也意外的變故。

他感覺到了尊囂的杵，這本是擊向他的一杵竟換成了一掌，只是這一掌竟是擊在幽戰的身上。

尊囂的掌擊在幽戰的身上，幽戰那本來必殺的一劍霎時潰散，那碩壯的身體如一顆炮彈一般撞向晏聰的刀！

「呀……」幽戰發出一聲長長的慘號，晏聰的刀竟一下子穿透了他的身體。

晏聰也呆住了，他這一刀根本就沒有力度，倒像是幽戰自己狂撲向自己的刀鋒，但在他還沒弄明白是怎麼回事的時候，尊囂的掌力已借幽戰撞向他的身體。在無可抗拒的情況下，他帶著幽戰那沉重的軀體同時飛向那破碎的冰河。

尊囂身形立穩，一聲長嘯，向正在殺敵的劫域戰士高呼：「幽戰統領已與晏聰同歸於盡，我們必須爲幽戰雪仇！將這些人全給我殺了。」

晏聰的前鋒軍以慘敗而告終，這確實是出乎天司危的意料之外，雖然他在失去與晏聰聯繫的時候，估計到可能會出現的一些問題，但哪想到兩萬大軍居然會敗得如此之快。

更讓人無法理解的卻是對方僅只有兩千兵力，如此懸殊之下，兩萬樂土前鋒軍僅只剩數千殘兵返回本部，而晏聰卻敗於一個不知名的高手後蹤影全無。

沒有人知道晏聰的生死下落，僅只知道其被擊落冰河之後便沒再上來！劫域冰河酷寒，想必晏聰難以倖免了。

天司危自忖不能擊敗晏聰，他實在想不出在劫域裏還有誰有這樣可怕的力量。如果說四大劫將之首的幽將武功通神，但其武功也僅與天司危在伯仲之間，或者能勝天司危一些，但仍不見得能夠勝過晏聰。

天司危忽然想起一事，不由心神大震，失聲道：「難道大劫主仍沒有死?!」

普羅西河之戰完全打亂了天司危的計畫，也使他對劫域之戰必勝的信心有所動搖，在如此惡劣的天氣之下，他很難預知敵人的下一步行動是什麼?而劫域那神秘的高手又會是誰?難道真是大劫主？

尊囂大勝而歸，給劫域人帶來了強烈的希望，僅憑兩千人馬居然讓晏聰的兩萬前鋒大敗。更讓劫域人心中歡喜的卻是，尊囂擊殺了殺害劫主的主凶晏聰，儘管此戰大劫域死傷了千餘名戰士，可帶回來的幾千敵人頭顱足以使劫域人對尊囂另眼相看。

唯一對尊囂充滿恨意的人那便是幽將！因爲他唯一的弟弟幽戰並沒能隨尊囂回來。

尊囂成了大劫域的英雄，似乎很少有人再考慮這個人曾是劫域的階下囚。當尊囂回城的時候，城中百姓迎出十里，這讓幽將心中更爲怨恨，這也使得幽將欲對付尊囂的計畫不得不改變。因爲尊囂給劫域保衛戰帶來了勝利的希望，也給劫域子民精神上的支持，如果此時對付尊囂，那只會傷了劫域子民的心，更會讓子民再一次失去對付樂土進攻的信心。如此一來，此戰有敗無勝，極有可能會導致劫域從此消亡，這是幽將決不想看到的結果，所以幽將只好違心地出城相接。

尊囂似乎並不想太過高調，僅只是在入城之時與百姓打了個照面，便立刻回到他自己的質子府。畢竟他仍然是人質的身分，一個階下之囚，儘管可能成爲劫域百姓的希望，但在沒有得到劫域主要人物的認可之前，他並不想真的做出太過激烈的行動，但他卻知道劫域人一定會來求他！那時候才是他真正出頭的時候。

大冥樂土烽火初起之時，便顯得動盪不安。其中又以坐忘城和卜城最爲明顯。坐忘城最受百姓愛戴的城主殞驚天不明不白地死於禪城之中，雖然非冥帝所殺，但兩名皇影武士在城內所造成的影響，足以讓坐忘城中的百姓對冥帝表示懷疑。卜城之主也暴死，左知己接位本是順理成章之事，但近日卻突然傳出，前城主乃是左知己謀殺致死。

謠言會比事實傳得更快，一時之間城中謠言紛飛。昔日極爲忠心於前城主落木四的部將，本就對城主之死有所懷疑，再加上這謠傳言之鑿鑿，竟也都聯合起來要追查前城主的死因。甚至有人上書禪都，要求派人徹查，不過卻得不到禪城的回覆。

卜城風雨欲來。

左知己對這一切極爲惱怒，甚至以強硬的手段欲鎮壓對手，但這更激怒了落木四昔日的親信。甚至有人悄悄離城，向領兵在外最忠於落木四的單問送去密信，請求單問回城主持大局。

九歌城的局面同樣充滿變數。

九歌城是此次出征大劫域的後防糧倉，前線的一切補給都是由九歌城出入。在出兵之初一切還算穩定平靜，但是在近日來，似乎出現了極大的變化。城外不斷地出現未知身分的敵人，甚至幾次送出去的糧草補給也被敵人劫去。

而他們根本就不知道對方的身分，這使蕭九歌也大爲震怒，他幾次領兵出擊，卻又根本找不到對方的所在，只好無功而返，但這並不表示敵人已經不存在了，而是顯示出敵人比他們想像的更狡猾。

只有須彌城和無妄城看起來依然風平浪靜。

北方的天氣讓爻意很不適應，儘管戰傳說所處之地是皇影武士的營地，有著比別處軍營更舒適的環境，但寒冷依然難以抗拒。

戰傳說因此向巢由公子辭行了。

戰傳說要離開，讓巢由公子很是意外，也讓很多人不解，只有花犯很平靜地對待戰傳說所作出的一切決定。

戰傳說要走，沒人能攔得了，巢由公子不願意卻也沒辦法。戰傳說本就只是一個客人的身分，根本就沒有必要爲大冥樂土的事捲入與劫域人的戰爭之中。

花犯並未與戰傳說同行，但卻送戰傳說出營。爻意那美好得無可挑剔的身體，緊裹在厚厚的貂皮大衣裏，花犯只與戰傳說並騎而行，良久未語。

「花兄請回吧！送君千里終需一別，我們相見時機仍多，有緣自能再相見。」戰傳說看著花犯那略有古怪的表情，終於還是先開口道。

「戰兄，有句話我不知當不當講！」花犯沉吟了一下道。

「花兄有何話直說，此地僅只我們。」戰傳說心頭一動。

「劍帛人的消息可能不會有錯，但劍帛人的用心卻不能不防。如果花犯此話有得罪戰兄的朋友還請擔待！」花犯淡淡地道。

戰傳說打量了花犯一眼，訝道：「原來花兄早知道劍帛人來找過我！」

「近日，我總覺得有一股神秘的勢力隱隱跟在我們的身後。如果我沒有估計錯的話，這股力量應該與在後方劫我們糧草的人有關。我擔心這些人也會來對我們大營不利，所以都很晚才休息，也就讓我遇上了。不過我相信他們的話是真的，但其用意卻難說！」

「花兄請放心，我會小心行事，不過坐忘城的事我卻不能不出手，殞城主之死本是因我而起，何況現在小夭還在坐忘城中，我必須得回坐忘城一趟！」戰傳說肯定地道。

「小夭畢竟是殞城主的女兒，我想她在坐忘城之中應該不會有什麼危險，倒是你這般貿然前去坐忘城，很可能會有人以小夭脅迫你，因爲誰都知道你重視她……」花犯提醒道。

「殞城主的死因至今迷霧重重，冥皇無論如何都難脫干係。如今不過只是道聽塗說，坐忘城要反叛就要對其秘密用兵，這豈能不叫人心寒！我也決不會坐視不理。」戰傳說憤然道。

花犯無語，殞驚天入禪城他也與戰傳說一起護送過，但後來竟死於獄中，他也爲之心寒。如今他不能肯定劍帛人的消息是不是真實的，但若真如劍帛人所說的，那冥帝此舉確實太過傷人心了。

「戰兄認為坐忘城真會起兵?」花犯問道。

「貝總管此人行事穩重，深謀遠慮極識大體。依我看，他做城主起事的可能不大!」戰傳說道。

「那戰兄認為是冥帝要尋機對付坐忘城?些時適逢劫域之戰，他應該會有顧慮才對。」

「我相信冥帝不會大動刀戈，但這不代表坐忘城沒有危險!」戰傳說吸了口氣。

「既然戰兄心意已決，我也不再多作挽留，只願戰兄此去能平息干戈。當日殞城主身入虎穴一往無回，便是希望不會殃及坐忘城數十萬百姓!戰兄定也能保這數十萬百姓的安寧和幸福!」花犯鄭重道。

戰傳說點頭道:「我一定謹慎行事。」

晏聰戰敗，所有人都以為天司危會整軍待雪停再做打算，但讓人意外的卻是，天司危卻嚴令全軍加速前進，在雪停之前必須趕到普羅城外五十里處。

戰傳說的離去，天司危並不在意，這個人本就不是他的部下，沒有理由強留他。此刻他覺得最重要的是如何攻下普羅城，如何將劫域納入樂土版圖，這是一場經不起長久消耗的戰爭。

但巢由公子卻不能不在意戰傳說的離去。

雖然他與戰傳說相交並不長，但他似乎對戰傳說很瞭解，所以他找到了天司危，這也是天司危為何要到普羅城外的原因。巢由並沒說太多的理由，他只是告訴天司危：「樂土可能會有變，劫域這邊必須速戰速決。」

天司危相信了。

在禪城之中，對巢由公子的推測表示懷疑的人不會很多，便是雙相八司也不例外。

初春的大雪確實意外的猛烈，也是大軍前進最好的掩護。五萬大軍在這茫茫雪原之上，猶如滄海一粟微不足道。劫域人的騷擾小股騎兵也難有作為，甚至在一夜之間就找不到大軍蹤跡所在。鋪天蓋地的大雪可以將一切的痕跡悄無聲息地抹去。

天司危依例巡視軍營，隱匿於風雪谷中的大軍確實是需要休息。冒風雪行軍幾有半數之人吃不消，但如果贏得勝利，付出這點代價自然值得，這一場戰爭能夠勝利嗎？

天司危向來自信，但今日他卻有著極怪的感覺，像是並沒有太大的信心。

也許，這一切都源於晏聰之敗。

那個擊敗晏聰的人究竟是何方神聖呢？

這像一個謎！只有在這時候，他才發現自己對劫域的瞭解遠遠不夠。

天司危意外地發現在營地的內側仍有微弱的燈光，他不由得笑了。

天司危的進入，帳中之人頗有些意外。

「司危大人！」巢由公子立身而起！他身邊的皇影武士也皆俯首行禮。

「免禮，公子爲何這麼晚不曾休息？」天司危淡淡地問道。

「巢由這幾日一直在想，晏統領如此慘敗，雖與其冒進有關，但卻不能不看出一個問題，那就是我們對劫域所知太少。到現在，我們仍無法得知擊敗晏統領的人究竟是何人？幽將將普羅城封鎖得滴水不漏，行腳商根本無法進出。我在想，我們必須要有人入城將城中的一切探明，否則此戰我們損失可能會比較大！」巢由淡淡地道。

天司危緩緩點頭，深深地望了巢由一眼，問道：「你可有良策？」

「我準備自皇影武士中選出一批精英，讓其混入城中，再伺機將城中消息送出。若是我們在攻城之時能有人裏應外合，那我們便能省下許多力氣，皇影武士都是一流高手，若是有一隊人在城中，到時候奇兵突出，定能夠起意想不到的妙處。」巢由望了帳中的皇影武士一眼，徐徐說道。

天司危沉吟良久，慢慢起身，踱了幾步，站定後，一字一字地道：「此事由你全權負責，需要什麼樣的人選儘管挑選！」

巢由一改往日的玩世不恭，肅然道：「巢由一定全力以赴。」

「你是說去找尋劫主遺體的兄弟帶回了劫主的靈棺？」幽將的表情一下子凝固在那裏。

「是的！只有九位兄弟回來了，他們在路上遇到神秘人的狙殺，若非影子戰士是劫主親自訓練出來的，只怕會全軍覆沒！」幽將身前的那老者神情悲憤地道。

「木老先不要把消息傳出去！立刻下令所有知情者，三日內不得閒談劫主歸靈之事！影子現在在哪裡？」幽將深吸了口氣，眉頭擰得極緊！

被稱爲木老的老者見到幽將如此表情，也心中一微怔，似乎意識到什麼，馬上回應道：「他們在密室！」

「很好！我現在就要見他們！」幽將向窗外那白皚皚的雪野望去，眼神裏有一絲難察的欣然。

影子宮殿坐落在普羅城西的莫野山上！

這是一座對劫域人來說充滿了神秘感的荒山，因爲是禁區，有時候比劫主的宮殿更爲禁忌。

幽將緩步行入影子宮殿，所有人都顯出一種對強者的敬意。

影子宮殿裏只以強者爲尊，幽將無疑是除劫主之外劫域的最強者，至少表面上是這樣子的！如今劫主不在了，幽將便是劫域的最強者。

幽將沒作停留，只是以最快的速度向秘室裏行去！

秘室是影子宮殿中最隱秘的地方，只有少數影子戰士才有進入的殊榮。影子便是其中之一！

影子是影子戰士的頭領，可以說是劫主親傳弟子。他能夠被劫主賜予此宮殿同名，只是因爲他在千餘名影子戰士中脫穎而出，立下了讓幽將也不能不讚嘆的功勞。

影子回來了！帶回了劫主的遺體，在秘室之中等待幽將的到來。

當幽將看到影子的時候，他只剩下一隻手，但那冰冷的臉龐依然堅定如鐵，只是冰冷的眼神裏閃過一絲暖意。

「你的手？……」幽將第一眼就看到影子那空蕩蕩的衣袖。

「我拿去換了五條命！」影子的話很淡定。有種說不出的驕傲。一切在他的眼裏彷佛都是那般自然。

幽將心裏一陣酸，影子用的是劍，失去的是他握劍的手，這對於一個武人來說，比失去生命更痛苦，但影子卻表現得如此淡定。

他的目光不由得在其他的幾名影子戰士身上掃過，那八名戰士身上也傷痕累累，顯然他們入城是秘密進行，並沒能在影子宮殿裏得到休息和換洗。畢竟大劫主的死亡消息得到確認，對劫域來說是一個非常大的打擊，在這非常時期，若是鬧得舉城皆驚，定會讓樂土軍趁虛而入。

不過幽將現在所考慮的並不是這些，而是考慮那個正在閉關所謂的大劫主又是誰？

「劫主的靈棺在何處？」幽將強自鎮定了情緒。

影子神色一暗，向身後的影子戰士一揮手，那幾人立刻將身後一道紗簾拉開，一個檀木棺赫然出現在幽將的眼前。

幽將望著那似被火燒過的棺木，心裏湧上了一絲傷感。他可以想像得到為保護這靈棺回到城中，影子付出了多大的代價。

影子緩緩地移開棺木。棺木中赫然便是大劫主，幽將一眼便認出了。

那一刹那，他心頭震撼莫名！

儘管時間過去了幾個月的時間，但屍體卻是一點也沒有變化。一個死後數月依然能保持容顏不改的人，天下之間僅有幾人，而大劫主便是其中之一，這是因為其魔功早已把軀體練至永不腐朽之境。

幽將知道自己不會看錯，影子也決不會認錯大劫主的遺體，否則，他就不是影子，不愧是大劫主最信任的人。也正因為影子對大劫主無限忠誠，才被派出尋找大劫主的遺體。

那麼，那活著回來的大劫主又是誰？

他心中泛起一陣莫名的寒意。

爲何那人並不露面，卻要處於秘室。

想到秘室，幽將心中一震，神色大變！

龍靈？

對，一定是龍靈！

幽將立即飛速衝出秘室，同時向那身後驚愕的影子武士喝道一聲：「立刻包圍聖殿地宮！」

坐忘城城門緊閉，卜城之變使坐忘城也變得極其緊張。

誰也沒有料到左知己竟以冥皇不仁，派人暗殺了前城主落木四爲名，起兵爲落木四報仇，而坐忘城主貝總管竟也在此時宣戰起兵爲殞驚天報仇。

坐忘城中百姓無不感念殞驚天之恩，心中也對冥皇隱有憤恨，坐忘城中幾乎每個人都對冥皇不滿。左知己突然起兵，雖然在他們意料之外，卻是很快與其遙相呼應。

不過，貝總管首先所要做的卻是清理城中冥皇留存的勢力。

貝總管的手段絕對是雷霆萬鈞，以坐忘城的精銳一舉端掉可能來自禪都的幾股力量，從而得以整軍。坐忘城與卜城遙相呼應，二城本就相隔不遠，兩城相連，影響力波及了整個樂土東部。

樂土的大軍並沒有開過來，但是卻有山雨欲來風滿樓的壓抑。

貝總管的決定在坐忘城中反對的人不多，但左知己在卜城之中所遇到的壓力卻並不小，不不過這並不影響其起事的決定。凡試圖阻止的人皆被強壓鎮服，他的強硬手段讓人有些意外。不過卻能轉移人們對他害死落木四的懷疑，仇恨更多地指向了冥皇。

冥皇可以害死如此忠心的殞驚天，就同樣可能殘害落木四，何況落木四與殞驚天交情極深，至於冥皇爲何要害死落木四的原因，則是眾說紛紜。

這時，左知己公開了一封冥皇的秘信，信中冥皇認定落木四勾結千島盟，下令秘密處死落木四。

這一封信解開了眾人的心頭疑問。卜城的數十萬百姓，誰會不知道落木四對大冥樂土的忠誠！

他無數次擊退了數次千島盟的大舉進攻，是卜城的英雄，也是千島盟最恨的敵人。可是冥皇竟會懷疑他與千島盟人勾結，這確實讓卜城百姓心寒。

卜城與坐忘城兩城占了大冥樂土的三分之一的兵力。而此時冥皇又對大劫域發動戰爭，如此一來，國內兵力大減，確實是兩城最好的機會。

兩城聯兵四萬，再自百姓中徵調三萬餘新兵，合兵七萬，聲稱十萬大軍直奔禪都。僅在數日之間便攻下數鎮，聲勢大振！

近年來敢於挑戰冥皇權威的人並不多，但隱於民間的反叛力量卻不少，卜城以左知己為首，坐忘城以貝總管為首，但卻由左知己統一指揮。

左知己隱然成為雙城軍的首領，就因為這一點，坐忘城的將領微有些不滿，不過卻沒能改變貝總管的意思。坐忘城中的人尊重貝總管，就像尊重昔日的殞驚天一樣。

坐忘城出兵後，城中守軍僅留數千人。城中百姓一如往常一般生活，但自每人的臉上可以看出，其內心並沒有外在的那麼安穩。誰都知道，樂土的平靜日子就要過去了！

小夭連日來都未曾休息好，她知道眼前的一切決不是她父親所希望看到的。她父親之所以願意親歷禪城，便是因為不希望坐忘城飽受戰火之苦，可是結果仍將坐忘城推上了戰爭的前端。

貝總管並未出征，出征的卻是昆吾，對殞驚天最為忠心的部將。

對於殞驚天，昆吾有一種父兄的敬意，沒有殞驚天就不會有昆吾，但是他卻親自送殞驚天踏上死路！沒有人知道他內心的感受，即使是小夭也無法體會，所以此次坐忘城起兵他第一個贊成，更請纓願做先鋒。

昆吾走了，小夭覺得城中沒一個可以真正與自己說話的人。雖然城中都是他父親的舊部，對她很尊重，但這並不是她想要的！

她懷念與戰傳說一起闖出坐忘城的經歷！也懷念那種感覺。

但戰傳說呢？他現在又在何方，過得如何？

小夭很後悔未能與戰傳說一起去征討劫域，但慶幸的是他並未加入那軍營之中。如果他在天司危的軍中，此刻坐忘城起兵，他首當其衝地成了攻擊的目標。

正想間，小夭突然覺得燈影閃了一下，微驚之餘，抬頭發現屋內竟多了兩人。

「你們是什麼人？」小夭一驚，眼前兩個人一身黑衣，臉全蒙在黑色的面巾之中，僅只看到兩雙如狼般冷酷的眼神。

「請小姐隨我們走一趟。」其中一名黑衣人緩上一步，頓生出無限壓力，讓小夭無法喘過氣來！

「你們是什麼人？」小夭心知不妙，卻很鎮定。

兩個神秘人對望了一眼，突然同時出手。

小夭正準備呼叫，但那強猛的勁風使她不得不把呼出的聲音壓回去，唯有側身踢出一腳，希望能借機呼喊。

在坐忘城中到處都是她的人，她不相信這兩人能有什麼作爲！

小夭腳才踢出，便知道自己錯了，不是因爲她高估了自己，而是低估了她的敵人。她的腳一踢出便落在對方的手中，倒像是自己把腳送上去給對方握住一樣。

也在那一剎那之間，一股詭異陰寒的力量自腳下湧入她的身體，使她渾身的勁道完全處於封鎖狀態，她心中大駭。這兩人的武功全與樂土各派武功不同，邪異之極。

小夭雖然沒有達到頂尖高手之流，但她是坐忘城主之女，武功見聞之廣也自不在話下，可是她今日根本無法分辨出對方的來路。

小夭身子斜傾，便在這刻悠然出劍。雖然此劍力道幾乎僅有一成，但角度卻極爲刁鑽，劍直取神秘人那握住他腳下的手，速度快絕。

神秘人微感意外，他們似乎並未料到小夭的反應會如此之快，但等到劍至之時，卻不得不鬆開那握住纖足的手。

小夭一劍得成，身形迅速後翻，在虛空之中卻故意撞翻那懸於空中的吊頂。琉璃器「嘩」然落下，在深夜裏發出悠長的聲音，極爲刺耳。

神秘人大怒，小夭比他們想像的還要狡猾，這打壞琉璃器的聲音一定會驚動院裏的守衛，如此一來，他們唯有速戰速決，否則只會身陷重圍，難以脫身。他們並不懼殞府的這些家將，但卻決不可以暴露身分。

小夭身形未落，攻擊便已到，神秘人並未出兵器，顯然並不想傷害小夭。但那漫無邊際的爪影幾叫小夭眼花撩亂，她本就是強行掙脫，此刻後力未生，新力不繼之時，想要脫開這爪影卻也並不容易。

小夭落地，那琉璃的碎響已傳了出去，但她的脈門卻被對方緊扣。小夭知道她與對方之間

的差距實在太大，根本就沒辦法與對方抗衡，不過她卻希望那琉璃的碎聲能讓家將們趕至。

「走！」神秘人一擒住小夭便不再作任何停留，極速飛出小屋。

但當他一飛出小屋之時，卻駭然發現那窗子上全結滿了藤條草葉。這些藤條草葉如活了一般，瘋狂地生長，一層接一層。

「轟……」神秘人一掌震斷那封住出路的藤條，但他剛落在窗外的草地之上，卻發現地上的草木如蛇一般全攀纏而上，無數的草木枝葉在頃刻之間瘋狂地生長，自四面向兩個神秘人包裹過來。

小夭一見心中大喜，她立刻想到了「影」，異域廢墟的「影」。

也只有「影」，才會有這種可怕得像是神跡一般的異術。當日戰傳說與「影」決戰之時便在這草木皆兵之術下險些落敗。

她不知道爲何「影」會突然出現，但卻知道「影」決不會讓她落在這群神秘人的手中！

神秘人心中的驚駭無以言喻，他們根本就沒有想到過世間會有如此奇術，還以爲自己是闖入了殞府所設下的奇陣之中。手中帶著小夭左衝右突，但那些草木似乎永無窮盡之時，更恐怖的是，這些草木像是長了眼睛一般，他們到哪兒，草木便會飛向哪兒，絲毫不放鬆。

花園如此大的動靜，立刻引起殞府上下的注意。

那神秘人似乎知道帶著小夭，根本不可能自這草木大陣的糾纏裏脫身而出，竟將手中的小夭向虛空之中遠拋而去。

小夭的身體斜拋而出，一道白影自牆外電光般射入，直向虛空中的小夭抓去。但在此同時，另一道紅影以肉眼難察的速度橫撞向白影。

「轟……」一聲暴響。紅白兩道身影以極速向兩個方向跌落，而小夭的身體卻落入了另一人的懷裏，這人竟是鐵風。

「沒事吧！」鐵風迅速解開小夭身上的穴道問了聲。

「謝謝鐵叔，我沒事！」小夭長鬆了口氣。

鐵風溫和地笑了笑，目光極凝重地望著那風舞的草木和那在空中衝突的兩名黑衣人。

「錚……」一道龍吟之聲乍然響起，然後夜空突然亮了起來。鐵風一驚，立刻護住小夭於身後，低呼了聲：「天照刀……」

「天照刀！」那剛才突然飛出救了小夭的紅影也低呼了一聲，身子倒縮而退。那被撞退的白影，卻一下子淹沒在那電光一般的刀芒之中。

「轟……」虛空中飛舞的漫天草木在頃刻間化成碎片。那兩個神秘人也在剎那間掙脫開來。

亮彩過後，眾人的眼前又是一片迷茫的黑暗，白影和那兩個神秘人的蹤影全無，連那紅衣人也消失不見，虛空裏只有那仍有些淆亂的破碎的草木。

聖殿地宮，大劫主修身之處。除劫域四將之外，只有影子有資格進入，但此刻地宮全面封鎖。

幽將神情極冷，十數名影子戰士的精銳並立其後，將地宮的入口緊堵住，而在地宮那盈滿紫氣的巨室之中靜坐著一個人。那偉岸的身體如一座山峰一般倚在那紫氣最盛的蓮台之上。

影子戰士皆爲之一震，這人竟是大劫主，那個傳說已葬埋樂土的大劫主，卻好好地活在聖殿地宮之中。那爲何在樂土入侵之時不率眾殺敵？

最爲吃驚的人是影子，因爲那屍體是他運回的！他絕對可以肯定那死去的人正是大劫主，但眼前這人又會是誰？

他的目光落在幽將的臉上，但卻沒能找到答案，幽將神情冷得像冰鐵一樣，這時候他才想到爲何幽將如此急著要包圍地宮。

幽將目視端坐蓮臺上的人，寒聲道：「戲該收場了。」

那大劫主並沒有絲毫移動，甚至連眼睛也未曾睜開。

幽將並不著惱，緩緩上前數步，氣機緊罩住那泛著紫氣的蓮台，眸子裏閃過一絲駭人的殺機。

「你究竟是什麼人？竟敢冒充劫主，我倒要看看你有什麼能耐。」幽將說話間，迅如疾電地出手攻向蓮台。

大劫主依然沒有絲毫動彈，似乎對幽將的攻擊根本就無所謂。兩丈，一丈，五尺……在所有人的心神都揪緊的時候，幽將的拳頭竟停在大劫主的面前。

一時間，所有人都為之錯愕，時間也彷彿在那一刻突然凝固！

影子不解，但卻發現幽將猛然轉身，臉色難看至極，向一干影子武士沉聲道：「從此刻起，聖殿由影子武士接手，直到我的命令取消為止，任何欲反抗的人格殺勿論！」

所有人都一下子糊塗了，幽將在此時居然下達如此命令，他們不由得看著那個依然靜坐的大劫主。卻發現大劫主竟然歪倒在一邊，在紫氣侵熏之下，加上幽將的拳風，臉上竟掉下一塊人皮。

大劫主死了，幽將一下子掀開那層人皮，卻出現一個年輕人的面孔。

「桑普！」影子低呼了一聲，他認出了這人皮之下的人，正是聖殿地宮的守衛頭領之一：桑普。而此刻桑普死了，那個大劫主卻不見了，這一刻，影子立刻明白幽將命令影子武士接手聖殿的原因了！

聖殿統領驚出一身冷汗，立刻向幽將請罪道：「是屬下之錯，沒能看好地宮……」

「這不關你的事，我們的敵人比我們想像的還要狡猾，居然如此快便知道消息，這證明在路上截殺影子的人正是他一夥的。也因為他們截殺影子不成功，這才只好退出地宮，但我們決不會讓他如此輕鬆離開！桑普身體未冷，可見他走不多久，一定還在被封鎖的聖殿之中。從此刻起，聖殿只許進不許出，沒我的手令，任何人強行出入格殺勿論！」幽將道。

「聖殿後宮也要查嗎？」影子猶豫了一下問道。

「後宮也一樣，保護好主母。劫主升天，其他後宮之人皆要伴駕，此刻若是她們敢亂來，那只好讓她們先去見劫主了！」幽將不帶一絲感情地道。

聖殿地宮，紫氣長年不絕，四季常溫，乃是劫域靈氣最盛之處，因此大劫主在此建起一座地宮，而他練功都是在此。

傳說這曾是一個龍穴，但神龍被屠，靈氣卻被大陣所困凝而未散。歷經千年之後，有人以大陣之形建起這樣一座宮殿，更將靈氣納入宮殿之內永不消散，因此聖殿成了劫域人的驕傲。

幽將獨自一人靜靜地望著那蓮台，影子和那群影子武士都退出了地宮，但幽將並不想這麼快離開地宮。他極想知道關於地宮的秘密。平時雖然他也曾進過地宮，但像今日一樣能自己一個人的機會卻極少！

此刻，他卻隱約成了聖殿的新主人。

幽將以一種君臨天下的姿態打量這座地宮。四周龍頭雕塑栩栩如生，雙眼處鑲嵌巨大的明珠，口中更吞吐著紫色的霧氣，使地宮如處仙境。一股淡淡的檀香味瀰漫了每一寸空間，讓人心寧氣靜。

蓮台位於地宮靈氣最集結之地，這也是大劫主靜修之地。幽將卻並沒有靜身修行的打算，而是繞著蓮台轉了數圈。

良久，他似有所悟，微蹲下身體，以手輕撫蓮台，半晌，突聽一聲輕響，蓮台竟緩緩升起，一股寒意自中而出，竟顯出一個小小的通道。幽將頓時大喜，閃身而入，但卻在此時，那通道之中卻湧出一股極強的氣勁，直撞向幽將。

幽將大驚，頓時想到一個人，那就是假扮大劫主的人。那人並未走出地宮，而一直潛在這秘道之中，幽將頓時心中泛起一絲寒意。

「轟……」兩股勁風相撞，幽將身子跌出通道，在那蓮台再合之時，一道暗影從中而出，正是那假扮大劫主之人！

幽將深吸了口氣，剛才那一擊並未能讓他受傷，但卻顯示出對方驚人的力量，其功力之強並不會與他相差多少！

「你果然是爲龍靈而來！」幽將森然道。

「沒想到還是被你發現，不錯，我正是爲龍靈而來。世人皆以爲龍靈在劍帛人的手中，但我卻知道那不過只是假象，真正的龍靈在劫域，也只有這樣，劫域才能解開大冥皇君的千年詛咒，若沒了龍靈，那對大冥樂土的控制是永遠都不可能達到的！」那假大劫主悠然笑道。

「這麼說，你是大冥樂土派來的人了！」幽將並不急著誅殺對方，因為他知道在這裏，他有足夠的時間應付一切。

「哈哈……笑話，大冥樂土也配我為其效力?!」那人不屑地笑了笑。

幽將頓感意外，他無法揣測這人的來路，但他卻知道，此人知道龍靈的秘密，那麼定會有更多的人知道其中的秘密。但此人在地宮之中待了這麼久，一定身懷龍靈之氣，所以他決不可以讓此人逃走。

而他驚訝的卻是此人易容之術之高，竟可以在他面前以假亂真，如果不是此時他早知道大劫主已死，他還無法相信眼前之人會是別人假扮！

「不管你是誰，你唯有死路一條！」幽將眼中殺機漸濃。

「我看不見得！」那人自若地一笑，身形驟動，風一般撲向幽將。

幽將微驚，此人的速度之快實屬罕見，以他的眼力竟無法捕捉到他的去向。

陡然間，他想到一個人——死亡廢墟四少之首：「風」。

「你是『風』！」幽將失聲道。但他卻依然出掌，無論對方是誰，他都要以同樣的手段去對敵。

「算你有眼力！」那人一聲輕笑！在頃刻間擊出百掌之多，如驟風暴雨幾乎讓幽將喘不過氣來。

「劫域四將果然名不虛傳，恕不奉陪，走了！」「風」淡然一笑，身形如行雲流水一般向地宮之外逸去。

「你以爲你走得了嗎？」幽將不屑地道。

「你擋得了嗎？」「風」身形飄動間，竟甩手拋出一個黑色的小球，

「轟……」幽將的掌風過處，小球陡地暴開，一時間黑氣四散而開，帶著濃濃的臭味，幾乎讓幽將爲之窒息！

而他在停頓的一剎那，地宮之門「吱呀」被打開。

「可惡！」幽將恨恨地罵了句！他竟讓人自他的眼皮之下逃跑了！

不過，他不相信「風」能夠穿過外面影子武士的防衛。只要他仍在地宮之中，便不可能出得去！

坐忘城外百里處的小鎮，是坐忘城與卜城之間商業往來的中轉點，一向繁華。但在戰火紛起之時，小鎮蕭條了許多。

忘情鎮。

戰傳說自爻意的房間回來時，明月已懸於半空。

爻意時常夜難成眠，兩千年的差距讓她始終無法適應眼前的一切，不過自「影」的出現帶

來了廢墟消息，這使爻意的心中又升起了一絲希望，只是她明白，戰傳說成爲木帝的過程將是非常漫長的。

戰傳說也未能成眠，回到南方，天氣比漠北要好多了！初春更多了幾分暖意，也許正因爲這些，爻意這兩天的心情好了許多。

戰傳說無法入睡並不是因爲爻意，而是因爲坐忘城與卜城起兵的消息終於被證實，這確實讓他心裏有些無奈。

戰爭一旦開始，想要終止那便不太容易，至少要到一方受到嚴重的打擊爲止，而無論是冥皇受到打擊，還是坐忘城和卜城受到打擊，都會使大冥樂土的百姓陷入水深火熱之中！

該如何平息這場戰爭呢？戰傳說心頭一片混亂，他無法選擇是幫坐忘城還是幫冥皇。不過他此時最想見的還是小夭，在得知小夭平安之前，他仍沒有過多的心思去想其他的問題！

正出神之時，突覺窗外暗影一閃。他一呆，卻發現窗外之人竟是物行。

「物先生何以如此深夜造訪？」戰傳說有些意外。

物行也並不客氣，穿窗而入笑了笑道：「戰公子深夜如此雅興賞月，豈能沒有美酒相陪，物行此來特備了一壺美酒。」說話間，自身後掏出一壺酒，更有一包微帶香味的東西。

「物先生如此有心，我喚起爻意一起暢飲幾杯又有何妨。」戰傳說一時間也被勾起了興致。

「爻姑娘既然睡了，就不必再麻煩她了！其實物行此來，是有件事想請戰公子幫忙。」物行吸了口氣道。

「哦，物先生有何事便請直說吧。能做到的我會盡力的！」戰傳說微有些意外。

「此事關係到我劍帛人的千年大計，這裏是我們大小姐給公子的信。」物行自懷中掏出一封信遞給了戰傳說。

戰傳說有些意外，不過姒伊總會有些出人意料的決定，他欣賞姒伊的智慧。一個盲女卻有著比正常人靈巧百倍的心思！

信上仍帶著淡淡的香，但戰傳說看了卻眉頭深深地皺了起來！

見戰傳說看完，物行出言道：「我們大小姐只想保住一方百姓的安寧，她深知戰公子有悲憫天人的情懷，所以想戰公子助我們度過此劫。」

「蒙姒伊姑娘如此看重，戰傳說只能盡力而為，若真是千島盟大舉自劍帛登陸，我必力拒於海上！不過我要先去坐忘城看看小夭姑娘，然後才能隨你去劍帛。」戰傳說點頭道。

頓了頓又深嘆了口氣，「沒想到樂土如此之亂，千島盟也要來插上一腳！看來這場紛亂是無法避免了！」

物行不由得笑了，向房間中的一張桌子邊一坐，「既然紛亂無法避免，不妨享受現在的安靜。」

戰傳說也笑了！依言悠然坐下。卻見物行把手中的油包打開，是一隻油光發亮的燒雞。一時間戰傳說也食指大動！

「物先生還是個有心人！」戰傳說笑了！

「戰公子何嘗不是有心人，爲紅顏不遠萬里奔回坐忘城！」物行放平兩個茶碗，就將酒倒入其中。

戰傳說有些尷尬，吸了口氣：「其實此次我趕回來只是想盡一份心力，不讓坐忘城捲入戰火之中，可惜我仍沒能做到，也無法挽回。」

「其實戰公子有這份心就足夠了，眼前的浩劫並不是一個人的能力所能挽回，即使坐忘城之危可以解，但卜城卻無法解決。若冥皇命坐忘城攻打卜城，那會是什麼結果呢？正如左知己所說，冥皇已不是從前的冥皇了！殞城主如此忠貞之人，卻也難逃一死。」物行慨然道。

戰傳說心中一陣黯然，對殞驚天之死，他總愧疚於心，或許正因爲如此，他才對小夭多了一份疼惜，也對冥皇多了一份恨意。

「冥皇太低估了坐忘城和卜城的百姓，殞城主和落木四在兩城百姓的心中，比他這一直守在禪都不出世的冥皇分量更重。不過我總覺得這之中好像有什麼不對。左知己這個人不簡單！明知道若是卜城動兵，千島盟必定會自卜城攻來，但他依然選擇此時出兵，只怕沒那麼簡單。」物行似有深意地道。

「物先生對此有何高見？」戰傳說微愕，反問。

「據我們在卜城的消息說，左知己起事前幾日，昔日九極教的飛天鷹王曾找過他！」物行稍頓道。

「九極教飛天鷹王？」戰傳說吃了一驚，惑問道：「難道九極教還有餘黨？」

「當年九極教除教主勾禍之外，還有不少人潛入江湖。一直隱匿未出。而飛天鷹王在勾禍出事之前便沒人再見過他出現！有人以為他早就死了，但卻從沒有人見過他的屍首，如今連勾禍都還活著，那飛天鷹王仍活著並不是沒有可能。」

「物先生認為卜城兵變可能會與九極教有關？」戰傳說訝問。

「這個也不無可能。左知己的身分與來歷，向來是卜城的一個謎，卜城唯一知其身分的落木四卻又意外身亡。此人一直都極為低調，但此次與九極教又交往甚密，所以我才會猜測此次兵變與九極教或許有莫大的關係。」物行皺眉道。

戰傳說不以為然，他見過勾禍，更知道勾禍沒有這樣做的必要，但為何物行卻要說九極教可能會參與此事呢？

聖殿地宮，殺氣瀰漫，影子戰士像一個個冷血的魔鬼。

聖殿後宮，劫主的諸嬪妃也噤若寒蟬，沒有大劫主在的日子，她們根本不可能有能力與幽將抗衡，也沒膽量。更何況，此刻幽將幾乎掌握了普羅城中的大部分力量，若不是忌於劫域數老仍在，只怕後宮早已爲其所占。

異域廢墟的人居然潛入了聖殿地宮，更知道龍靈之秘，這讓幽將極爲意外，而「風」只不過帶走龍靈之氣，並無法破獲龍靈之力，只要能將其困住三日，其身上的龍靈之氣必定消散，那麼就不再會有任何威脅。

幽將此時卻想起了一個人，一個急需要龍靈之氣的人。所以他立刻讓影子去找尊嚣，他不想再出什麼意外。之前他一直都低估了尊嚣，沒有料到尊嚣能擊敗晏聰，更沒想到尊嚣還能借機除了他的弟弟幽戰，而且做到不著痕跡。

想到幽戰之死，幽將心裏恨意又起。他唯一的弟弟，普羅城中他最得力的助手和最信任的人。

幽戰之死讓他有斷臂之痛！可恨的卻是他還不能對尊嚣下手，因爲此刻樂土大軍壓境，尊嚣卻成了對付樂土的英雄，他不能在這非常時期對尊嚣出手，而今日「風」的出現，卻讓他產生了另一重憂慮，心頭也升上了一種極爲不祥的預感。

外憂內患使得普羅城風雨飄搖，唯一讓幽將感到欣慰的是，劫域四老各自把守著一方城門，使得普羅城的安全仍有最後一道保障。

可是憑空消失的「風」呢？異域廢墟的人行蹤確實詭異莫測，而其易容之術更是出神入化。

突然，一名影子戰士驚惶地衝入聖殿，一身血跡地撲倒在他的面前。

「主上，不好了，尊翼叛亂。」那影子戰士幾不成聲地道。

「影子呢？」幽將心頭一凜。

「他死了，我們不是尊翼的對手。」那影子戰士說完身子都幾乎在顫抖。

幽將頭「嗡」的一下，霎時間似乎變成了一片空白。他擔心的事終於發生了，但是他沒想到尊翼會來得這麼快。

「傳我命令，全城戒嚴，若有尊翼蹤影，立殺無赦！」幽將幾乎是吼出來的，便連影子戰士也嚇了一跳。

禪都皇宮，無惑大相望著神情極冷的冥皇，他也保持著應有的沉默。此時打斷冥皇思路是很不明智的做法，不過他心中確實也甚爲焦急。

良久，冥皇才緩緩抬起頭，目深如海地望了無惑大相一眼，淡淡地道：「大相心亂了！」

無惑大相一怔，略顯慚愧地道：「臣著相了！」

冥皇微微笑道：「大相心憂大冥國，爲萬民著想，又有何不妥。只是萬勿因一枝一葉而著相。」

無惑大相道：「臣受教了，不過臣有一事不明，還想帝君能解我此惑。」

冥皇微微頷首，示意無惑大相繼續說下去。

無惑大相道：「此刻卜城、坐忘城雙城之亂才起，帝君卻仍將越地劃給劍帛人，劍帛一直謀求復國，只怕從此國中又多了一個禍害呀。」

冥皇不由得笑了，泰然道：「劍帛人復國之志我豈能看不出，這些年來，劍帛人雖年年納貢，但其經商能力確實為天下人所不能相比的，這些年所積累的財富只怕不亞於我大冥樂土的國庫。即便大冥不給他劃地經營，他們也一定會趁亂立足，到時候以其無人可比的財力作後盾，那才是真的大患。此刻我劃越地於他們，他們必定會努力經營，以求立足擴張，再求復國獨立，這樣一來，他們的財力物力就全會投入越地。但卜城和坐忘城一亂，千島盟必會趁亂而動，越地首當其衝受到攻擊。在劍帛人看來，越地是他們復國的唯一希望，必定會傾盡人力物力守護越地。如此一來，劍帛人的財力和物力將與千島盟的戰爭消耗殆盡了！」

無惑大相恭謹道：「帝君果然妙策，臣受教了。」

冥皇長長地吸了口氣，神色凝重地道：「我此刻唯一擔心的卻是劫域之戰。前方傳來消息，擊敗晏聰的人是尊囂！」

無惑大相大吃一驚，欲言又止。

「尊囂僅以兩千人馬擊潰晏聰兩萬前鋒軍，實在讓人刮目相看！」冥皇不無感慨地道。

「囂親王入劫域之時並不會武功，而他在劫域那麼多年一直受人看管，他怎麼可能突然會有如此強的武功，竟連晏聰也會敗於他？」無惑大相意外。

「他的天資當在我之上，這也是大劫域為何要選擇他做質子的原因，在他身上發生一些意外的事情並不是不可能。若真是他守普羅城，只怕天司危此戰是凶多吉少了。」冥皇不無擔心地道。

無惑大相無語，他雖智慧過人，但卻難測未來，想了想，他道：「我看未必囂親王會有這樣的機會，劫域之中還有幽將，此人的一身修為直追大劫主，而且此人極有野心，若是囂親王鋒芒太露，他絕對會加以壓制，更不可能將普羅城的兵權交給囂親王了！」

冥皇沉默半晌，方悠悠地道：「曾囂能隱忍數十年而不發，一身卓絕武功竟能夠在大劫主這樣高手面前隱瞞如此之久，可見其心機之深。如今突然展現出過人的力量，那麼他必有所恃，否則他豈會不知道幽將會不容於他。如果我沒猜錯的話，劫域的主人將不會再是幽將！」

無惑大相一時也無語，他心頭承認冥皇分析得很有道理。也許，曾囂和冥皇一樣，是讓人永遠無法測度的人。

「該來的終究會來，大冥樂土安靜了太多年了，這場暴風雨也醞釀太久，看來是我太大意了！」冥皇突然深深地嘆了口氣，自語道。

尊囂並不在他的質子府，當幽將趕到的時候，只有影子的屍體，他看到影子凝固的表情裏透著一股古怪的笑意，身上竟看不到任何傷痕，便像是在夢中熟睡而死，安詳靜謐。另外幾名影子戰士卻死狀各異，彷彿經過千萬刀的洗刮，軀體破爛，慘不忍睹，讓人作嘔。

「好快的劍！」幽將倒抽一口涼氣。

「這不可能！」說話的是幽將身後那緊隨的老者。

「木老認爲這不是一劍所致？」幽將問道。

木老搖了搖頭，他無法回答，因爲他根本看不出這幾具屍體上有第二劍劃出的痕跡。

「天下竟有這麼快的劍，從頭到尾竟是一劍劃出如此多的傷痕，看來我們真的低估尊囂了，我一直以爲他不過是劫域隨時可以宰殺的羊，看來我徹底的錯了！」幽將聲音有些沙啞。

木老感覺到了幽將的殺機，濃烈得如這薄冰晨雪一般的殺機。

擁有這樣有形有質殺機的人，他只見過一個，那便是大劫主。

這一刻，他竟也無法捉摸到幽將的心思，這是一個可能與尊囂一樣神秘的人。

不過他沒有多想的時間，因爲他聽到城內一陣極爲雜亂的叫囂聲迅速地向這個方向傳來，顯然是大隊人馬調動的聲音。可是他和幽將都不曾下令過調動城中的任何兵馬，於是他望向幽將。

幽將長長地吸了一口氣，嘶聲道：「一定是尊囂！」

九城司，普羅城中專為負責普羅城的治安的機構，也是保護普羅城的一股強大的力量。

在普羅城中，唯有九城司的人可以騎馬巡城，其餘便是影子戰士也不可以在城內騎馬而行！除非有特別的命令，才可以從九城司領得戰馬！

而此刻質子府外全是馬蹄之聲，在普羅城中唯有九城司可以做到！

幽將的猜測很快便得了證實。質子府外正是九城司的人馬，但帶隊的並不是刀城司司如命。弩弓箭全在弦上，卻對著質子府中的影子戰士，只要影子戰士稍有異動，便會遭到決不留情的射殺。

「府中的人聽著，九城司大人有令，質子府現在由九城司全面接管，若是有人敢反抗破壞，立殺無赦！」

幽將心中大怒！九城司居然如此狂傲，竟連影子戰士也不放在眼裏。

木老比幽將更怒，大喝一聲：「連我也要殺無赦嗎？」

「原來木老在此。」馬背上的九城司戰士全都馬上行禮。

那隊長道：「九城司大人吩咐過，無論如何，我們都必須接管質子府，否則我們便要人頭落地。」

此話一出，木老和幽將的臉色皆變。普羅城中，木老的地位決不比九城司低。但九城司的小卒竟如此不把其放在心上，頓時讓木老殺機大盛。

「你可知道，如果你們執意如此，此刻便會人頭落地。」木老寒聲道。

那隊九城司戰士相互對望，誰也沒有移動半步。

「那你就只好去死了！」木老大手一揮，身邊的影子戰士風一般向九城司的人撲去。

「殺！」那隊長也低喝一聲！

九城司的兵馬本是負責城中意外狀況發生的快速應戰，其作戰能力雖無法與影子戰士相比，但卻比普通城防戰士要強上許多。影子戰士身形一動，那弦上的箭矢便如雨一般灑向質子府方向。

強弩在如此短的距離之中的殺傷力和破壞力都極為驚人。影子戰士雖然強悍，但仍有數人中箭而倒。餘者皆迅速衝至九城司兵馬前，刹那間便展開了最為慘烈的肉搏戰。

幽將自質子府出來，卻發現大街之上早已為九城司的兵馬清洗。全部替換成了九城司的兵馬，幽將雖身為大劫主身邊四將之首，卻無權直接制約司如命，他唯一可以做的便是召集四老，然後共同壓制司如命。

天司危的數萬大軍憑空消失一般，尊囂不知所蹤，風又消失於無形，普羅城之中內亂不斷，幽將感覺到了前所未有的巨大壓力。

普羅城長街，滿懷心思的幽將突然帶住馬韁，目光投向長街的另一頭，頓覺風起。街區道上不再見到九城司的戰士，但那沉重的壓力使幽將身邊的影子戰士不由得全都拔刀在手。

「尊嚣——」幽將口中終於吐出了兩個字。

影子戰士便看到了長街的另一頭行來的人——正是因擊敗樂土大軍而給劫域帶來一線希望的尊嚣。

可是，所有人駭然發現，尊嚣竟與「風」並肩而行！

幽將終於明白為何尊嚣敢公然對抗，那是因為他已經得了足夠的龍靈之氣，使他不再受那千年的惡咒所左右，也便不再受劫域人的威脅了！

幽將第一次與尊嚣以這樣的形式正面面對。之前他一直都是絕對的居高臨下，不過從這一刻起，那種平衡完全打破了。他不能不佩服尊嚣的手段，因為突然間他明白了為何九城司會如此大動干戈，那便只有一個可能，因為尊嚣完全控制了司如命。

幽將瞭解司如命的高傲。以尊嚣的身分地位，想征服司如命這樣的一個人更是難上加難。可是，尊嚣卻做到了。

尊嚣靜立長街，似乎是專為了等幽將的出現。

尊嚣渾身上下散發出一股讓人窒息的氣勢，木老幾乎不敢相信眼前一切是真的。

「幽閒，普羅城此刻已在我的控制之下，我相信你一定不會希望普羅城生靈塗炭，只要你能順從我，我保證劫域子民從此過上更幸福的生活，甚至超越大冥樂土！」尊嚣的話語裏隱隱透著淡淡的狂傲。

幽將身後的影子戰士臉色都變了，在劫域之中敢直呼幽將名字的人，除劫主之外再無他人，甚至很多人根本不知道幽將的真實名字。

幽將的神色也有些變了。他不相信尊嚣能在這麼短的時間裏控制整個普羅城，至少四座城門仍在劫域四老的手中。

不過，尊嚣那自若的表情使得幽將又有些不安。

「尊嚣，你太狂妄了！」幽將沉默了片刻，終於道。

「不，應該是自信。我已掌控了大局，沒有理由不自信。」尊嚣胸有成竹地道。

「階下之囚也敢如此叫嚣！我倒想看看你究竟有多少斤兩！」木老越過幽將，飛速撲向尊嚣。

尊嚣淡淡一笑，對木老那暴若怒雷的一拳似乎視若無睹，但自其眼裏卻閃過兩道極冷又極邪異的光彩。

木老與其目光一對，動作立刻變緩，像是中了邪一般自空中墜落。與此同時，尊嚣身後迅速掠出兩個戴著深黑頭篷的黑衣怪人。

幽將眼看著那兩人將刀架在木老的脖子之上，他竟沒能來得及出手阻止。一來因爲距離太遠，那兩人的速度也太快，更是因爲尊囂那詭異的表現使他大爲震驚，失聲道：「幻魂大法！你是靈族的人！」

尊囂悠然道：「幽將的眼力果然獨到，本座一出手便知來歷。我尊囂是大冥樂土的囂親王，也將會成爲大冥樂土甚至是整個蒼穹諸國的主人！我要開創霸業，需要你這樣的人，希望你能審時度勢與我合作，這樣對你對我都會有好處。」

「我幽閒此刻仍是劫域最高的首領，你讓我合作，那要看看你能有什麼條件。」

「幽閒，你以爲你向樂土各派透露大劫主的消息，還讓人裝扮成大劫主對各派進行攻擊，並引起公憤的計畫是天衣無縫嗎？大劫主怎麼也不會想到，會是自己最親信的人出賣了自己，而出賣自己的原因卻只是因爲迷上了大劫主的一個妃子……」

「住口！」幽將眼神裏有著一絲驚駭，更多的卻是殺機。

他不知道爲何尊囂會對他的行動如此瞭解，但是他卻明白若是此時動怒，等於是承認了所有的事實，那時候，他便將成了大劫域的公敵。是以不怒反笑，冷然道：「一派胡言，你以爲就這些話能夠惑亂人心嗎？」

「若是我有你寫給紅楓山莊的秘信呢？」尊囂突然追問一句。

幽將頓時如受雷擊，怔立當場。尊囂連這一秘密也知道，那麼，他所說的一切都極可能是真的，若是尊囂將事實的真相公佈出去，只怕他再無立身之地。一時間，他心頭轉念無數。

尊囂笑了，因爲他似乎看透了幽將的心思。他靜靜等候幽將俯首稱臣。

幽將卻突然出手了。

「沒有人能夠威脅我！」幽將低吼一聲。身形暴漲，如一團充氣的魔火，慘烈霸殺的氣勢如水一般散漫而開，無邊無際，整條長街頓如陷入一片死域。

「普羅城中兵馬調動異常，似有內亂！請司危早作準備。」天司危看著那自蒼鷹爪下取來的字條，眉頭頓時舒展開來。巢由果然沒有讓他失望。雖然他無法與皇影武士取得直接的聯繫，但是比往日對普羅城的一切全不知情要好上許多！

「如果普羅城真的發生內亂，對峙雙方會是誰？」惜紅箋惑然問道。

「對呀，此刻幽將當權，難道在城中還會有能與幽將相抗衡的力量？傳說幽將與大劫主乃是同門師兄弟，其在普羅城的地位又有誰能撼動？」蒼黍也附和道。

「巢由是一個很聰明的人，我相信他所說的一切必是事出有因，雖然目前我們無法探明城中的情況，但也要做一下準備。此刻雪已停，我們久伏於此決不是辦法。糧草的接應也有困難。所以普羅城必須速戰速決。」天司危說著，把目光移向坐忘城的幸九安道：「九安似有心事，想必是聽說有關坐忘城的傳言吧？」

「近日軍中確實有此傳言，但屬下不會因爲傳言而分心。劫域之亂乃是我大冥樂土千年來的心病，危害的只我大冥所有百姓的幸福，在我出征之始便下定決心，自己不僅僅是爲坐忘城而戰，更是爲了所有大冥百姓而戰。」

單問也忙插口道：「幸將軍所說甚是，我們此刻是在爲大冥樂土而戰。」

天司危點點頭。單問和幸九安所代表的是坐忘城和卜城，他對兩城兵變之事所知也有限，但卻知道這是事實，因此，對幸九安和單問並不太放心。

「既然如此，那各城兵馬立刻準備，隨時待命攻城。」

「還不快給我開門，我要出城！」小夭手中的馬鞭一揚，便要抽打守城的衛兵。

她心中悶極，這些日子全都關在府中受人看管，看似是保護，暗地卻是在限制她的自由。她不知道貝總管爲何要如此，但卻讓她心裏極爲不痛快。此刻她倒極希望能遠離戰場，去北方找戰傳說。

「小姐，城主吩咐過，城外危險，妳不能一個人出去。」那守城的戰士有些膽戰心驚地道。

「那好啊，就由你陪本小姐一起出城。那樣就不是我一人出城了！快開門！」小夭怒道。

「小姐，小人不敢擅離職守，這樣城主會殺了小人的。」

「你以爲就城主會殺人，本小姐就不會嗎？」小夭怒氣大盛，彎刀錚然出鞘直抵那守卒的脖子。

「小姐請息怒，小人不過只是奉命行事，就算小姐殺了小人，小人也沒辦法開城。況且，城主也是一番好意。」

「住口，我還用得著你來教訓嗎！」

「賢侄女何必與他們為難！城主之所以如此做都是為了妳好！」鐵風的聲音遠遠傳來。

小夭的神情一斂，收回刀來，仍是一臉的不平。

鐵風嘆了口氣道：「上次妳也看到了，雖然我們不知道千島盟的高手為什麼要對妳出手，但相信他們不會如此輕易罷手。城主這麼做也是為了保證妳的安全，否則我們如何去面對老城主在天之靈！」

小夭一聽到鐵風提起父親，心中一陣酸楚，也低下了頭輕聲道：「可是我真的不想悶在家中，我要去找戰大哥！」

「戰公子此刻可能在劫域作戰，又如何能顧及到妳?北方大亂，又有千島盟的高手暗中窺視，我們如何放心讓妳獨去?」鐵風吸了口氣道，「坐忘城百姓都希望能為妳父雪恥，而妳是唯一最有資格指證冥皇殘暴並聲討他的人，這樣才可以瓦解對方的人心。妳是坐忘城的兒女，想必決不想看到坐忘城失敗後生靈塗炭吧。」

頓了頓鐵風又道：「如果妳真想出去，鐵叔叔陪妳去走走吧！」

小夭不語，鐵風已向守衛低喝道：「開城門！」那守衛不敢阻擋鐵風，即使是城主，也不會阻擋鐵風。

幽將的身形撲上之時，㝵囂身後兩名神秘的黑衣人卻搶至㝵囂身前。二人同時出手，重重地擊向幽將那影子一般的身體。

「轟……」幽將似乎並無意躲閃。兩個人的拳頭重重地擊在他的身上，但他們卻駭然發現斷裂的是他們的椎骨，甚至聽到了內臟破碎的身音。在他們的拳頭擊中幽將的同時，幽將也擊在了他們的身上。

以拳換拳，幽將若無其事，但他們卻死了。幽將的身體片刻也不曾停留，依然是以相同的姿勢撞向㝵囂。

「烈陽剛甲！」㝵囂低低地叫了聲。同時將身上衣袍一抖，像一片暗雲一般罩向幽將。

長街一暗，那衣服如一片雲般擴大，直至遮住整個天空。

幽將知道這並不是真實的，僅只是㝵囂對心靈的一種干擾。木老在毫無防備之下會中招，但幽將卻早已有所準備，這些障眼之法根本無法混亂他的感覺。他看不到㝵囂的所在，卻可以清晰地感覺到那團力量的存在。他們的氣機早已緊鎖在一起。所以，幽將依然擊出了那瘋狂的一擊。

天地如同在一剎那陷落，四面的空氣彷彿在烈焰之中燃燒一般，那炙熱的氣息如潮水一般向四面擴散。四周的影子戰士和普羅城士兵駭然飛退，但卻有一股無法抗拒的力量，使他們定格在那裏根本無法移動半步。

更可怕的是，他們能清晰地感覺到身上的衣服在熱流之中分解、剝落，然後那股熾熱而狂野的氣流自毛孔之中滲入體內，於是五臟六腑在頃刻間彷彿要沸騰一樣。

於是他們狂吼、低嘶，可那聲音像是破碎的琉璃一樣，散落在虛空裏已模糊不清。

城中唯有「風」，來自異域廢墟的「風」，依舊氣定神閒。風望著尊囂的背影，泛起了淡淡的訝意。對於幽將的武功，「風」也多少有些吃驚，在聖殿地宮之中他並未真與幽將有太多的接觸，僅知道幽將的武功在他之上，但這一刻幽將出手了他才知道，自己在地宮之中選擇逃跑是多麼明智的選擇。

「風」不願成爲兩大高手氣機攻擊的對象，所以，他悄然後撤了。

「風」一退開，長街兩邊的房屋便摧枯拉朽般傾倒！然後他看到普羅城的士兵如紙鳶般飛出，那化爲飛灰的衣衫使虛空黑得更爲可怕。

倏然，電破長空！慘白的積雪映著那刺目的光華，幾乎使他無法睜開眼睛。

「風」心中駭然，但卻也變得亢奮起來，能目睹絕世高手之戰，是一個武者畢生最慶幸的事，像當年千異與戰曲一戰，天下皆驚，卻也成爲天下許多武人的大憾，因爲他們無法目睹那驚世駭俗的高手對決。但今日「風」卻可以。

「司危大人，你看普羅城上空！」蒼黍指了指那發紅卻閃電不斷的天空，有些吃驚地道。

「那是普羅城的方向。怎麼會如此！」天司危大惑不解地看著普羅城上空那電閃雷鳴的景象。

軍營中的戰士也大為錯愕，在這種天氣裏，突然電閃雷鳴，確實是出人意料之外。

「好強的殺氣，好可怕的氣勢！」說話的卻是惜紅箋：「司危大人，此刻，城中一定真如巢由公子所說一樣發生內亂，此刻正是我們進攻的好機會。惜紅箋願意做先鋒為我軍打開城門！」

「不！如此強烈的氣機交纏，這交手的二人足以列入神魔之級。大劫域之中除了大劫主還難找到其他人，城中的境況仍是變化難測，在巢由沒有再發出信號之前，我們不能貿然出手。」天司危沉聲道。

「司危大人，巢由公子豈非早已傳信說城中有內亂？」惜紅箋有些急切地道。

「是啊，司危大人，普羅城頭的兵馬也頻頻調動，看來城中真出了大變故，機不可失啊！」幸九安也出言道。

天司危心中卻依舊有不祥的預感，他是與大劫主交過手的人，瞭解這天象大變預示著什麼。沒人比他更能體會這神魔級高手的恐怖。在出征大劫域之時，他就認爲大劫主已死，在普羅城中能威脅到他的人已不存在，劫域三將那般武功並不放在他心中！可是此刻，他卻對普羅城有種高深莫測之感了！

「司危大人！」眾將見天司危仍不下令也急了，不由得俯首請求。

天司危心中微嘆了聲，大手一揮，低喝道：「攻城！」

天顯異象，普羅城舉城皆驚。

以幽將二人決戰的長街爲中心，一股強烈的風暴向四面擴張，摧枯拉朽一般發出驚人的破壞力。城中的防衛軍，甚至是聖殿武士，全都不由自主地向長街方向集結。沒幾個人能明白究竟發生了什麼事，但卻知道普羅城面臨著最強的一次危機。

巢由望著那風暴捲起的地方，臉上泛起了難以察覺的欣慰的笑意。這種時候，城中不再有人關注他這樣化妝後並不起眼的角色。

「公子，我們可以向城外發信號了吧！」皇影武士低聲詢問巢由。

「是時候了。不過我們的人手少，要打開城門還得抓住機會，否則可能仍難以成事！」巢由低聲道。

「你們不可能有機會成事！」一個冷冷的聲音悠悠地傳來。

巢由和幾名皇影武士全都臉色一變，扭頭之時，卻發現一名全身緊裹在黑衣之中，根本看不清面目的人緩緩行來。腳步移動之時，自然生出一股強霸沉悶的壓力。

巢由心頭一沉。難道，對方早有察覺？那豈非裏應外合的計畫要全盤落空？雖是在極寒之地，巢由後背已有冷汗涔出。

「大冥樂土聲名最著的巢由公子，當然不是我一個人所能留下的！但別忘了，這不是大冥樂土了！」那人輕輕地拍了拍手掌，巢由駭然發現四周瞬間圍滿了與那黑衣人同樣裝扮的一群神秘人！

「幽將早知道我入城了？」巢由不由問了一句。

他的直覺告訴他，眼前這些黑衣服人絕對是極可怕的，但更讓他吃驚的卻是，這些人似乎對他的身分極為瞭解，而他卻根本不知道自己是什麼時候露出的馬腳。

「他已不是幽將，他是幽閘大劫主！」那黑衣人很淡的聲音裏，似乎有種無法闡釋的魔力重重地錘在巢由的心上。

「幽閘大劫主？」巢由訝然，他根本就沒聽說過幽將是什麼時候成為大劫域劫主的，由此斷定這些人應該是幽將的親信力量。否則決不可能在幽將還沒明正言順成為大劫域劫主之前，便如此稱呼。

「不錯！幽閘大劫主，從今日開始，他便將是大劫域的主人。而這一切卻是要以樂土人的血來祭禮。」那人斬釘截鐵地道。

「我可以讓你死得明白些，尊囂聖主讓我們告訴你，你們所做的一切都在他的意料之中，今天你們所看到的一切，都不過是一場引蛇出洞的好戲。」

巢由至此再無懷疑，心神也爲之大亂。最可怕的是，他已經向天司危發出了錯誤的訊息。巢由心神一亂之際，那群神秘的人便已經出手了。

他們不可能錯過任何機會，尤其是對付巢由這樣的高手。幽閒沒有輕視這個名聞樂土的年輕人，所以他今日派出的絕對是必殺的高手。

第五章　開門迎敵

普羅城之中的亂象，在城外便可以清晰地感覺到。城頭寥寥無幾的守軍見到城外大隊的樂土軍突然而至，一時之間更是大慌手腳，警示聲頓時傳遍全城。

普羅城上的慌亂讓天司危很滿意。樂土千年來都想將普羅城納入自己的領地，卻總未能如願。如果這一次他能做到這一點，這將是怎樣的功績?!

一聲令下，樂土將士如潮水般湧向普羅城。

這是一場蓄謀了很久的戰爭。

普羅城久未經戰火，但當兵臨城下之時，依然有著保家衛國的拚死氣概。所有人都知道，樂土軍若是攻下普羅城，那麼劫域便永遠都只會淪爲樂土的附庸，而先前劫域卻一直是凌駕於樂土之上。

天司危望著那前仆後繼倒下的戰士，眉頭緊鎖。這雖已是初春，但北方的天氣依然極寒，普羅城上一層霜凍此時已被鮮血染紅了，他沒有看到巢由的信號，但他相信巢由。

幸九安望著城頭，越聚越多頑強抵抗的劫域戰士，忍不住道：「司危大人，幸九安願帶一隊人馬攻城！」

天司危望著蠢蠢欲動的幸九安，安撫道：「讓那些年輕人歷練歷練吧，你有更重要的事情需要做。」

「更重要的事情？」幸九安望著身先士卒的蒼黍，實在難以按捺自己。

「好戲就要開場了！」天司危突然長吁一口氣。

也便在這時，幸九安看到城頭升起一道火光，城門口似乎一陣大亂。這時他不由得想起一個人，脫口道：「巢由公子！」

天司危點點頭，「現在，該你出手了！」

「請司危大人放心，幸九安定不辱命！」說完，幸九安向身後輕騎一揮大手，吼道：「弟兄們，第一個殺入城中者賞金百兩。」

而此時，普羅城的大們「轟」然而開，巨大的吊橋重重地落在護城河的對岸，將兩岸緊緊相連。

「殺……」幸九安哪會錯過這樣的機會，立刻領著大隊人馬，潮水一般向普羅城中湧去。

鐵風傷得極重。

誰都知道鐵風是個硬漢，真正的硬漢，自當年追隨殞驚天起，叱吒沙場，從未退縮，而現在幾乎只能讓人扶著說話。

「究竟是什麼人幹的？」貝總管竭力讓自己的聲音變得平靜。

「這些人的武功極爲詭異，全都是蒙著面孔，我未看出他們的真實身分。若不是我答應讓小姐出城，便不會有這樣的事情發生了。鐵風願意以死謝罪！」鐵風臉色蒼白。

「也不能全怪你，城中誰不知你最疼愛小夭？」貝總管嘆息道。

鐵風緩緩別過臉去，心中悔恨無以復加。他腦子裏再一次泛起那群神秘人怪異的武功，卻依舊無法分辨他們的身分。

「城主，城外有禪城特使求見！」一名統領疾步行入向貝總管跪叩道。

貝總管神色微變，「禪城特使，哼，此刻來見是何居心，難道想勸我退兵！」

「來的是幾個人？」貝總管身後一清瘦文弱的中年人問了一句。

此人聲音雖小，但卻似乎深深地烙在人的心裏，讓人過耳難忘。

「只有一人！」

「只有一人？」貝總管沉吟了一下道，「讓他進來！」

「冥皇念在殞驚天對我大冥樂土是有功之臣，所以特請小夭小姐去禪城做客，讓你們放心。同時，冥皇還讓我們轉告你們，希望你們不要與左知己同流合污。他相信貝城主是個聰明人，目前的形勢應該看得清楚。」那禪城使者看似客氣，卻難掩傲慢。

「原來是你們搶走了大小姐！」貝總管一聽，臉色頓變。

鐵風眸子裏更閃過一縷瘋狂殺機。氣氛登時凝重得讓人難以呼吸。

「我們並不想傷害小夭小姐，所以我才特來勸你們退兵，冥皇可以不再追究這次動亂的責任。我們也會善待小夭小姐！」

貝總管沉聲道：「你這是在威脅？」

「我只不過是一個信使，只負責把冥皇的話帶到。」

「你可以回去告訴冥皇，他如此卑鄙的手段實在叫人心寒，我貝勒雖只是小小的一個坐忘城主，但決不屈服。血債必須血償！」貝總管將手中的杯子重重地摔在地上，不無怒意地沉聲道。

「血債血償……」殿中的坐忘城眾將也皆是義憤難當，跟著吼道。

那信使的臉色頓時煞白。

貝總管長身而起，沉聲道：「你滾吧，今天我不殺你。如果小夭有什麼三長兩短，我必取你項上人頭！」

坐忘城眾將一個個橫眉冷目，殺氣逼人，那禪城使者不敢再說什麼，只是冷哼了一聲拂袖而退。

幸九安曾是禪城西城尉，更是禪城一員勇將。所以由幸九安主攻，天司危很放心。

普羅城門洞開，巨大的吊橋在千萬馬蹄之下顫抖了起來。

自從晏聰的前鋒軍大敗之後，便一直處在被動狀態，此刻，壓抑了數月的樂土戰士終於有了迸發的機會。

幸九安的騎兵是天司危編制中最完整的騎兵。天司危知道混入城中的皇影武士能夠打開城門已經實屬不易了，如果遲片刻去接應，只怕巢由便再也無法抽身而出了。所以他讓最快的輕騎兵突擊而出，必需讓巢由活著回來。

城頭的箭矢雨般飛灑而下，但卻並不能阻止幸九安的鐵騎。

天司危遙遙看到城頭有人縱躍如飛，但因距離太遠他無法看清，但隱約可見對方像是花犯，他心頭稍安。有花犯在，就不會讓對方輕易拉起吊橋，那麼幸九安便有足夠的時間入城。

幸九安身邊的騎兵一個個地倒下，幸九安也險些中箭。眼看離城門不過百步，幸九安卻意外地發現，城中的防守比自己想像的要頑強得多，城內的弓箭手們忙而不亂。他的心中不由得浮起一絲不祥的陰影，但這時他已經別無選擇，唯有進攻！

「呼……」幸九安的戰馬兩蹄突然落空，竟在這時跌進陷馬坑之中。

他立即飛身而起，蒼鷹一般飛撲向普羅城，那雨般的箭矢皆被罩於身上的強大氣勁震開，偶有穿過氣勁的也沒能傷到他的皮肉。

巢由曾說過，單論橫練的功夫，幸九安可以在當今之世上排在前五位。

普羅城中似乎早料到天司危會出騎兵，在直通城門的路上挖滿陷馬坑。不少人掉入其中，被坑中倒刺刺得血肉模糊。

當幸九安衝至城門口之時，卻意外地發現城口動亂的並不是巢由公子帶領的皇影武士，而是穿著普通普羅城居民裝的百姓。隨即他看到了在城頭浴血苦戰的花犯。

他看到花犯似乎對他喊了句什麼，但廝殺聲掩沒了花犯的聲音。縱是如此，幸九安還是從花犯的神情感受到了他極度的焦灼。

幸九安心頭微震，未來得及細想，一片寒芒狂捲而來。幸九安大喝一聲，全力劈出一刀，「噹」的一聲，寒芒頓時消失，一個人影飛跌出去，血霧瀰漫。

迅即又有兩杆鐵槍呼嘯而至！幸九安暴進！他要殺開一條血路，接應花犯，並找到巢由。

樂土戰士潮水一般湧向普羅城，在箭雨之中踩著同伴的屍體，義無反顧地衝向眼看就要抵達的普羅城城門。

幸九安終於衝入普羅城，騎兵緊隨其後。

劫域人終於潰退了，殺得興起的樂土戰士緊追不捨。幸九安則帶了一隊人向城頭殺去。那裏，花犯仍在奮力廝殺。

追了一陣，遙遙見到一片巨大的空地時，忽聞號角聲響起，劫域人迅速四散開去！

幸九安一震，猛然止步。回首望去，只見空地的中央樹立著一根柱子，柱子上赫然釘著一具屍體。

只看了一眼，幸九安頓時呆立當場，驚怒無比！

那竟然是巢由的屍體！

不知過了多久，他終於回過神來，顯得很吃力地扭頭望向城頭。

他看到了花犯，一身浴血的花犯沒有了曾經的從容和瀟灑。圍在他周圍的是一群黑衣人，無法看清面目卻極度陰沉的怪人。

巢由已死，決不能再讓花犯步巢由之後塵！幸九安長吸一口氣，倏然掠起，遙遙撲向花犯那邊。

「走……」花犯見幸九安向他撲來，不由得暴呼出聲，也便在他出聲的一刹，他肩頭又添一道劍痕。

幸九安突然意識到什麼，半空中猛然折身倒射向城門，暴吼一聲：「撤出城去，這是陷阱！」

幸九安的聲音有若驚雷，壓過千萬的馬蹄之聲傳入所有樂土戰士的耳內。

樂土騎兵在聽到主將命令，一部分立刻帶住馬韁，但後面步卒早已衝過護城河湧入城中，城門口幾乎被堵塞，根本不可能在這麼短的時間之中回頭，頓時亂作一團。

便在此時，陡然聽得普羅城外傳來轟然巨響！

幸九安的心頭劇痛！

他知道，這一切真的只是一個陰謀，一個巨大的陷阱。

在樂土戰士屍體橫飛與其慘呼之聲中，那巨大的吊橋在一股濃煙中化成碎片。

幸九安一聲低嘯，身形自數名劫域戰士之間掠過，那幾人如秋葉般飛遠，隨即頹然墜地。

幸九安知道，今天唯一的活路就是血戰到底，只要他能帶著這些入城的戰士支撐到天司危的大隊人馬渡過河來，那麼這一戰便算是他勝了。

一個人一旦有了死戰之決心，便生出了一種一往無回的氣勢。此刻的幸九安便有讓人不敢逼視的感覺，但很快，幸九安發現有一個人的氣勢緊逼著他，那股壓力甚至讓他有喘不過氣來的感覺。

他一抬頭，便看到了那片巨大空地的另一頭悠然飄來一人，此人正是幽將。

天司危在聽幸九安的喊聲之時，便已經意識到了什麼，直到看到那吊橋在火光之中化爲碎片時，更明白了一切。但是此刻，他已沒有退路！幸九安已經入城，他必須在幸九安被城內擊滅之前攻入城中，也只有這樣，才有可能有勝機，否則此次大劫域之征以全敗而告終。

吊橋被炸，傾刻間城頭箭雨再次瘋狂灑下，火油、沸水自城頭向雲梯之上的樂土軍瘋狂地傾倒。

「架橋，不惜一切代價，必須攻入城中！」天司危鐵青著臉低吼。普羅城炸掉吊橋顯然是要背水一戰，而他又決不可能放棄眼前可能得到的機會，他並不知道巢由死了，更不知道皇影武士完了。所以他唯有下令攻擊！

「司危大人，不好了，自東南面有大批兵向我們這攻來，並不是我們的友軍，據探子回話，這路人馬似乎是千島盟的兵馬！」

「千島盟?!」天司危的臉色變得更加難看。千島盟的人居然會出現在大劫域附近的確讓人意外，而且這決不會是一種巧合！

短短的時間裏，他轉了無數念頭，終於下了決心：「惜紅箋聽令！」

惜紅箋應了一聲，望著天司危，神色冷靜。

自隨大軍進入劫域以來，惜紅箋因其剛毅果敢，越來越被眾人尊重。她的冷靜讓人覺得沒有任何事情可以讓她有半點動搖。

「妳速領一千騎兵三千盾兵與四千步卒迎戰千島盟敵軍，妳的任務是牽制他們的行動，若是他們後撤，也不得貿然追擊！」天司危極爲鄭重地道。

惜紅箋聽出了天司危內心的憂慮。如果她沒能阻止千島盟的人的攻勢，那在背腹受敵的情況下，他們還想攻下普羅城這樣的一座堅城，那是幾無可能。若是不能攻破城池，那麼巢由、幸九安和一眾入城的大冥樂土戰士的處境可想而知。

天司危望著惜紅箋離去的背影，久久不語。他感覺到變幻莫測的戰局背後，似乎有一雙無形的手控制著一切。想到晏聰的戰敗，自己的被動，他深惑在大劫域之中，怎麼會有這樣一個可怕的對手。

「你走不了了！」那禪城特使正大搖大擺地離開貝府大殿，突然一個冷冷的聲音悠然傳來。

頓時，所有人的目光都投向聲音傳來之處，卻見一英偉男子攜一美絕無雙，卻又似不沾人間煙火的女子飄然而入。

赫然是戰傳說與爻意。

伯貢子的臉色略顯不自然。這個第一次到坐忘城便將他羞辱了一頓的人，此刻早已如日中天，而他卻依然默默無聞。

禪城特使神色微變，他冷笑道：「難道在坐忘城說話算數的不是貝城主，而是毫不相關的外人？」

「除非你說出擄走小夭的真凶，不然這裏便是你埋身之處。」戰傳說聲音平靜，卻透露著無比的自信。

「小夭在我們手裏，諒你不敢放肆！」禪城特使道。

「是嗎？」戰傳說輕輕地吐出兩個字，五指拈花般拂出，在虛空中劃出一道絕妙的弧線襲向那禪城特使。

眾人皆驚，沒有想到戰傳說說出手便出手，一點先兆也沒。

禪城特使抽身欲退，卻已遲了。

他的動作完全無法與戰傳說的速度相比，在他剛想出這念頭的時候，戰傳說的五指已經緊扣在他的肩頭。

也便在此時，大殿之中響起一陣尖銳的骨碎的聲音。那禪城特使彷彿在頃刻間緊縮成一團。

「縮骨手！」貝總管低聲驚呼。

「貝城主果然是博學廣知，不錯，這正是桃源秘學縮骨手。中者全身筋骨無休止緊縮，直至骨頭擠碎，筋脈成團爲止，其中痛苦非人所能受，而受術之人要痛苦七七四十九天之後才會力竭而死。我倒想看看他能撐多久！」戰傳說的話不緊不慢，但這樣狠辣的手法卻不能不讓人心頭微寒！

禪城特使五官扭曲，不似人形。更以一種極爲古怪的眼神望著貝勒，嘶聲道：「殺了我吧，求你快殺了我吧！」

爻意眼神中透出些許不忍。

貝總管面色鐵青，深吸口氣道：「兩國交兵不斬來使，戰公子還是先放了他吧！」

「我答應殞城主要好好照顧小夭，如果有誰傷害小夭，我必讓他十倍償還。」戰傳說並沒有依言放開。

伯貢子忍不住喝道：「戰傳說，你太狂妄了，坐忘城豈要你插手？」

戰傳說只冷冷地望了伯貢子一眼，根本不加回應。

伯貢子又驚又怒。他感覺到戰傳說那如刀鋒般的眼神有著無盡的穿透力，似乎可以洞察他內心的一切，同時，更有著對他的不屑一顧。

最讓伯貢子痛苦的是對戰傳說的輕藐，自己雖然憤怒，一時卻沒有勇氣正面挑戰戰傳說。

「救我……救我……」那禪城特使掙扎著向貝勒爬去，渾身痛苦抽搐得幾乎不成人形。

「除了桃源之人，世上沒有人可以解這種手法。只要你說出來，我保證可以讓你不再受痛苦！」戰傳說道。

「我說……」

「原來你剛才是在向我們撒謊！」貝勒怒叱一聲，人如鬼影般掠向禪城特使。

一時之間，所有人都錯愕不解，根本沒人來得及反應。

「轟……」大殿之中，兩股強大的氣流衝擊在一起。貝勒的身子倒退數步，戰傳說卻只是身形微晃。

貝勒臉色微紅，滿是怒意。

戰傳說道：「城主為何不等他說完，卻要如此急著殺死他？難道城主不想知道真凶究竟是誰嗎？」

貝勒只是冷哼一聲道：「他居然敢以謊言來欺騙本城主，實罪該萬死！」

「他還不曾說出來，城主又怎麼知道他剛才所說的是謊言呢？」戰傳說又問道。

貝勒一時無語，伯貢子卻怒叱道：「別人怕你戰傳說，我坐忘城可不怕你。」說話間，伯貢子一下子站了出來。

戰傳說目光卻投向地上的禪城特使，嘆道：「若不是我出手，你早已斷送性命，難道還執迷不悟？」

「是……是貝……城主……」

戰傳說顯得很氣憤地道：「信口雌黃！你可有證據？」

「我本是貝府……的密侍……我懷裏有……權杖……」

「妖言惑眾，我殺了你！」伯貢子怒吼一聲，長劍直刺那人。

「伯貢子！」伯貢子才一出手，便被其父伯頌拂袖間掃了回去。

「這裏沒有你說話的份，別再這裏丟人現眼，給我滾回去！」伯頌極怒地叱道。

「爹！」伯貢子對其父仍有些懼怕，不敢再多說什麼。

「讓他說罷，這離間之計，在我坐忘城未必有用！」貝勒神情從容，波瀾不驚。

戰傳說自那禪城特使的懷裏掏出一個銀質權杖。殿中眾人皆失聲低呼！

因爲這正是貝府從不外傳的銀鷹令。執此權杖者便象徵著其貝府的特殊尊貴身分，而這銀鷹令還分爲三等，金鷹、銀鷹、銅鷹，此人權杖之上顯然是一隻金鷹，其在貝府的身分決不低。

殿中眾人心中愕然，一個個心頭充滿了疑慮。

戰傳說逼視著那人，「貝城主怎麼可能會讓你擄走小夭，定是你編造謊言，欲迷亂視聽。」

「因……因爲，他要城中的百姓都恨……恨冥皇，這樣……這樣就能夠……起兵有名，讓……讓人沒有理由……反對出兵……」

眾人目光齊齊投向貝勒。

大殿內，鴉雀無聲。

貝總管倏而大笑：「坐忘城人人對冥皇恨之入骨，何須我再使什麼手段？若非我貝勒一心只想爲老城主討回公道，何不安安穩穩做我的城主，卻要與冥皇爲敵？」

眾人聽了貝勒這番話，不少人暗自點頭。

「你自由了！」戰傳說收手道。

那人禁不住噴出一大口鮮血，整個人軟倒在地上，幾乎無法直起身子。

戰傳說扭頭向大殿之外道：「影兄，你也該進來了。」

戰傳說的話音剛落，眾人眼前一花，恍惚見一人如影子般飄入大殿，守衛根本來不及阻擋。

等那人站定了，眾人這才看清，來人一身紅衣，紅髮如火，面目清秀卻不無孤傲。

正是異域廢墟的「影」。

影的手裏挾著兩個碩大的軀體，此時被他重重地摔在地上，卻毫無動靜，不知是否還活著。

鐵風見到倒撲於地上的兩人，神色大變，失聲叫道：「是他們！就是他們！」

禪城皇宮，冥皇靜倚於龍椅之上，神情之中有說不出的落寞。彷彿是沉浸在一種深深的哀傷之中。空空的大殿更顯得陰森而冷清。冥皇那沒有表情的臉似乎一下子蒼老了十年，但依然深沉得無可測度。

「陛下心事重重，是因爲劫域之戰嗎？」一個蒼老的聲音悠悠地傳來，在空蕩蕩的大殿之中有種異樣的詭異。

「上師的功力日漸深厚了，我已經感覺不到上師的存在。真是可喜可賀。」冥皇輕輕地嘆了口氣道。

「老夫閉關三十年，能有些進展，也是托陛下之福。老夫一百年未問大冥之事，今日陛下喚醒我，定是發生了大事！」那空蕩蕩的聲音再一次響起。

「我的天司危合兵七萬出征大劫域卻全軍覆沒，所有大將盡數戰死沙場。而讓我大冥樂土受如此大挫折的人，竟是我哥哥贇贇。」冥皇長長地嘆了口氣，不無傷感地輕語道。

「贇皇子竟會如此？」那空蕩蕩的聲音微有訝意地問道。

「來自劫域的秘報說，天司危之所以慘敗，皆因千島盟的浪人軍突然殺出，才致使我軍淪爲萬劫不復之境。」冥皇似乎有些痛心疾首。

「贇皇子會和千島盟的人勾結？」那空蕩蕩的聲音變得有些陰冷了。

「我也始料不及，但事實卻是這樣！」冥皇吸了口氣。

「你要我怎麼做？」那空蕩蕩的聲音又飄了過來。

「上師是我大冥守護之神。大冥皇族刑法執行者，當知與外敵勾結禍亂家園當以何處罰吧！」冥皇緩緩地道。

「不錯，先帝詔訓在手，凡勾結外敵禍亂國家之皇族之人，皆殺無赦！這也是光紀神留給我們的使命。」那空蕩蕩的聲音不帶任何感情地道。

「所以我今日請上師出關，便是希望你能遵光紀神遺訓，為我大冥樂土皇族一清門戶。不過在這之前，我還希望上師能為我殺一個人！」

「什麼人？」那空蕩蕩的聲音問。

「惜紅箋！」冥皇充滿恨意地道。

「惜紅箋？為什麼要殺她？」

「因為她是千島盟一直潛伏在樂土的奸細，若非她在臨陣倒戈，此戰也不至於全軍皆沒，所以她必須死！」冥皇冷冷地道。

「好！我會帶著他們兩人的人頭回來見你！」那空蕩蕩的聲音陡然自空氣中消失，像是從沒有出現過一樣！

冥皇卻長長地嘆息了一聲。

「請鐵大哥看看這些人的真面目。」戰傳說袖口一拂，那幾人面上掩飾飄然而落。殿中之人全都驚呼失聲，因為這兩個人正是貝府最有名的客卿。

「是你們！怪不得當時我覺得身影如此眼熟！你們將大小姐擄至何處？」鐵風怒吼了一聲，扭頭憤然瞪著貝勒惱問：「城主，這究竟是怎麼回事？」

貝勒神色變了變，很快又恢復了平靜，他道：「不錯，是我安排的！我做的一切，只是爲了坐忘城的大局著想。與禪城一戰在所難免，可是我們的士氣不足，人心不齊，照此下去，必然以慘敗告終！雖然我讓人擄走大小姐，但決不會讓她受委屈，只是一時的權宜之計，爲的是激勵士氣，難道你們認爲我有錯嗎？」

大殿中頓時靜得落針可聞。所有人的目光緊盯著貝勒，卻沒人出聲！

「好一個爲大局著想，你身爲坐忘城城主，本當像老城主一樣坦坦蕩蕩。冥皇無道，我們坐忘城上下誓與之周旋到底便是，何必使出那些伎倆？你快快說出小夭的下落！」鐵風又氣又急。

「鐵風，你怎可目無尊長？」伯貢子叱道。

「乳臭小兒，這裏哪有你說話的份！」鐵風大怒。

伯貢子心頭本就不痛快，一時按捺不住，冷哼一聲，突然向仍需要人攙扶的鐵風攻去。

「啪……」伯貢子一出手，便覺眼前白影一晃，頓時傳出一聲脆響，那躍出的身子又跌了回去。

「畜生，當年若不是鐵叔叔捨命救你和你娘，你早已是千島盟刀下鬼魂！」伯頌突然出手擋住伯貢子的攻擊，更順手抽了他一記耳光。

這一切的變化太快了，能看清伯頌出手的人並沒幾個。

伯貢子的臉色一陣青一陣紅，他從沒想過父親居然會當著這麼多人面打他。

伯頌誠懇地道：「城主，爲老城主報仇，我們義不容辭，委實不須費這麼多周折，希望你能把小夭交出來。」

戰傳說也道：「貝城主，我只希望你能交出小夭，因爲我答應過殞城主，要好好保護她。」

貝勒扭頭向地上兩人看了一眼，「唯有他們清楚小夭在哪裡。」

影立刻解開二人身上的穴道，那兩人一臉沮喪，悻悻地道：「我們在帶大小姐回來的路上，被一個使天照刀的人給搶走了。」

「天照刀?!」戰傳說眉頭不由得皺了起來，「難道小野西樓又涉足樂土了?」

影也皺眉道：「怎麼又是她!」

「我們想要追趕，就被他給攔住了。」那兩人怯怯地看了看影，顯然是對影極爲畏懼。

「我一路追蹤，沒想到還是讓小野西樓搶先了一步!」影有些懊惱地道。旋又向戰傳說道：「戰兄，影有負所托了!」

「影兄不必如此!小野西樓暫應該不會對小夭怎麼樣。我們只要找到她便有機會找回小夭。」戰傳說看出這兩人並不是在說謊。

「他們在離開的時候說，要帶回大小姐，必須是戰……戰公子親自去喪亂山找她！」那兩人小心翼翼地道。

「喪亂山！」戰傳說的眉頭不由得皺了起來，他想到了勾禍，心忖：「難道小野西樓會與勾禍有關係！」

「戰公子不必親去，既然是貝某錯在先，我立刻派人去喪亂山找回大小姐！」貝勒搶著道。

「不必了，小夭的事我會自己解決，我只希望貝城主能以坐忘城百姓的安危爲己任，不要因爲戰亂而使他們家園被毀，妻離子散就好。」

貝勒苦笑道：「貝某也沒有料到會是這樣的結果，不但使小夭身陷困境，還誤傷了鐵風。」

普羅城全城歡慶。

雖戰火燒得遍地瘡痍，但終於戰勝了來勢洶洶的大冥樂土軍。勝利帶來的快感沖淡了死亡的悲傷。

幽將成了大劫域真正的主，成了名副其實的大劫主。

這場偉大的勝利，使劫域再不會有人懷疑幽將能給大劫域帶來美好的未來。

當然，千島盟人適時出現，也至關重要。

大冥樂土與千島盟有著極深刻的仇恨，但大劫域沒有，不過誰都知道千島盟一向野心勃勃，出兵助大劫域必有所圖。這也是幽將最爲煩惱的，不知與千島盟聯手會不會引狼入室。

此刻，他面對千島盟的大司盟，心情十分複雜。

幽將委婉而又堅決地道：「我無法答應讓你們的士卒入城，城中百姓初遇戰亂，敏感而多疑，萬一與你們發生衝突，會傷了和氣。」

「我千島盟千里迢迢前來助陣，事成之後，卻被拒之於城外，受著天寒地凍，劫主恐怕根本沒把我們當盟友看吧？」大司盟不悅地道。

「大司盟誤會了，普羅城尚未完全安定，我怕貴部入城，會有所怠慢，不如待城中一切安定下來了，再入城不遲。」幽將解釋道，「至於大司盟自然可以住在城中，也可以帶著少數人入城，我普羅城中還有大量的大冥樂土貢上的女子，可以伺候大司盟。」

大司盟見幽將不肯讓步又道：「我要見釋尊！」

「釋尊在後殿休息，我的意思，便是釋尊的意思。」幽將眉頭一擰，有些不悅地道。

「既然大司盟要入城，那便讓他入城吧，你們先暫住我昔日所住的質子府，不過，最多也只可以容納五百人。大司盟若還不滿意，那我們無法辦到了。」尊囂的聲音悠然飄出，平靜裏透著一股威嚴。

大司盟沉吟片刻，終於點頭道：「既然如此，那就依釋尊的意思吧！不過，我們在普羅城中的一切費用都要由你們承擔！」

「這點你放心，我可以馬上讓人安排。」幽將不以爲然地道。

「那我告辭了。」大司盟討了個沒趣，只好起身離開。

「送大司盟。」幽將向門口的木老喚了聲。

「釋尊，我們下一步該如何做？」幽將見大殿之中再無外人，向殿後問道。

「大冥樂土已是烽煙四起，劫域可以南下。不過不宜太過急躁，因爲以你現在的兵力根本不足以攻破九歌城，即使是繞過九歌城，仍難保不受九歌城北面的騷擾，因此，最好讓千島盟成爲我們的問路石。」尊翾胸有成竹地道。

「千島盟最無信義，與其合作豈不是與虎謀皮？」幽將有些擔憂道。

「千島盟確實無信無義，但這並不是說沒有利用的價值。千島盟最終會成爲我們的奴隸，這也是我爲什麼要利用他們的野心，把他們的軍隊引到大冥樂土這一個巨大的戰場上來。」尊翾淡淡地道。

「幽閒不明白！」幽將卑恭地道。

尊囂道：「論海戰，無論是大冥樂土還是大劫域，都不足以與千島盟對抗，就算是能勉強取勝，也要付出太多的代價。如果我們能讓千島盟棄長取短，那麼他們就必敗無疑。他們有著比他國更大的野心，所以我要給他們製造出這樣一個有巨利可圖的局勢，這樣他們很可能就會在這片戰場上投入大部分甚至是所有的兵力。這就給了我們一個在陸地上消滅他們所有主力的機會，而他們國內必將空虛。只要好好利用這個條件，加上我多年在千島盟的經營，等他們的敗兵回國之時，國中早已面目全非。千島盟便再也不是一個獨立的國家，我要他成為我腳下的戰利品。」

尊囂所說的一切似乎都只是點到即止，但幽將聽在心裏卻寒意狂升。他無法揣測這個人的智慧，更不知道這個人究竟能夠做出什麼樣的事來，但他知道，這個世界上沒有什麼是他所想不到的！而尊囂敢把這樣的圖謀告訴幽將，說明他有絕對的把握可以完全控制他，幽將不由得打了個冷戰。

「你心中仍對我有所不服，對嗎？」尊囂的聲音突然變得冷漠。

「幽閒不敢！」幽將臉色頓變。

「哼，在長街之上，本尊只是想讓你演一下戲而已，但你卻是全力一戰。可見你對我起了很強的殺機。若不是本尊念你是個人才，及時收手，你在長街之上便已死去。本尊答應過你，大劫域永遠都是由你主宰，就決不會食言。追隨本尊，你會得到很多。」

「謝釋尊手下留情，幽閒誓死追隨釋尊！」幽將冷汗直冒地道。

「嗯，你去安排城中之事，擇日發兵大冥樂土，我想元尊也一定會作出反應！此次南征充滿變數，早作準備會更多幾分勝算！」

「幽閒這就去辦。」幽將說完向尊囂聲音傳來之處行了一禮，緩緩退了出去。

「你來了！」喪亂山深處，戰傳說的耳邊響起一個蒼老而平和的聲音。

勾禍的聲音平靜得讓戰傳說意外，在他的想像之中，勾禍狂暴不羈的性格，是使他成爲狂魔的重要原因。可是失明之後的勾禍，卻有著外人想像不到的平靜。

「你知道我會來？」戰傳說並沒有見到勾禍，但他相信勾禍一定能聽到他所說的話。

「是的，有個人等你很久了！我猜想你這兩天一定會來。」

勾禍的話音才落，但有一童子飄然而至。

「主人請二位進洞府一敘，請跟我來。」那童子恭敬地道。

戰傳說有些意外，上次他來的時候並沒見到童子，應該是勾禍眼睛瞎了之後，行動有所不便這才找了一個童子來，但是勾禍這樣的大魔頭又有誰敢相信他，他又會相信誰呢？只看眼前這童子的身法，其武功絕對不弱，他又怎麼會甘心成爲勾禍的童子？勾禍變了，究竟是誰讓他變的？爲什麼會變？許多疑問只能等他見了勾禍才能夠明白。

勾禍高大的身軀端坐於石床上，平靜中仍有常人不敢正視的氣概！

勾禍微微笑道：「與你同來的一定是爻意姑娘，聽其步法輕盈隱含玄機，除火鳳族人之外無人有之！」

「前輩果然厲害，不錯，與我同行的正是爻意。」戰傳說微訝，但他卻不知道勾禍是怎麼知道爻意的存在，因爲他知道勾禍重出的時間不長便雙目失明，退居喪亂山的。

「爻意見過前輩！」爻意深施一禮。

「姑娘不必客氣，勾某不過只是一個瞎眼殘廢，當不起姑娘如此大禮。」勾禍出乎意料的謙和。

「前輩好像……心情不錯？」戰傳說試探著道。

勾禍笑了，深吸一口氣道：「因爲我不再是孤家寡人。這個世上還有我所牽掛的事。」

戰傳說不解地道：「前輩是指……？」

「孩子，你也該出來了！」勾禍回首道。

戰傳說的目光過處，小野西樓自暗處悠然而出。

「是她?!」戰傳說和爻意皆大驚，他們沒料到改變勾禍的竟是小野西樓！

小野西樓擄走小夭後，讓戰傳說來喪亂山，果真如戰傳說所猜，她與勾禍的確有著莫大的關係。可是，他們究竟是因何在一起的？

戰傳說回過神來，立即沉聲喝道：「妳將小夭藏在哪裡？」

小野西樓很平靜地道：「你放心，我不會傷害她，因爲我並不想與你爲敵！」

戰傳說怎會輕易相信？小野西樓一直以來都極爲神秘，更處處與他爲敵，而且是天照刀的傳人，可以說是自己的大敵。此刻卻與曾被譽爲天下第一魔頭的勾禍在一起，更使他無法理解。

小野西樓正色道：「因爲我想見你！」

戰傳說一怔，冷笑道：「妳大可以去找我，又何必大動干戈帶走小夭？」

「你應該謝我才是，如果不是我，小夭可能已慘遭不測了。你以爲你可以從貝勒的手中找回小夭嗎？不要指望那些殞驚天的舊部都能幫你，真能爲你說話的人，大多都調到了禪城的戰場上了。此刻的坐忘城是貝勒的，他已經換掉了城中所有有實權的位置，就算如鐵風和伯頌等人，也只是敢怒而不敢言。」小野西樓道。

勾禍並不言語。

戰傳說急於見到小夭，很不耐煩地道：「妳想見我，不會是爲了讓我聽妳說這些話吧！」

「當然不是！我想你與我合作！」

戰傳說怒極反笑：「哈哈，可笑之極！千島盟與大冥樂土世代爲仇，我豈會與千島盟合作？若是以小夭來要脅我，我定會讓你們付出百倍代價！」

勾禍突然嘆了口氣，插口道：「她已經不再是千島盟的人，而是千島盟的敵人了！」

「千島盟的敵人？」戰傳說一臉不信。

「不錯，因為千島盟盟皇便是殺我一家人的真正兇手！」小野西樓眸子裏閃過一絲寒芒。

戰傳說未語！因為他無法斷定小野西樓所說是真是假。

小野西樓是千島盟最強的殺手之一，而這樣一個經過千挑萬選和特訓的人是不會輕易背叛自己的信仰，所以在沒有得到證實之前，戰傳說決不敢輕易相信小野西樓所說的一切。

「我父親本是千島盟十大刀客之一的小野尚九，因為我巧得天照刀，使家中遭遇飛來橫禍。盟皇派高手深夜殺入我家，殺害我一家二百餘口，後見我資質極佳，這才留下我一命。盟皇為了保全秘密，找到九州門門主殘隱做了替死鬼。我相信盟皇所說的一切都是真的，所以，我願意為他赴湯蹈火。但一次偶然的機會，我發現殘隱並沒有死！經多方查證，我才知道，當年正是殘隱奉命殺了我家二百餘口。而被我殺死的殘隱，並非真正的殘隱，所以，我現在要你幫我一起對付千島盟！」小野西樓堅定地道。

戰傳說不為所動反問道：「我為什麼要相信妳的話？」

勾禍斷聲道：「老夫可以證明她所說的都是事實！」

「你？」戰傳說再次意外！

「不錯，老夫當年受重傷雖被南許許所救，但在樂土卻無容身之地，所以輾轉到了千島盟，便是小野尚九所救。其武功便是我所授，這也是他為何能成為千島盟十大刀客之一的原因。後在天照刀飛落小野家，小野尚九還曾捎信給我，只是後來小野家門慘變我卻沒能及時趕到，也就失去了這孩子的蹤影，卻沒想到她竟爲千島盟大盟皇所收，更讓其拜於柳莊子的門下。我經多方查探，方知這一切都只是大盟皇的陰謀，但此時，西樓已來到大冥樂土，這也是我爲何會重現大冥樂土的原因之一。」

「這些年你一直在千島盟？」戰傳說訝問。

「不錯，無論是不二法門還是冥皇都四處查找我的下落，因爲他們知道這世間沒有南許許救不了的人，只要有南許許在，我便死不了，所以他們一直在找尋我。經過那麼多年，我知道大冥樂土已是不二法門的天下，就算我能重起河山，也難有多大作爲，所以一直寄居千島盟。」

戰傳說相信勾禍沒有說謊的必要，那豈非等於說小夭真的很安全？他有些迫不及待地道：「小夭在哪裡？我要見她。」

小野西樓一笑，向那童子道：「去把小夭姑娘請出來！」

大冥樂土內亂，頓引起四鄰紛起。

昔日大冥樂土強大，鄰邦從沒敢有對大冥不利的念頭，因爲誰都知道惹怒了這頭雄獅的後果會是什麼！但這一刻大冥樂土自顧不暇，若是不趁此機會出手，只怕再也沒有更好的機會！

須彌城城主盛依向以謹小慎微著稱，但這次他推選了惜紅箋爲統領，而惜紅箋卻背叛大冥，使得大冥樂土數萬大軍全軍覆沒，盛依承受了前所未有的壓力。

奇怪的是，冥皇對須彌城卻並未有任何的舉措，乃於須彌城內也是猜測不斷。而盛依卻平靜如昔，或許盛依真如傳言那般小心謹慎。

真正瞭解盛依的人只有一個，那就是石敢當。

石敢當沒死，但他也回不了玄流道宗。

嫵月當日「殺」了他，玄流道宗的人都知道，在世人眼中，此刻他已經是一個死去的人。這世上知道他還活著的人就只有三個，那便是嫵月、伊恬兒和盛依。

他欠嫵月的情，不過，他並不想看著玄流道宗因爲他的出現而變得更加混亂。

盛依與石敢當的交情並無多少人知道，但這並不代表他們的交情就不是至誠至真的。盛依是石敢當可以把生命交給他的那種朋友。

盛依給石敢當倒了一杯茶。碧綠的茶水上升起一起如煙似霧的水氣，將石敢當微有些蠟黃的臉映得不太真實！但那凝重的表情依然清晰可見！

「君要臣死，臣不得不死啊。」盛依有些慨然道。

「時局不同，君若不識臣，臣又怎爲其效死力。盛兄何必如此拘泥於世俗之見？此去禪城定凶多吉少，你不如稱婆羅國有興兵之念，需要堅守須彌城爲由，拒絕回禪城受命爲好。」石敢當好言勸道。

「若是我此時不回禪城，只怕朝中奸佞之人會更有言辭。」盛依依然擔心道。

「將在外君令有所不受，如果你真是忠於大冥樂土，那你所想到的便不應該只是冥皇，也不是禪城那幫奸佞，而應該是大冥樂土千萬百姓，包括須彌城的千萬百姓！此刻大冥樂土風雲四湧，唯你須彌城安居樂業，若是你回禪城，只會將須彌城也捲入禍亂之中，你又於心何安？」石敢當放下手中的茶樽，微黃的光亮裏，蠟黃的臉上更有種說不出的沉重：「殞驚天是如何死的，難道你忘了嗎？」

盛依擔憂地道：「若是真讓卜城亂黨破入禪城，那大冥樂土又豈有寧日？」

石敢當肅然道：「昔日天殘師兄曾以智禪珠測算過，大冥氣數將盡，樂土將有一番新氣象出現。昔日聖帝重現，木帝重生之時，自是天下澄清之際！」

「天殘道兄之智禪珠術世間無雙，但是聖帝重現，木帝重生又是何時？十年？二十年？一百年？難道我們就只能坐等嗎？」

「冥皇不仁，先害死殞驚天城主，後又殺死卜城城主。若非如此，坐忘城和卜城又豈會起事？坐忘城與卜城之變只是遲早的事。冥皇遠征大劫域，卻選此臘月天氣。如此天寒地凍，南人怎能受那北方酷寒，此戰未戰便已失盡天時和地利。我看冥皇攻取劫域，所擔心的卻並非劫域人。」石敢當深吸了一口氣分析道。

「你是說……嚚親王？」盛依吃驚失聲道。手中的銀樽一晃，茶水險些濺了出來。

「如果我沒有猜錯的話，冥皇急於進攻劫域，與當年我們四人知道的秘密不無關係。你與殞驚天和木落四是一城之主，冥皇初登帝位，自不敢對付你們，但我卻不過是江湖流派的掌門，當年我之所以選擇隱世二十年，爲歌舒長空苦守隱鳳谷二十年，就是爲了避開冥皇的殺手。如今朝中力量盡控於冥皇之手。在他看來，殞城主、卜城主已除去，我也是已死之人，此時他又召你入京，其心之狠可見一斑。」石敢當憤然道。

盛依的神色一時間變得更加凝重。之前他一直未將這些事聯繫到一起，但經石敢當如此一提，卻真的發現每一件事都有著莫大的關聯，想著不由得冷汗涔涔。

沉默半晌，盛依深深地吁了口氣，問道：「石兄認爲我該如何做？」

「拒不回京，見機行事。更要小心冥皇暗使手段。你坐擁須彌城八萬強兵，此時他尚不敢對你如何。若是在此時對你出手，那大冥樂土四面樹敵，更將陷入萬劫不復之境。他還不至於敢將大冥樂土棄之不顧。」石敢當道。

「如果他真是因爲尊囂親王的事，那麼尊囂親王豈不是身處險境？」盛依道。

「以囂親王之智，天下少有人能比，此戰樂土以優勢之兵力卻全軍皆沒，相必也應該與囂親王有關。他應該不會有何危險。」石敢當猜測道。

「既然如此，我先按兵城中。若真是他不仁，也休怪我盛依不義。」言罷，盛依將杯中茶水一飲而盡。

「你要我如何幫你？」戰傳說見到了完好無缺的小夭，這才鬆了口氣。

「卜城與坐忘城一直是抗拒千島盟的中堅力量，正因爲忌憚卜城與坐忘城，千島盟才爲繞道大劫域後轉而南下進入樂土，他們是擔心卜城與坐忘城會爲了抵禦千島盟而放棄對禪城的進攻。西樓希望戰公子能夠率卜城與坐忘城之兵出擊千島盟部隊，我要讓盟皇嘗嘗他最慘痛的失敗。」小野西樓道。

戰傳說苦笑道：「姑娘高估我了，卜城與坐忘城又如何會聽我的？」

小野西樓笑了笑，「戰公子似乎忘了你身邊的人是誰。」

戰傳說看了看身邊的小夭，一時仍無法明白小野西樓所指。

小野西樓道：「殞城主雖去，但城中無不尊重殞城主，殞城主遇害與我千島盟並無關係，真正有關係的人還是貝勒。只要殞大小姐登高一呼，揭穿貝勒的真面目，那麼殞大小姐要掌握坐忘城也並不是一件難事，而戰公子便可以得到坐忘城的支持。」

「妳說什麼？」小夭一聽父親的死與貝勒有關，頓時神情劇變。

小野西樓道：「禪城天獄戒備森嚴，外人根本不可能能夠輕易進入，更別說是來自千島盟的人。戰公子與大盟司交過手，當知或許大盟司和我有這能力潛入其中，但想要全身而退決不容易。妳再想想，以我和大司盟的身分，就是想殺殞城主也不可能孤身犯險，殺了殞城主，禪城會再派人接替。倒不如留著一個已經不被禪城信任的坐忘城城主，對千島盟有利無害。」

「不可能，貝叔叔怎麼可能會殺我爹，妳胡說！」小夭怒叱道。

戰傳說伸手輕摟小夭的肩頭道：「聽她說完！」轉而向小野西樓問道：「姑娘莫忘了，以貝勒的力量，更不可能做得到。」

「如果你知道貝勒是不二法門四大使者之一，就不會這麼認為了。」

戰傳說大吃一驚！

當年他父親戰曲在龍靈關力戰千異時，不二法門四大使者皆在場，現在回想起來，其中並無一人與貝勒模樣一致，心頭不由對小野西樓的話產生了懷疑。

小野西樓像是看出了戰傳說的疑惑，繼續道：「不二法門勢力遍佈各地，已成天下第一大門派，但元尊想要的卻遠遠不只是這些。也正因如此，他必須在大冥樂土的重要位置，安插他最得力的人來為他掌控權力，一步步控制整個大冥樂土。四大使者在不二法門地位甚高，見過他們真面目的人很少，平日裏人們見到的，未必是真正的不二法門四大使者。四大使者中，又以貝勒隱蔽得最深。不二法門一直與千島盟有千絲萬縷的聯繫，這次千島盟入侵大冥樂土，也全都是元尊的慫恿！也因為這點，我才有機會知道貝勒的真實身分。」

石洞之中一片寂靜。

戰傳說雖然對不二法門頗有成見，但卻從沒想到不二法門有著這樣可怕的野心。小夭一時之間更無法接受。臉色變得蒼白，她一直以為父親是死於冥皇之手，但今天自小野西樓的口中聽得這樣的秘密，確實對她是一種強烈的衝擊。

半晌，戰傳說才嘶聲道：「妳是說，這一場動亂完全是不二法門策動的？」

「不錯，從大冥樂土出征大劫獄，甚至是從大劫主進入大冥樂土開始，便是元尊一手策劃。是他放出天瑞現世的消息，引大劫主進入大冥樂土，更是他冒大劫主之名，殺戮樂土武林各道引起武林公憤，然後再洩露大劫主的行蹤讓你們截殺，從而完成他對大劫域的控制，更引起大冥樂土大舉進攻大劫域。然後趁虛發動大冥樂土內部的戰爭，使大冥樂土烽火四起，他也更容易掌控大冥樂土的全部局面。」

戰傳說一陣心寒。

如果小野西樓所說的一切全部是真的，那麼這不二法門真是太可怕了。元尊的智慧更是讓人難以想像。如此複雜的局面，背後卻是早有預謀的，若不是小野西樓的分析，誰也難以把這所有的事情聯繫到一起。

勾禍卻不為所動，因為他比任何人都更清楚元尊的手段，也比任何人的體會更為深刻。戰傳說雖然自南許許那裏知道了許多別人無法知道的情況，但是那只是發生在勾禍的身上，可是如今現實中的狀況卻是擺在眼前的，更讓人觸目心驚。

「你又是為何知道得如此清楚？」戰傳說把目光投向勾禍。

「你不用懷疑勾爺爺，因為我是千島盟盟皇遣入大冥樂土的最重要人物之一，元尊為了取信盟皇，便將他的計畫與盟皇說起過，我也是無心得知這一切。也正因爲計畫天衣無縫，盟皇才敢向大冥樂土發兵。」小野西樓插話道。

想到父親戰曲爲大冥樂土的尊榮，而不惜帶著自己遠離族人與千異一戰，戰傳說心頭湧起一股豪情。無論局勢如何錯綜複雜，他定要查個水落石出。如果不二法門真的有天大陰謀，他也要使他們的妄想破滅！

戰傳說想起另一件事：「就算是可以得到坐忘城的支持，但卜城卻是左知己一手把持，他根本不可能支持我。更何況他們此刻正取得節節勝利，又怎麼可能調頭來對付千島盟。」

「戰公子請放心，左知己的事情可以由我來解決。」勾禍突然出聲道。

戰傳說望著勾禍那一臉自信的樣子，心裏說不出有一種什麼樣的感覺，在勾禍的身上似乎隱藏著太多的秘密。即使是當年南許許也不可能詳知其身上所發生的事，當然也許南許許是唯一例外，能夠得到勾禍這一生尊重的朋友，也可能是勾禍此生唯一的朋友！

戰傳說道：「我可以出手對付千島盟，但是你們也要答應我的條件！」

「戰公子儘管說！」小野西樓聽說戰傳說答應幫她，頓時大喜。

戰傳說鄭重道：「我要對付的不只是千島盟，更主要的是阻止大冥樂土將要面臨的災難。所以，擊敗了千島盟後，或許還有需要姑娘相助的地方。」

小野西樓爽快地道：「西樓自會全力以赴！」

勾禍臉上的肌肉一陣抽動，半晌突地放聲大笑，一雙空洞的眼睛望著戰傳說所在的方向激動地道：「有戰公子這一句話，我勾禍縱然身死也值，若是戰公子能平我此生之恨，你要我勾禍爲你做什麼都可以，從此，勾禍這條老命就交給你了！」

爻意和小夭大愕，並不知道勾禍爲何如此激動，但是戰傳說和小野西樓卻明白。勾禍此生之中最恨之人便是元尊，因爲他是元尊樹立無上地位的最大受害者，也可以說他這一生便是毀在元尊的手中。

「不二法門門徒遍佈天下，與不二法門一爭高下，必須依靠軍隊。此際天下戰亂四起，若是要組織一支軍隊並不難，而且也不會太引起不二法門的注意。若是我們異軍突起，然後聯坐忘城與卜城之兵，即可瞬間形成浩大之勢，屆時，不二法門想出手只怕也難以來得及。他們唯一就是先拉攏我們，此時我們就有機可趁，在破壞他的陰謀之時更可以深入其內部，聞道前輩曾言昔日九極教財傾天下，足供百萬大軍數年之需。但在勾前輩失蹤後，那批財寶便不再有人知道，所以若要組軍，軍費物資還望勾前輩能多多出力！」戰傳說肅然道。

勾禍大笑起來，稍頓道：「戰公子果然快人快語，你所說的計畫很好，唯一可能與不二法門相抗的便只有軍隊……不過，不二法門乃是所謂的天下正義之表率，只有等他們露出狐狸尾巴之時再給他致命一擊，只是不知道戰公子心中可有起兵合適之地？」戰傳說給他帶來了報仇的希望，他願意爲戰傳說賭上一賭。

戰傳說深吸口氣，「江南！」

「江南？劍帛人之地？」勾禍吃了一驚反問道。

「不錯，劍帛人之地，也只有這樣的一個地方，才有理由名正言順地擁有軍隊，因爲這支軍隊是名爲防備千島盟而設立的！便是冥皇和元尊也不可能會料到這只是對付他們的一著棋！」戰傳說傲然道。

「劍帛人之商業才能天下難有相比，這些年，他們雖然被逼背井離鄉，但他們卻仍有心回歸故土，如果你在那裏要建立一支軍隊，沒有劍帛人的支持，即使有再多的金銀也難有成效。天下間沒有人敢與劍帛人比財力！」勾禍擔憂道。

「這個你放心，如果沒有把握我也不會輕易說出來！」戰傳說想到物行先生的邀請，他知道姒伊一定會支持他，劍帛人復國可以說是他們一生的夢想。如今他們雖然擁有了一方土地，但江南屬荒涼之地，想建一座如卜城或者是坐忘城這樣的堅城，所需要付出的代價卻是難以想像的。他們肯定也需要一支強大的軍隊。

「戰公子既然如此有信心，老夫自會全力以赴。」勾禍爽快地道。

小野西樓神色間也多了一絲喜色！

「那就多謝勾前輩了！」戰傳說也有些激動。這份激動，更多的是因爲可以爲姒伊找到復國的機會了。

他對姒伊的感覺便是他自己也難以明瞭。姒伊的聰明與其堅韌的性格，對他是一種很大的衝擊，在某些地方，他們似乎存在著極多相同的地方。更讓戰傳說內心震撼的卻是姒伊的殘疾之軀，一個雙目失明的女人扛著整個族人的擔子，他內心深處更多一點痛惜，這也是他願意去相助姒伊的原因之一。

有了勾禍這一承諾，他便有了打算，也輕鬆了許多。不過，他又抬頭望了望小野西樓，「小野姑娘準備去哪裡？」

「你可不要叫我小野姑娘，叫我勾西樓！」小野西樓坦然道。

「勾西樓？」戰傳說不由得把目光投向勾禍。

「哈哈……」勾禍一陣暢快地大笑。朗聲道：「勾某膝下無女，所幸在千島盟之時認了西樓這乾孫女，沒想到今日能再見孫女，勾禍此一生也知足了！只要少俠再能幫我報得大仇，勾某可以無憾而終了！」

戰傳說心頭一陣惻然，勾禍橫行一生，所經風浪無人能比，卻終是孤家寡人，倒也難得小野西樓這番用心。

「我依然會回到千島盟的軍隊，他們仍不知道我早已知道真相，勾爺爺在千島盟之事根本無外人知道，所以大島一郎也絕料不到他的手段已為人知！」小野西樓吸了口氣道。

「如此我們就後會有期了。」戰傳說一抱拳道。

「戰公子何不留下陪老夫喝幾杯，也可以與西樓一起商量一下如何讓小夭姑娘回坐忘城？」勾禍出言道。

戰傳說心頭一動，知道勾禍一定是早有定計，他倒是不能不聽！便點頭道：「那便打擾了。」

幽將感覺不到尊翼的憤怒，甚至是一丁點的意外。他無法想像尊翼對愛將惜紅箋的死亡竟會是這樣一種態度。

幽將望著惜紅箋那帶古怪笑意，卻沒有一點生機的俏臉，有一種極度陰森的感覺在他心裏蔓延。他檢查過惜紅箋的身體，竟找不到一絲致命的傷痕，哪怕是一點點的傷疤也不存在，而其五臟更似乎不曾受過任何震動，但卻在以絕快的速度萎縮衰竭。

以幽將的經驗，如果是這樣的情況，一般是因爲其身中巨毒所引起的機能變異，但是惜紅箋卻也沒有半點中毒的表現。這個在大劫域之戰中，爲大劫域的勝利立下大功的美麗女人，就這樣離奇地死亡，而且是死在普羅城守衛森嚴的行宮之中，這不能不讓幽將心頭發寒。惜紅箋是尊翼的愛將，他必須在第一時間讓尊翼知道其死訊。

「該來的終究還是會來的……你讓人把她厚葬了！」尊翼終於嘆了口氣，有些哀傷地道。

幽將極少發現尊翼的這種情緒。在他的眼裏，尊翼完全是一個無法揣測喜怒哀樂的人，但這是一次例外！那麼，這次又會是誰刺激了尊嚣，會是什麼人如此讓他擔憂？

幽將無法明白，但他已是大劫域之主，他需要安排自己的事。

幽將轉身而去！

在行出密殿之時，心頭沒來由地悸動了一下。他的目光悠悠地投向殿側陰影所在之處，眉角輕皺之際，臉上升起了一絲淡淡的笑意。然後再不回首，大步行出。身後的陰影在秘殿敞開的大門中拉起一道長長的痕跡。

良久，秘殿的大門轟然閉合，再便是尊嚣的一聲長長的嘆息。

空寂的大殿之中，尊嚣如一尊不朽的雕像屹立出極爲孤絕的氣勢。那是一種自然散發出的壓力，似乎瀰漫了整個空間，更融入到每一粒的塵埃氣體之中。光亮透過自殿頂數面巨大銅鏡折射下來，使這本深在地下的秘殿也並不昏暗。

「大殿下氣勢似虛卻實，已達芳華圓滿之境，老僕今日得見，也算是可以欣然而去了！」一個蒼老的聲音在空蕩蕩的大殿之中飄起，一下子打破了整個空間的平靜。

尊嚣並未回頭，只是深深地吸了口氣，應道：「上師氣息若有若無，想必是空空大法，已抵第十重明空無界的境界了，真是可喜可賀！」

「大殿下眼力果然不同凡響。只是我沒想到殿下能夠以一質子身分凌駕於劫域之主之上，真爲我大冥樂土一雪多年的恥辱，看來這次我是來錯了！」那蒼老的聲音不無欣然地道。

尊囂嘆了口氣反問道：「上師有得選擇嗎？」

那蒼老的聲音也長長地嘆了口氣，半晌未語。良久之後才無奈地道：「或許是吧！我別無選擇。這是先帝的遺命，爲保大冥樂土之安危，不惜除掉任何可以威脅到新帝君的對手。或許這只是天意！」

「上師相信天意？」尊囂反問。

「相信！」

「我不相信。在這世上，本來我是一無所有的，但我可以通過努力讓一切都屬於我。今天我擁有的一切，不是上天給我的，是我自己尋回來的，所以我不相信天意。」尊囂很平靜地道。

「哦……」

「記得我五歲那年，上師你曾對我說過，我將是大冥樂土的下一位冥皇，我問你爲什麼會是我。當時你告訴我，這是天命！我成爲冥皇是天命所歸，天意的使然。但後來卻是我來了大劫域，成了階下之囚的質子，而今天大冥皇君卻是別人……所以從那之後我不相信天意！我只相信我自己！」尊囂冷冷地道。

「殿下還沒有忘記當年之事。」

「我會記得每一個對我好的人，也會記住每一個對我不好的人。我相信我想要的一定能得到。就像這大劫域，還有大冥樂土，甚至是整個蒼穹諸國。」尊囂悠悠地轉身，他看到那與他對話的老者便在他的五丈之外。

青衫，白髮，麻鞋，枯瘦如柴，臉面全掩在披散的白髮之間，無法看到其表情。但自亂髮之間卻透出兩道逼人的神光。尊囂的目光與之相對，禁不住心頭一顫。那是一種熟悉卻又極爲陌生的眼神。彷彿一下子深入到他的心底，刺穿了他所有的包裹，讓其心靈裸露在風裏。

尊囂心頭微微一驚。他的功法本是來自靈族。其心靈修爲自認爲當世難有人可比，但是他此刻卻明白，眼前的老者心靈修爲之深幾乎無可測度，即使是他也不敢有必勝之念。

「護國上師果然是大冥樂土的神！」尊囂由衷地道。

「自始祖開始，護國上師人選，是百萬裏挑一的，絕世根骨加以強化訓練，最後只要四個人。也許，在世俗人眼裏，這四個人已經是神，但在我們的心中，我們只知道我們是大冥樂土最高權力的執行者。雖然昔日你是我的大殿下，但今日，卻唯有你死或是我死這兩種選擇！」那老者極平靜地道。

尊囂又嘆了一口氣。他知道老者所說的一切，所以才會自心底生出一絲莫名的悲哀。淡淡地道：「你知道我不會殺你！」

「但今日也由不得你去選擇！」老者道。

尊囂的目光又緩緩地投入惜紅箋的屍體，再回到那老者的身上，「我真不希望來殺我的人是你，但他卻真讓你來了。看來他是太瞭解我的心思了！」

老者不語，那兩道電般的目光裏卻多了一絲傷感，半晌道：「出手吧！」

尊嚳苦笑。

「沒有我的吩咐，任何人都不可以靠近秘殿，無論裏面發生什麼！違令者殺！」幽將冷冷地掃了秘殿外的護衛們一眼，以很冷的語氣厲聲道。

「明白！」那些護衛小心翼翼地應了聲。心中卻嘀咕這秘殿被他們守衛得絲風不透能出什麼問題！

幽將這才甩手而去。

玄武一千九百七十六年初冬，大冥王朝由天司危爲帥，統十萬雄師大舉進攻大劫域。

玄武一千九百七十六年臘月，大冥王朝卜城與坐忘城聯軍共討冥皇。稱冥皇不仁，當興兵討之。一時大冥王朝烽煙四起。

玄武一千九百七十七年正月，大劫域之戰以大冥王朝全軍覆沒而告終。大劫域舉國同慶，大冥王朝舉國皆哀。

玄武一千九百七十七年三月，大劫域皇城巨變。大劫域人所共尊的聖殿毀於一旦。普羅城中百姓僅聞驚天巨響，隨後在驚天動地的巨大震動下，那屹立了千年的聖殿摧枯拉朽般傾覆，化成廢墟，塵土高揚遮天避日，數日未散。

普羅城百姓皆道是大凶之兆，致使大劫域欲興兵攻打大冥王朝的計畫不得不推遲，而對於城外千島盟的軍隊更是深具戒心。

有人說聖殿倒塌是因聖殿內秘宮爆炸所引起的，也有人說是因驚世高手在聖殿之中決戰造成的，還有人說是因質子聳囂受不了囚禁之苦，在聖殿之中引燃了炸藥致使聖殿毀滅，甚至還有人說是大冥樂土的殘兵潛入了普羅城進行破壞，才會這樣子的……

一時間眾說紛紜。

大劫域聖殿傾覆，被載大劫域的八大聖典之中，時間是玄武一千九百七十七年三月十八日，至於原因，則無詳細記錄。唯寥寥數筆：「天降凶兆，聖殿傾於一夕之間。時塵煙掩日，旬月未散……」

普羅城陷入一種從未有過的陰影裏，大劫域皆人心惶惶，更擔心是大冥王朝再興兵報復。於是，幽閒以罪人之身祭天賜福，得回一靈瑞，然後昭告全國。這才讓大劫域萬千百姓長鬆了口氣！

玄武一千九百七十七年八月。

大冥王朝與卜城及坐忘城之間的戰爭已經到了白熱化的地步。

樂土連年大旱，大冥王朝的百姓因而貧困不堪。戰事方興之時，各地幫寨等大小勢力林立而起，相互開戰，相互吞併。

爭戰中，一部分勢力逐步脫穎而出，不斷壯大，對大冥王朝形成了威脅。而一直維持正義的不二法門，在此時卻若銷聲匿跡了一般，對江湖之亂局視之無睹，更使得一些勢力越發猖獗。

唯一沒有動靜的卻是須彌城。

九歌城無法回京救援，因爲面對大劫域和千島盟的威脅，根本無法分出多餘的兵力。事實上，冥皇也決不敢讓蕭九歌調動更多兵力來救禪城，否則後果將比卜城與坐忘城之亂更爲嚴重。

但意外的卻是，須彌城的城主盛依也不派出一兵一卒回援禪城，冥皇極爲惱火。不過盛依手握重兵，冥皇此時也決不敢激怒他。

更讓冥皇沒有想到的是，江南劍帛人的領地內，在極短的時間也組織起了一支人數甚眾的軍隊。劍帛人自稱這是爲對付千島盟而成立的自衛軍隊，且除了操練之外便再無任何舉動，這讓冥皇稍稍心安。

江南，劍帛之地。本是昔日劍帛人的故土，自劍帛被大冥王朝合併之後，一部分劍帛人不堪其賦稅之重，皆散落他鄉成爲巨商大賈。但卻仍有大部分劍帛人不曾離開故土，因此，當姒伊號召劍帛人團結起來建軍，一時間一呼百應，幾乎所有劍帛的年輕人都想參軍。復國的願望，一直深植於每個劍帛人的靈魂中。

姒伊是劍帛公主，以劍帛人的財力欲組建一支軍隊，是輕而易舉之事。意外的是，戰傳說也送來了一百萬兩白銀，這使得劍帛軍得以補充最好的裝備，在半年之內形成了一支極具戰鬥力訓練有素的軍隊。

劍帛軍在戰傳說直接統帥下，數次與海上進犯的千島盟人交手，屢戰屢勝。如此一來，戰傳說逐步確立了在軍中的主導的地位，在劍帛人心目中幾可與姒伊公主相埒。

戰傳說出身桃源，自小所學知識之淵博是外人所無法想像的。因戰傳說習武方面先天不足，因此兵書戰策長伴其左右，加上劍帛人中有與千島盟海盜浪人作戰數十年的悍將和智囊，其中最讓戰傳說意外的是，物行竟是劍帛兵法大家物煥祖的後人，自幼熟讀兵書。劍帛人淪爲大冥王朝的附庸後，這才追隨王族棄武從商。

戰傳說不斷向這些人學習實戰，並將記憶裏的東西轉化爲實踐。

最重要的是，劍帛人，人人有一顆復國之心，在亡國之恨的激勵之下，這支軍隊比其他的任何軍隊更爲團結和無畏，使劍帛這支軍隊成爲具有極強作戰能力的軍旅。

姒伊對戰傳說這半年來的表現極爲滿意，也爲之感動。她很少插手軍隊的事，而是利用遍佈天下的商業網，傾力搜集江南之外的所有情報。

一個雙目失明的弱女子會有如此堅韌的性格，戰傳說深爲其折服。

姒伊的背影永遠是那般單薄，戰傳說遠遠地望著，他不敢打擾姒伊的思考。每天姒伊都會這樣靜靜地坐在陽光下呆望著，這種時候，很難讓人相信姒伊會是雙目失明的人。

「戰大哥既然來了，怎麼不過來呢！」姒伊聲音很平靜也很溫和。

「公主可知道九歌城派來使者了？」戰傳說緩步移至姒伊身邊輕輕地問道。

「知道！千島盟與大劫域聯軍兵發九歌城。而禪城無法派出援軍，所以蕭九歌想請我們援手。」姒伊很平靜地道。

「那公主準備如何應對呢？」戰傳說又問。

姒伊道：「我軍新立，未經長途遠襲之訓練，勞師遠征未必有結果。而且我們一旦出兵，則千島盟必偷襲我江南之地。權衡利弊，我唯有拒絕他的要求。」

戰傳說沉默片刻，忽然問道：「如果我認爲應當出兵呢？」

姒伊一怔，微轉身用那雙並不能視物，卻明亮如秋水的眼睛對著戰傳說，訝道：「願聞其詳。」

「公主只想守住江南一地，然後任由大冥王朝所左右嗎？」戰傳說反問。

姒伊沒有回答。

戰傳說接著道：「我們若是固守江南則永無發展可能。現在大冥王朝大亂，劍帛人當立身而起，而蕭九歌剛好給我們一個走出江南的理由，我們當可借此機會在江南之外壯大自己的力量！」

姒伊的神色微變，沉吟半晌道：「那戰大哥可有詳細計畫？」

戰傳說知道姒伊並不放心讓這數萬戰士出征，劍帛人剛剛恢復元氣，若是這幾萬士兵在江南之外遭遇大敗，只怕對劍帛人的打擊不亞於當年屈辱於大冥王朝，因此，若沒有萬全的計畫，姒伊是不會讓戰傳說帶兵遠征九歌城的，這一點戰傳說也能理解。

他想了想道：「我決定再重組一支軍隊！這支軍隊卻是以大量的金錢招募來的職業軍人！」

「職業軍人？」姒伊訝問道。

「不錯，只要我們能給更高的軍餉，一定可以自各地招募到人手。當然，我先要收服江南各地山寨，然後充入軍中。這樣我們便以這支軍隊出征。」戰傳說認真地道。

「江南各地的山寨？」姒伊想了想道：「只怕有些困難，各地山寨不下百個，大小不一正邪不同，我們要想收服所有的，只怕也不是一年半載的事情。等到我們組成軍隊，恐怕戰局已變，我們又如何能應蕭九歌之邀呢？」

「這一點公主可以放心，小山寨我們可以利誘。他們落草爲寇無非是因爲生活所迫，若我們能讓他們衣食無憂，更以爲國出力之名誘之，歸順之人應該不在少數，大的山寨我們則以雷霆手段讓他們屈服。再以高位誘之，也應當不是難事。唯一難在如何把這群人訓練成一支鐵血的軍隊！」戰傳說道。

「只不知道戰大哥需要多少軍費作爲這筆開支？」姒伊眉頭微舒，戰傳說所說的一切倒確實有可行之處，若是能以金錢爲劍帛人添一支鐵血大軍，也是一件好事。

「我需要姒伊給我一百萬的軍費。」戰傳說坦然道。

姒伊笑了笑，「我可以給戰大哥兩百萬的軍費預算，只要能在短時間內組織好這支軍隊，再大的代價我們也願意。」

戰傳說也笑了，欣然道：「有公主這一句話我就放心了。我保證在兩個月之內收服所有的山寨並能成軍。」

「兩個月？戰大哥不是開玩笑吧，如此短的時間裏怎麼能有足夠的訓練？」姒伊吃了一驚。

「我不是要他們成爲一個兵，我要他們成爲一群魔鬼！」戰傳說眉頭一掀，肯定地道。

姒伊心頭微升起一絲絲涼意，她有些不明白戰傳說的意思，如何讓一支軍隊裏的每一個人成爲魔鬼？而這是福還是禍呢？

她心中沒有一點把握，但她相信，戰傳說一定不會讓她失望。這是一種難以言表的直覺。

在江南，沒有人不知道無妄谷。

第六章　死亡軍團

無妄谷主被人稱爲凶神，因座下有熊、虎、鷹、豹四大天王嗜血如狂而出名，而凶神的真實姓名卻極少有人知道。

昔日大冥軍隊在此之時，對無妄谷從來都是睜一隻眼閉一隻眼，至於不二法門，則因爲當初無妄谷並無大惡之事也便不曾給其教訓。無妄谷日漸放肆起來，至少在江南一帶惡名遠播。唯一還算是慶幸的是，無妄谷對自己方圓兩百里地內的人和物不加傷害，倒也使得當地百姓對其並不記恨。

今日凶神卻愁眉不展了，因爲他收到了戰傳說的招安信。戰傳說早已名動天下了，凶神自然知道這個人絕對不簡單，更知道許多寨頭已經被戰傳說收服，而一些極頑固的山寨也被戰傳說夷爲平地。

「大哥，咱們這樣多逍遙，何必去受那乳臭未乾黃毛小子的窮氣，給老子什麼狗屁將軍，老子才不稀罕。」虎天王極憤然道。

「只怕事情會由不得我們。傳聞此子曾力戰千島盟千異之後的第一高手大司盟而未落下風，此人武功之強是我們所不能及的，而且此刻他又是劍帛軍的主帥，身後實力強大，若是正面相抗，我無妄谷雖有千餘弟兄，也如卵擊石。」說到這裏，凶神不由嘆了口氣。

「昔日大冥軍隊也拿我們沒辦法，他不過是一個初涉軍事的毛頭小子，又有何能耐，就算我們不是他們對手，也可以退入深山，他們又能拿我們如何。要想攻我山寨，他們還需要付出慘重的代價！」鷹天王附和道。

「是啊，三弟說得有理。無量山這麼大，他們來了我們則退；他們退了我們就進。這樣他們繞圈子，讓他們進退不能，再慢慢地收拾他們，他們又能奈我何？」熊天王附和道。

「若真是他們大舉來攻我倒不慮，此處我們占地利人和，他便是開十萬大軍也不能把無量山翻過來，我們躲得起，他們卻耗不起。但我擔心的是他們根本就不會大軍壓境。」凶神嘆了口氣道。

「不會大軍壓境？大哥是說？……」虎天王一驚。

「傳聞此子身邊高手如雲，其他寨頭他們只派幾個人就全部收服，戰傳說根本就不曾動手，也沒人知道他武功深淺。若是他派出大批高手前來，我們雖有數千弟兄但也難顧全部，大山只怕也難是久居之地的。」凶神憂色滿面地道。

「大哥何必長他人志氣滅自己威風呢？難道我們四大天王全是浪得虛名嗎？我倒是想會會他。」豹天王聽幾位兄長的對話，極為憤然。

凶神一時眉頭緊鎖，半晌才道：「先靜觀其變吧，我想他們也不會這麼快有動靜的……」

「你錯了，戰某做事從不拖泥帶水，請寨主勿怪戰傳說不請自來！」一個聲音飄然而入，直接打斷凶神的話。

話音才落，戰傳說便已如幽靈一般在大殿之中出現。

沒有人知道戰傳說是如何進來的，戰傳說身邊的兩個怪異打扮的老者也好像是幽靈一般。

凶神和四大天王一下站了起來，神色皆變！

他們怎麼也沒想到戰傳說來得這麼快，不給他們一點時間喘息。而且這次竟是戰傳說親自來，凶神也不知道是該驕傲還是該難過。

「你就是戰傳說？」混亂之餘，凶神失聲問了一句廢話。

「不錯，在下正是戰傳說。」戰傳說笑道。

「你想怎麼樣？」熊天王聲色俱厲地問道，卻顯得色厲內荏。

戰傳說一出現的時候，整個大殿之中似乎充盈著一種無形的壓力，幾乎讓人喘不過氣來，而戰傳說身邊那兩個打扮怪異的老者，也全都散發著一種死寂的氣息，讓人有種窒息之感。四大天王這樣平日殺人如麻的好手也禁不住失去了方寸。

「我是來和谷主商量共圖大業的事情，你也不必緊張。」戰傳說灑脫地一笑，扭頭向凶神道：「這就是谷主的待客之道嗎？」

「你不請自來，還不算是客吧。」凶神強自定神道。

「哦，谷主認爲戰某沒有誠意？」戰傳說神色一冷，淡淡地問道。

「我山居已久，只怕會無法報達公子之盛情，故不敢接受邀請。」凶神不相信以戰傳說三人之力，能在無妄谷中有什麼作爲，而且他聽到殿外有不少寨眾的腳步聲傳來。

戰傳說嘆息道：「谷主讓我失望了！不知谷主可知拒絕我的後果？」

「我無妄谷還不曾怕過什麼人！你不過是一個黃毛小子，敢這樣威脅我們？」虎天王最不耐，怒吼一聲便向戰傳說出手。

「你還不配！」虎天王才身子一動，便覺一道影子在身前一晃，一股巨大的力量以無可匹禦之勢將他碩大的身軀甩了出去。

「轟……」虎天王噴血而倒，他甚至沒曾看到過是誰出的手。

凶神勃然色變，因爲他看清正是戰傳說身邊的一個老者的傑作，此老者從出手到回自己所站的位置，幾乎是沒有任何停留，更是在幾乎肉眼難察的情況之下完成，其速度之快讓他不寒而慄。

老者像是從沒有出手過一樣，但虎天王的鮮血卻灑滿了大殿，掙扎了一下卻並沒能站起身來。

「不自量力！」那老者輕哼一聲，卻如焦雷滾過。

「赤老，何必如此手重！」戰傳說淡淡地訓了那老者一句。

「是，戰公子！」那老者極其恭敬地應了聲。

凶神突然想起了什麼，一驚而起，失聲問道：「你是昔年九極魔教的赤影天尊？」

那老者微訝地望了凶神一眼，臉上泛起一驚詫之色，「想不到這世上居然還有人能記得本尊。」

四大天王一聽，眼前這老者竟是昔日九極教名震天下的四大尊者之一，哪裡還敢有半點異動。誰不知道昔日勾禍手下兩大護法，四大尊者，八大長老。這些人無一不是名動天下的高手，更是心狠手辣以兇殘出名的人物。只是後來九極教被不二法門聯合天下各大門派圍剿之後，勾禍生死不明，而教中兩大護法戰死，四大尊者卻是下落不明。

畢竟九極教威傾天下，不可能對九極教數萬教眾全部清理，自然有許多漏網之人，而這些人之後都潛隱江湖，無人能知其下落。

不二法門追查數年未有結果，也只好不了了之。誰知道二十年後不僅勾禍再現，連四大尊者之一也出現在無妄谷中，九極教不可一世的尊者，竟然成了戰傳說身邊的一名隨從，實在讓人意外。

凶神雖是兇殘狠辣的人，但比起昔日九極教的凶名，卻是小巫見大巫了。當他確認這人竟是九極教的赤影尊者，他便知道即使是傾無妄谷所有的力量，也不可能有機會誅殺這三人。而他更對戰傳說的身分有高深莫測之感，若是眼前這年輕人與九極教有莫大的關係，此刻即使是誅殺了戰傳說，那他也將遭到九極教餘孽的無情報復，這是他深爲忌諱的。

「小人有眼不識泰山，不知道是尊者大人光臨，剛才有失禮之處還望不責。」凶神倒也是一個變臉極快的人，一見形勢不對立刻轉成笑臉，向邊上的人喝道：「還不快看座備茶！」

「你不必和我客氣，今日本尊者來此，一切都聽戰公子的吩咐。有什麼話就和我們戰公子說！」赤影尊者冷冷哼了聲，並不領情。

赤影尊者根本沒把他放在眼裏，凶神心中微有不悅，卻也無可奈何。他出道之時，赤影尊者早已名動天下，據傳赤影尊者身法之快世所罕見，當年不二法門的四大使者一起出手也都不曾將他留住。

「谷主從不動方圓兩百里內的一草一木，可見谷主也是好惡分明的性情中人，因此我這才親自來見谷主！」戰傳說道。

凶神沒想到戰傳說會這麼說，倒是讓他微有些好感，神色頓時和緩不少。

「早聞谷主並不是甘於平庸之人，其志自不會止於無妄谷，若是谷主想擺脫草寇山賊之名，並建封王拜相之功業，今日，我便給谷主一個絕好的機會。」戰傳說的語氣很誠懇。

「戰公子所說雖極誘人，可是我的弟兄真能有這樣的機會嗎？」凶神仍有些疑惑。

「谷主不必謙虛。在我進入無妄谷之時，已經看過營寨的佈置與防備，自其佈局來看，能佈下此格局之人定是深懂兵法之人，可見谷中確實是臥虎藏龍。」戰傳說道。

「既然戰公子如此說，凶神便不再故作矯情，從此便聽戰公子的吩咐！」凶神說著，把目光投向赤影尊者，他確實不知道戰傳說與九極教的關係，居然連九極教的四大尊者也能收服。

「戰大哥準備如何安置近日收服的人？難道你真的全部編入劍帛人的隊伍裏？」爻意有些惑然地望著沉思的戰傳說問道。

戰傳說望著爻意，有些憐惜地道：「這些日子辛苦妳了，為了整軍之事，妳都幾日未能好好休息了。」

「戰大哥何用與我說這樣的話。為你做任何事情都是我心甘情願的！」爻意情深款款地道。

爻意對他的好是無怨無悔，更認定了他是木帝重生前世的夫君。

戰傳說欣然一笑，對爻意，他內心深處只有憐惜和疼愛。

「我需要一支屬於自己的，而不是劍帛人的軍隊！」戰傳說肯定地回答爻意。

「戰大哥是準備將他們重新編制新軍？」爻意問。

「不錯，劍帛人現在需要我們，所以我可以指揮大軍，但這卻是一支隨時因爲利益而被劍帛人要回的軍隊，我不想有受制於人的一天，所以，必須擁有屬於自己的軍隊，這支新軍正是我所要選擇的最佳對象！」

「戰大哥是說姒伊公主……」

「或許我的擔心只是多餘的，但劍帛人新興，所以無論在公在私，我必須要一支屬於自己的軍隊，我準備讓九極教的高手來特訓他們，兩個月之內要讓他們成爲一支戰無不勝的軍隊！」戰傳說道。

「城主，劍帛人欲借道去九歌城，我們是否放他們過去？」伯貢子望著貝勒的臉，有些擔心地問道。

「九歌城若被破，坐忘城便失去了北方的屏障，更有可能使我們聯軍背腹受敵，若真成這種局勢，則對我們非常不利，所以此次劍帛人要越過我城，我們只能借道於他。」貝勒深吸口氣道。

「可是若劍帛人很有野心，給他們借道，會不會引來禍端？」青影擔心道。

貝勒望了青影一眼，這位管家爲他成功坐上城主之位，著實出力不少，也算得上是個足智之人，所以在青影說出此話之時他也微愣，旋又笑道：「劍帛人新立之軍，訓練不足，人數並不多，如此新軍想攻我坐忘城不過是癡人說夢。」

他頓了頓，接著道：「不過青影之話倒是提醒了我，此刻劍帛軍隊調離江南，江南定已空虛，若我們放過劍帛軍隊再突襲江南，當有奇效。而劍帛軍隊有我坐忘城相隔，音訊必難傳達，我們便可安心整治江南，同時也是爲我坐忘城留下一條後路。」

伯貢子眼睛一亮，立即附和：「城主高見！」

青影雖有顧慮，但貝勒所說的前景確實很誘人，可是他猶豫了一下，「江南久亂，若想控制江南，只怕我們的兵力不夠，前方戰事吃緊，眼下的兵力僅夠防守坐忘城，多面出戰我軍也負擔不起。」

貝勒也皺起了眉頭，他知道青影所說的是實話，但江南的誘惑確實太大。如果與冥皇的交手失敗，若是可以退避江南，隔江對峙，尚有一戰之力；若是無法拿下江南，則會陷入苦戰之局，這倒讓他有些難以取捨。

「我要擴軍，青影聽令，自府庫調撥紋銀八十萬兩徵收各地難民入伍，我要在短期內組成一支能征戰的軍隊！」貝勒突然道。

青影與伯貢子不由得都愣住了，他們也沒有料到貝勒會有這樣一個決定。

「另外，自明日起，向城中富戶徵集金銀，必定要在一個月中籌足兩百萬兩銀子。相信有這些資金，足夠短期中徵集到一支破江南的軍隊！」貝勒想了想道。

伯貢子和青影不由得愣了，青影不由得試探問道：「城主要不要經過朝議？此事事關城中安定，還望城主三思而行！」

「此事關係我坐忘城的未來命運，這本是爲他們著想，有什麼好商量的？」貝勒微惱。

伯貢子心頭一動，突然道：「城主，江南地廣人稀，我們就算徵集到一支軍隊，也很難控制。如果我們也讓卜城出兵，說不定我們還能坐收漁人之利呢！」

「左知己一心想主導戰爭，巴不得能得到控制權，此事怎麼能讓他先下手？」貝勒不悅。

「城主何用在意這些，戰爭乃是靠實力說話，屬下覺得伯二公子所說甚是，我們讓左知己爲江南大耗人力物力，而我們根本不必損失什麼。若卜城人力財力無法與我們抗衡，他們又憑什麼主導戰爭？」青影附和道。

貝勒眉頭大緩，長身而起，欣然道：「此計妙，這件事便交給貢子去辦了！」

「定不辱命！」伯貢子大喜。

「坐忘城同意我們自其界地穿過，那麼我們決不能錯過這樣的機會。」戰傳說指點著羊皮圖道。

「坐忘城歷經數百年之久，其城之堅又豈是我們這點兵力所能破的？戰司危大人此舉豈不是直接把我們推向絕路嗎？」身為劍帛軍中第二號人物的姒猛立身而起大聲道。

戰傳說臉色微變，冷冷地道：「此戰並不用猛將軍出手，你的任務只是救援九歌城。」

「但我決不會看著我劍帛兒郎就這樣去送死！」姒猛也冷冷地回應道。

戰傳說知道姒猛的心事，事實上，一開始姒猛就不歡迎戰傳說。戰傳說作為一個外來人，但卻成了劍帛人的統帥，而他作為劍帛皇族之後卻屈居人下，這口氣實在難以下嚥。

「那你認為我們該如何做？」戰傳說冷冷地反問。

姒猛凜然道：「眼下我們劍帛人初起，江南歷百年人禍，當休養生息。讓冥皇老兒與大劫域和千島盟拚個你死我活，到時候我們豈不是更可撿得漁人之利？這個時候出兵本就是一個錯誤的選擇，我們劍帛人豈能因為個人的野心而走向戰亂的火坑？」

「猛將軍此話太過了吧。戰公子來我江南，其作為是有目共睹的，他傾心為劍帛人，誰人不知，何況出兵之事本是經由公主與眾人商議之後的決定……」

「物先生讓他繼續說！」戰傳說打斷物行的話。

姒猛道：「我不過只是為我江南百姓著想，他們受欺凌近百年，難得我們劍帛復國，卻又要將他們引向戰爭，我們又於心何忍？我們身為劍帛子民，就是想讓我們的子民過上好日子，可是如果戰爭一起，何時能平靜？」

「我一向敬猛將軍是一條血性漢子，我劍帛人何時怕過苦累？我劍帛人何曾受過百年來這般奇恥大辱？我們苦忍這麼多年，不就是爲了一雪前恥，恢復我劍帛人百年前的輝煌嗎？我們苟安於江南，難道等待他們相互吞併之後，成了不可攻破的整體再來宰割我們嗎？我支持出兵，我本熱血兒郎，敢把頭顱拋異鄉！相信我萬口山八寨的兄弟也決不是畏縮之人！」

戰傳說的眸子裏閃過一絲欣然之色，因爲立身而起的，正是他招降的萬口山首領何萬里。他當日之所以招降各寨，也是想爲自己培養出一支不屬於劍帛人的兵力，他決不想讓劍帛人牽制自己的權力。當然，他並不是準備對付劍帛人，而是他深明若軍中無一支讓自己指揮順當的隊伍，那將會是一件極爲危險之事。而何萬里剛才那一席話，更讓他明白這幾個月的工夫並沒有白費，當然他對何萬里的這一席激昂的話也是大爲感動。

「好一個我本熱血兒郎敢把頭顱拋異鄉！我軍中有這樣的熱血兄弟，又有何敵人是不能戰勝的？」戰傳說讚道。

帳中的一干將領也都聽得熱血上湧，唯有姒猛一個人的臉紅得像豬肝一樣，狠狠地瞪了何萬里一眼，卻不敢發飆。畢竟何萬里所說的話深得人心。

「既然姒將軍不願意出兵，那麼就讓你留守江南，不過你的部屬將隨軍出征！」戰傳說又道。

「司危大人此話什麼意思？」姒猛神色一變。

「很簡單，來人，將姒猛拖出去斬了！」

「你敢！我是皇親，我沒犯錯誤憑什麼斬我？」姒猛頓時暴怒。

「三個月前，姒伊公主就已拜我為劍帛國司危。臨陣禍亂軍心，污衊本司危，就憑這兩條罪狀，我便足以殺你以定軍心！」戰傳說沉聲道。

姒猛這才猛然意識到戰傳說殺他之心已決，自己的處境十分危險。當下突然掠起，向帳外射去。

他明白在帳中全是戰傳說的人，他根本不可能有機會活命，唯有先逃出大帳才可能有機會。但是他卻忘記了自己的速度是不能夠快過赤影的。

在姒猛身子剛動之時，赤影已經撞在了他的身上。姒猛不由得發出一聲悶哼，身子踉蹌跌出，營中衝入的侍衛刀劍齊出，以極其俐落的速度架在姒猛的脖子之上。

赤影一出手便又重回到自己的位置，事實上，若不是姒猛一心想逃，赤影也決不可能這麼容易得手。論武功，或許赤影尊者比姒猛要強上一些，但要勝姒猛卻也在百招之上，但一個一心想逃，一個突然出手，自然使姒猛中招。

「司危大人……」物行等人欲求情，但戰傳說卻一擺手冷聲道：「諸位若是要求情，那就請免了！」

說完竟甩手自後門行出帳外，一時間，帳中劍帛眾將皆為之愕然，不知如何是好！

據《玄武曆》記載：玄武一千九百七十七年秋，木帝戰傳說為統一劍帛國的思想，鞏固姒伊的地位，採取了極為強硬的手段，清理了劍帛守舊派在軍中勢力，使劍帛人凝聚力大增。這年秋，木帝兵分兩路，一明一暗，明由大將物行統領直行坐忘城，自己暗中領其死亡軍團偷襲坐忘城。坐忘城從沒想到戰傳說這明修棧道暗渡陳倉的策略，是針對坐忘城。而木帝之死亡軍團更是由流寇草莽組成，戰力之強，僅在坐忘城一戰便名揚天下。而更出貝勒意外的，卻是城中小夭組織昔日父親舊部城中回應戰傳說，從而一舉攻下坐忘城。從此，木帝真正開始了征戰天下之旅。

小野西樓近日心神極難平靜，總隱隱覺得在其背後，有一雙無形的眼睛使她如負荊芒。

她不相信大司盟會發現她與戰傳說及勾禍的秘密，但是她卻無法找到那雙眼睛的所在。這使她根本不敢出去與戰傳說接觸。

尤其是大司盟今天的行爲，更讓她不解，一向殘暴的大司盟竟出手處死一名姦汙大冥婦女的愛將，這根本不是大司盟的作風。她更想知道是什麼讓大司盟有這樣的改變。

大司盟的大帳之中燈火通明，但卻安靜得讓人發怵。

小野西樓如幽靈般貼近大司盟的大帳，但卻意外地發現，帳外的護將都在離帳十丈之外的地方設防，而大帳十丈之內的地方竟無一兵一卒……使她極方便地潛到帳外。

塞北的秋風極涼。她的直覺告訴她，帳中存在著一個人。那種若有若無的氣機彷彿是這秋風，這涼涼的秋意，不可捉摸卻又無處不在，這絕非大司盟。

在大司盟的帳中竟還有這樣一個可怕的高手存在，她不由得心頭凜然。她根本沒有把握能勝過帳中那隱形的神秘人，但她必須要知道這個人是誰，爲何會出現在大司盟的帳中，會否與大司盟的改變存在著某種聯繫？

她甚至連一口粗氣都不敢喘，因爲她深深地感覺到，來自帳中那隱形之人的壓力，一種生自心底無可匹敵的壓力。

她極小心地掀開大帳的一角，印入眼裏的景象幾乎讓她魂飛魄散。

小野西樓看到了一雙眼睛，冷而犀利，無可抗拒，猶如兩道閃電一下子射入其內心，頓使心頭一片空白。而那雙眼睛更變得深邃無邊，彷彿一個巨大的黑洞將其靈魂與意識不斷地撕裂吸納。

一點一點，小野西樓的神志趨於一片空白之時，便悠悠地聽到一陣輕微的呼喚：「過來吧孩子……過來吧孩子……我是妳一生中最疼妳的主人……過來吧孩子……」

小野西樓呆板地掀開營帳，木偶般行入帳中，便在她神志完全空白的那一刹那，一聲龍吟般的輕嘯陡然升起。天照刀的光芒四射，刀身狂顫，森冷的寒意一瞬間滲入了小野西樓的每一寸肌膚，她陡地醒來。

那深不可測的目光也在一剎那間消失。

小野西樓失聲叫了出來：「晏聰！」

那人也陡地一震——他正是晏聰。

當日晏聰被𡰪囂打入冰河，卻並沒有死去，而被千島盟的海盜所救。他的三劫戰體再一次使他從死亡邊緣走回來。

這次重傷醒來，反而使他的三劫戰體幾乎已到了完美之境。加上與𡰪囂一戰之後，他對精神力的領悟，更是突破了遠超他想像的地步，精神修爲也到了一個更深的層次。他利用自靈使那兒學來的攝魂之術，輕易地收服了一些海盜。

當大司盟徵集海盜入侵大冥時，他乘機加入了這個組織。

他以過人的能力很快接近大司盟，但誰也沒料到，他竟以超人的精神力，慢慢地控制了大司盟的思想，使其成爲自己的奴隸，從而間接地控制了整個千島盟的大軍。

而在千島盟大軍中唯一讓他擔心的人，就是小野西樓，他曾多次想對小野西樓下手，但是小野西樓十分警覺，使他根本沒有機會。

這次，他設伏引來小野西樓，卻沒想到在就快成功的時候，竟被天照刀所破壞，天照刀護主的特異能力驚醒了小野西樓，這使他極爲惱怒。

小野西樓叫出他的名字時，他更爲吃驚。

「鏗……」天照刀自動出鞘，小野西樓飛身掠起，向晏聰斜撲而下。

「難道妳不想坐下來談談嗎？」晏聰卻並不爲所動，甚至連手指也沒動一下，悠然笑了笑道。

晏聰的笑讓小野西樓心神一鬆，不過晏聰並沒乘機出手，依然神情悠閒。

「你還有什麼話好說？」小野西樓橫刀而立，以她的精神修爲竟會迷失自己，晏聰確實深不可測。她有點明白爲何大司盟的舉措那麼一反常態了。

對著這個深不可測的對手，她心中也沒有把握。大冥樂土流傳著最近崛起的兩個年輕一輩絕世高手，一個是戰傳說，另一個就是晏聰。而今天小野西樓真實地感受到，晏聰的可怕只怕比戰傳說更甚。

「妳想殺我?!呵，其實妳根本殺不了，以妳的武功還根本不是我的對手。不過如果這事傳揚開去，對妳和我都不利，我們何不坐下來好好談談？」晏聰又笑了，說著轉頭向一邊呆如木偶的大司盟道：「去爲我們倒兩杯茶來！」

「是，主人！」大司盟真的順從地去倒茶了。

小野西樓眼裏閃過一絲駭然之色。若不是親見，她實在難以相信曾經權傾朝野、叱吒風雲的大司盟，會對晏聰言聽計從！

「就像妳對千島盟的仇恨一樣，許多事情都是出人意料的。幸好我們都有共同的對手，那就是千島盟。我是爲了我大冥樂土的百姓，妳是爲了家仇，我們完全可以攜手合作。」晏聰鄭重地道。

「你好像瞭解的事情不少。」小野西樓漸漸恢復了冷靜。

晏聰道：「知道一些。事實上，我知道的千島盟最核心的秘密，甚至可能比妳還多，包括妳的身世和家仇，這也是我願意與妳聯手的原因。我不會傷害戰傳說的朋友，因爲他是我的好朋友！」

小野西樓並不意外，大冥樂土的傳說中，晏聰、戰傳說、花犯一直都是共同出生入死，尤其是戰傳說與晏聰。

「我寧願多一份危險也不讓戰傳說難過。」晏聰繼續道。

小野西樓良久不語。自從知道自己家族覆亡的真相後，她在千島盟內是處處小心，本就孤傲的她，更是拒人於千里之外，她不可能再輕易地相信一個人。同時，這也是一種自我保護，與他人太接近，很可能在不經意間暴露自己真實的想法。

當然，晏聰來自樂土，又是戰傳說的朋友，自是和一般的千島盟人不同。

半晌，她終於道：「你要如何合作？」

「天下紛爭四起，戰兄已經擁有坐忘城和江南之地，而我也並不想讓大冥樂土的禍亂長久下去。因此，我要與他合作，一統大冥樂土。」晏聰豪情滿懷地道。

「你要與他均分天下？」小野西樓訝問。

「不，天下無均分之說，唯有一人之天下才有可能得以永享太平。至於將來天下是戰傳說的還是我的，或者是我與他之外的第三人，就看天意了。我要妳做的事就是，妳讓戰兄放棄九歌城，轉攻卜城，得卜城之兵而後赴禪城，屆時我必已得九歌城之兵西撲禪城，戰兄弟自可借勤王之名進入禪城，那時便是冥皇敗亡之時。」

小野西樓不解地道：「你為什麼不親自去與他說？」

「因為我不能離開軍營，如果哪天不需要借助千島盟的大司盟，我才有可能會自由！」晏聰灑然一笑。

小野西樓頓時明白晏聰的意思。如果晏聰一走，那麼大司盟的行為便無人控制，必會引人起疑。

她沉聲道：「我可以答應你，但天下歸於誰我並不在意，我在意的是何時報仇雪恨！」

「大冥樂土初定之後，我會幫妳報仇。那時，千島盟定早已臣服於我的腳下！」晏聰自信地道。

小野西樓目光一眺。終於，她緩緩點頭，「無論如何，我的仇人必須由我手刃！」

《玄武曆》記載：玄武一千九百七十七年冬，木帝戰傳說與聖帝晏聰暗中結盟，並議訂雙帝之約，從此二人兵分兩路共進禪城。並於次年盛夏，木帝破卜城之兵，擁江南、坐忘城、卜城之兵約四十萬之眾。而聖帝則攜千島盟之兵，聯合大劫域大破九歌城，蕭九歌投降，並一路整各地流寇草莽。之後，千島盟則更遣大軍相援，號稱五十萬大軍，直逼禪城。須彌城因地處極西無法赴援。冥皇只好發出金令向木帝求援，於是木帝帥親帥三十萬大軍勤王，奔赴禪城。

玄武一千九百七十八年深秋，木帝在禪城外大戰千島盟之軍，以車馬之陣大破之，史稱「車馬之役」。斬殺千島盟大軍五萬人，破敵十萬，從此千島盟在聖帝軍隊中的分量大減，淪為配角。

另野史有記，車馬之役：有東瀛異族十萬餘，而木帝帥先鋒三萬與之對攻，引其至禪山北，時江湖異士近萬之眾突然殺出，其中高手百千之數，驅野馬戰車衝異族之陣，若虎入羊群，任意食之。江南死士無不兇猛如虎，以一敵十，直殺得塵煙避日，數日不落，大殺一日，東瀛異族大敗而逃，斬敵五萬之數，虜敵萬餘，傷者無數。此役使木帝名動天下，更得天下武人景仰。此役之後，冥皇親自出城迎接木帝，許其護國大將軍，封其江南諸地。

車馬之役後，木帝突成號令武林之盟主，更是大冥樂土的英雄，因其大破千島盟而為世人所敬，其地位之高甚至超越不二法門的元尊。加之不二法門近兩年行為極為收斂，根本無法與木帝爭鋒，甚至有不二法門弟子甘願追隨木帝。此役已將木帝戰傳說推上了武林的峰端。直到聖帝晏聰十年後，以真身統治千島盟後，才微掩木帝之輝。

第七章　法門之威

禪城，繁榮之象似已遠去。城中四處皆是官兵游走，滿城戒嚴。城外城內大戰一觸即發。

沒有人能在這種時候能保持平靜。戰傳說也不例外，此刻的他不再是昔日的他，禪城之中的大部分兵力全掌握在他的手中。

他卻隱隱覺得事情決不會這般簡單，冥皇將許多事情都交給他，但他卻明白這決不是冥皇應有的作風，否則坐忘城主殞驚天也不會死去。這兩年來大冥樂土所經歷的事情，確實使冥皇改變了不少，同時對身邊的重臣更為猜忌。

戰傳說此刻身分不一樣，他坐擁坐忘城和卜城兩城的兵力，更有江南劍帛大軍與自己手下的魔鬼軍團，其力量之強幾乎已相當於大冥王朝全盛之時的一半。而此時禪城積弱，外有晏聰的域外聯軍和千島盟的威脅，整個大冥樂土也就只有戰傳說可以與之對抗。雖然冥皇對戰傳說並不放心，但他卻也無可奈何，否則，以禪城之力根本無法阻擋晏聰的四十萬大軍。

一切似乎對戰傳說都非常有利，但戰傳說卻深深地感受到壓力，這壓力並不是來自冥皇，也不是來自晏聰，而是來自一直都不曾出現的不二法門。

不二法門的低調，幾乎讓人難以想像。沒有人敢輕視不二法門，但是這兩年來，不二法門彷彿已煙消雲散，很少有什麼動靜。這使得人無法揣測不二法門將會有什麼樣的行動。

戰傳說相信不二法門決不是甘於蟄伏之輩，不二法門之所以兩年沒有動靜，那一定是在醞釀一場更大的變故。

這兩年來，戰傳說從明裏暗裏，對不二法門的勢力進行了極強大的打壓。從坐忘城之戰開始，戰傳說就知道與不二法門的爭鬥已經正式形成，而他答應幫助勾禍對付元尊的那一刻開始，便在不斷地瞭解不二法門的特點。對於不二法門混入他軍隊之中的人員，他也進行了密切的注意，這一切都是由九極教餘黨去做。當戰傳說答應勾禍對付元尊之時，他便成了九極教真正的教主，最高的統帥，這也是他這兩年來作戰無往不利的原因之一。他擁有九極教那無所不在的耳目，又有劍帛人那巨大的財力支持，成爲他的對手，是一種悲哀。

戰傳說不擔心晏聰，就算這些年的征戰，他與晏聰之間難免有些衝突，但戰傳說相信最終必定可以一笑泯恩仇，因爲他憐惜天下百姓，慶幸晏聰也懷有此心。

戰傳說之所以一直沒有對禪城作出最後的行動，就是因爲他真切地感受到不二法門的威脅，卻又無法把握不二法門的動向。所以他並不急於全面控制禪城，而是在等待一個最好的時機。

爻意緊隨在戰傳說身後，望著戰傳說那挺拔如山嶽的身軀，她心中有著一種難名的情緒。這兩年來，她幾與戰傳說形影不離，對於戰傳說內心的情緒她可以完全把握，所以這一刻，她也為戰傳說內心的沉重而黯然。

「這個冬天來得好快！」戰傳說扭頭望了爻意一眼，卻對小夭道。

小夭心頭一震。她卻是在想，當日她來到禪城是為自己的父親，可是此刻，她卻要面對著殺父仇人，甚至還要用坐忘城的兵力來救這個殺人兇手，她內心也極不好受。不過她知道，戰傳說絕對不會對不起她！這兩年來，戰傳說的軍隊越來越強，而坐忘城的地位也越來越高。鐵風掌管坐忘城，完全繼承老城主殞驚天的遺志，使坐忘城難得有些許的安寧，這一點已讓小夭放心了。

讓鐵風掌管坐忘城是戰傳說的意思，便是冥皇也不敢多說。在此戰亂之時，冥皇對大冥樂土已經漸漸失控，他的皇影武士在大劫域一戰之中傷亡極大，而大部分強將也在這一役中盡亡。

「天涼了，我們還是回府吧，晏聰不敢來攻。不過再過一陣子天寒地凍，要想破城更是不可能，這個冬天應該可以平靜一些。」小夭道。

戰傳說不由得笑了，悠悠地道：「這個冬天或者比往年更冷，但絕對不會是一個平靜的冬天！」

「威郎是不是有什麼心思？」爻意眼裏，戰傳說便是木帝威仰，她也喜歡叫戰傳說為「威郎」。戰傳說開始並不習慣，但是久了也便並不太計較了，他能理解爻意這有著時差一千多年那寂寞無奈的心境。

「小夭，妳覺得不二法門會是怎麼樣的一個組織？」戰傳說突然問道。

「戰大哥是說不二法門會在這段時間裏有什麼動作？」小夭一聽戰傳說的話，立刻意識到問題的所在。

她沉吟了一下道：「這兩年來，不二法門像是完全不問天下之事一般，任由各路人馬相互殘殺，這確實與他們昔日江湖中的地位和作風有些不同，但是誰也難說清不二法門的用意。現在大哥你與九極教有關係已並不是什麼秘密，按理，不二法門決不會讓你變得更強大，也就是說，如果你有可能在近日變得更強大的話，那麼不二法門便一定會在這段時間裏對付你！」

「不錯，不二法門決不會看著九極教再次興起江湖。如果他要壓制我，那麼這個冬天也將是他們最後的機會，否則他們永遠不會再有任何機會。」戰傳說淡然自若地道。

「司危大人，天司命在府上求見！」一名親兵急步跑上城頭向戰傳說道。

「哦，好，我這就回府！」戰傳說眉頭一皺，他不明白這時候天司命找他有什麼事。這人乃是冥皇的最親信，難道是冥皇有事找他？想著已躍身上馬馳下城樓。

「你是最瞭解尊蠶的人，他是否死了，想必你比別人更清楚！」晏聰含笑望著幽閒。

幽閒神色微變，尊蠶可算是他心底深處的心病。晏聰雖然霸道強橫，但其心智並不足以與尊蠶相比，否則晏聰也不會在第一次與尊蠶交手之時被擊入冰河之中。

尊蠶是不是死了，幽閒也不敢確定，但他卻知道在廢墟之中找不到尊蠶的屍體。像尊蠶這樣的人，如果沒有親眼見到他的屍體，你決不敢肯定他已經死了，但是他卻不明白，若是尊蠶真的沒死，那爲何直到現在還不出現呢？難道他甘心讓自己一手營造起的功業全讓晏聰得去了？這也是他一直虛與委蛇與晏聰合作的原因，因爲只有他與晏聰聯手，才有可能對付尊蠶的報復。

「我找不到他的屍體。聖殿的毀滅清理過程花了三個月，也許屍骨已經腐化。」幽閒眉頭微皺回應道。

「這麼說，尊蠶完全有可能還活著！」晏聰吸了口氣，他是與尊蠶正面交過手的人，比任何人更深切地瞭解尊蠶的可怕。便是現在，他仍沒有任何戰勝尊蠶的把握。尊蠶的武功已經到了不可思議的地步，晏聰不相信這個世間能有誰可以獨自一人殺死尊蠶，即使是強如當初的大劫主。

幽閒道：「可是我讓人查了兩年，仍沒有半點關於他的消息。」

「如果他這樣容易讓人找到，也就不值得我們去擔心了。此人的心靈修爲之高，當世無人出其右。也許傳說中的不二法門元尊可以與其一比……」晏聰說到這兒突然心頭一動，又問道：

「不二法門這些日子來可有什麼動靜？」

「我入樂土後便不再有不二法門的消息，也許不二法門並非傳說中那麼神奇。」幽閒不以為然地道。

晏聰眉頭微皺。

他始終沒有弄明白，是什麼原因讓不二法門這般低調？因為戰爭？還是有著其他更為奇怪的原因？照理，在這天下大亂之際，正是不二法門最為活躍的時候。

「尊囂……冥皇……」晏聰突然想到了一個很重要的問題，那便是尊囂與冥皇的關係，以及他們的那箇直就完全相同的模樣。如果尊囂沒死，那麼最有可能的情況便是回大冥樂土，以他的武功，大劫域根本不可能有人能夠找到他。在如今的局面下，最明智的選擇就是潛於暗處，讓世間人以為他已死，暗中操作佈局。

幽閒也臉色頓變，他自然明白晏聰說出這兩個名字的意義。

「戰傳說有難了！」晏聰深吸了口氣，嘆道。

「如果真是這樣，那對我們只有百利而無一害！」幽閒喜道。

「你錯了，我總覺得尊囂的失蹤，與不二法門的不問世事，有著某種特別的關係，別忘了，尊囂之智比戰傳說或許更為可怕，我寧可我們的對手是戰傳說而不是尊囂。」晏聰淡淡地道。

幽閒微怔，沒人比他更清楚尊囂的可怕。如果是尊囂控制了禪城，以他那算無遺策的手段，即使是他和晏聰聯手，只怕也無法是尊囂的對手。

「那我們就立刻通知戰傳說，如果讓他們互相殘殺，引起禪城內亂，豈不是更對我們有利嗎?我不相信戰傳說的死亡軍團會甘心受尊囂控制。」幽閒心頭一動道。

晏聰微微點頭，他並不是不想戰勝戰傳說，但是他與戰傳說早有約定，更何況，他決不想讓尊囂控制禪城，那樣他很有可能會一敗塗地。

幽閒眼裏卻露出一絲狂熱的神采。

禪城皇宮，依然是三步一崗五步一哨。

戰傳說已有了大冥司危、護國大將軍的身分，但身在皇宮，卻深感壓力。那是一種無形但卻又真實的壓力，天司命的話使他對皇宮更生出了極大的戒心。他負責禪城的防護，但是他卻無法完全知道冥皇在皇宮究竟做了些什麼。

自冥皇將戰傳說接入禪城之後便深居簡出，彷彿變了一個人。這也給戰傳說收買冥皇身邊重臣的機會。戰傳說掌握了禪城中絕對的力量，無論是財政還是軍事。

「護國大將軍到！」在政德宮外的禁衛軍大聲喊道。

「宣護國大將軍覲見！」內侍監在殿中應了聲。

「你們在外等我！」戰傳說向身邊的護衛吩咐了一聲，便大步行入政德宮。

宮殿之中黃綾在風中輕抖，冥皇冰冷地坐在寶座之上，身邊的內侍監彎著腰。

「臣戰傳說叩見陛下！」戰傳說行了一禮。

「大將軍不用客氣，賜座！」冥皇抬目，望向戰傳說：「今日召見大將軍，其實只是想問一下前方的戰況。晏聰小子不知感恩，反而與千島盟勾結侵我大冥樂土，我一定要讓他受盡天下酷刑，讓他求生不得求死不能。」

戰傳說從容不迫地道：「前方的一切還算比較平靜，晏聰在車馬之役大敗之後便不曾有過大的行動，一些小的攻擊我們早都有防備，難以對我們造成危害。現在冬天就要到了，他們若是近來沒有動靜，入冬霜凍之後他們更不會有機會對我們出手，撐到明年，他們糧食匱乏，自然會不戰而敗。」

冥皇有些不自然地笑了笑道：「禪城之中三十萬大軍。二十萬百姓也皆要吃住，我們的糧食比他們耗得還要快很多，今年的秋糧因爲卜城之亂而幾無收穫，能不能熬到明年春天還是個未知數。」

戰傳說一驚，冥皇一聲不響，但對城中的形勢卻是很清楚，他更可以肯定冥皇決不像近日所表現的那樣消極。

不過他並不擔心。如果晏聰真要與他決戰，那他的車馬之役也決不會勝得那般乾淨俐落。

事實上，晏聰一直在借機大量削弱千島盟的力量。千島盟不會捨得放棄大冥樂土這塊肥肉，依然會把大量的兵力遣至樂土，以保證其在盟軍中的主導地位。

晏聰便是要將千島盟的力量耗在這場不知道結果的戰爭之上，那麼在將來對付千島盟的時候便不再多浪費力氣，何況他還有大司盟這個傀儡在手。

這一切全在晏聰、戰傳說的計畫之中。對於小野西樓來說，這也是最好的結局。

大冥樂土受千島盟的侵擾數百年，一直無人能從根本上除去這個威脅。晏聰卻以大冥樂土為誘餌，讓千島盟欲罷不能。現在，戰傳說與晏聰對峙而不戰，也是在等待千島盟的援軍到來，如果千島盟這次遣出的十萬大軍再全軍皆沒，從此再也不能對大冥樂土構成任何威脅了。

冥皇並不知道戰傳說與晏聰的協議，所以擔心禪城的糧草問題。

「陛下放心，我已派兵向卜城和坐忘城調運糧草。江南今年豐收，徵集糧草根本不會有什麼問題，而晏聰的大劫域地處極北，糧食稀缺，更是路途遙遠，千島盟的援助更是遠水不解近火，我們只要得到了足夠的糧草，他們唯有一敗。」戰傳說很有把握地道。

「哦，如果是這樣，那我就放心了！」冥皇嘴角笑意神秘莫測。

戰傳說忽然感到一陣寒意自心頭升起。

同一時刻，「轟……」的一聲，戰傳說一驚之際，身後的屏風布簾頃刻間化為碎片，捲起一陣狂潮直向戰傳說撞去。

戰傳說心中大怒！他沒料到冥皇竟敢在這種時候對付他，而且是毫無徵兆。不過以他的武學修為，已經沒幾個人能在背後偷襲他。況且兩年多時間的戎馬生涯，已讓他養出了超乎常人的覺察力，所以，當那人出手的一剎那，他的身形便也動了，像是彈丸一般直撲向冥皇。因為他知道，這一切一定是冥皇的安排，那麼他也便沒有必要再對冥皇手下留情。

戰傳說出手，「長相思」化出一道刺目的光芒，帶著幾乎無堅不摧的氣旋幾乎是要將整個虛空絞碎。大殿中的黃綾在劍氣之中如破碎的蝴蝶一般飛散。璀璨的光芒一閃即滅，亮到無以復加的時候，彷彿大殿的每一寸光都被吞噬。

冥皇頓時消失於光芒中，戰傳說自己和背後偷襲者也不例外。

戰傳說無法看到冥皇，但他的精神卻已緊緊鎖住了那個位置。孰料，他劍上罡氣將帝座劈得粉碎時，卻不見冥皇身影。與此同時，身後那深深的涼意陡破空而至！

他不由得一聲長嘯，如龍吟鳳鳴，頭也不回，劍身迴繞，如一條光帶在腰間環繞而過。正德殿頓時如被颶風捲過，殿中之物紛紛化為碎片。

戰傳說看到了一雙眼睛！冷而深邃的眼睛！

在冷絕的光芒之後，一個蒼老的面容極其深刻，濃烈的殺機緊罩著戰傳說。

「劍使……」

戰傳說駭然發現，眼前這名老者，竟是不二法門四大使者中的劍使。

這一發現使他極爲意外，他不明白的是，爲何劍使會出現在皇宮之中，更爲何會幫冥皇來對付自己？

劍使的劍與戰傳說的劍芒相觸，彷彿撞在一堵無形的牆上，強大的劍氣化成億萬道鋒刃絞碎了每一寸空間，然後他看到了自己的劍碎，看到了自己的手碎……直至整個身體化爲碎片，血雨一般灑落，繼而在強大的氣流之中化成霧氣。

劍使死了，他竟無法接戰傳說一招。

但是戰傳說卻沒有半分欣喜，因爲，在這一場殺戮之中，冥皇才是真正的主角。

而冥皇在哪裡？戰傳說無法找到他的位置，但一股深深的寒意卻滲透了他的心間，深入他的靈魂……

冥皇出手了，但卻無招無形。

戰傳說的身體像風一樣掠向大殿之外，他無法知道冥皇的位置，甚至無法知道這大殿之中究竟存有多少的殺招，所以他必須先離開這裏，離開這個由冥皇一手佈下的殺局之中。

在大冥樂土的傳說中，冥皇的武功是無人可比的，有神鬼莫測之機。

只是從沒有人見過冥皇出手，或者可以說冥皇從來都不用親自出手，但是今天並不一樣……

戰傳說自信，自己已經接近數年前父親的武道修爲，但是是否能與冥皇一戰，卻仍沒有絕對的把握。

更讓他擔心的卻是此刻身處皇宮，他的將士都在皇宮之外，而在殿外隨行的四名高手，能否助自己衝破那近百皇影武士的包圍，也一樣是未知。

「轟……」戰傳說的身子撞開政德殿的外牆。那厚達兩尺的石木結構的牆如花一般炸開，碎石木屑狂射而出。一出大殿，戰傳說眼前一亮，也便在這時，一股邪異的力量如洪流般自他的身體之中炸開，正是被那陰冷的精神侵蝕力的位置。

戰傳說無法控制地狂噴出一大口鮮血，而此時他發現自己隨行的高手，正被一群打扮怪異的高手圍攻，而這些人他並不陌生，正是不二法門的法使與毒使及一群不二法門的人。這些人放在江湖之中無一不是頂尖高手，但此刻卻是十數人一起圍攻他的八大護衛。

「司危大人……」戰傳說身子踉蹌落地時，便聽到了赤影尊者的驚呼，但他還是站直了身子，在轉身的時候，他看到了冥皇。

冥皇已不是一身杏黃龍袍，而是一身黑色長袍，在頃刻之間像是完全變了一個人。整個身體散發出一股逼人邪氣，陰森而冷漠。彷彿整個天與地全籠在一層無法穿透的深霧之中。

「你不是冥皇！」戰傳說眸子裏閃過一絲訝意，這個人的氣質與冥皇相去太遠，雖然也一樣有著不可仰視的霸氣，但卻邪異非常，而冥皇是一種皇者霸氣，浩然無邊。

「元尊……」赤影尊者卻失聲叫了出來。

「元尊！」戰傳說的心一下子沉到了極深的地方。

他相信赤影尊者決不會誤認元尊，因爲元尊與九極教的刻骨仇恨，而赤影尊者則是元尊手下的倖存者！

戰傳說也明白了爲何「冥皇」選擇在這種時候對付他了。元尊只要殺死他，那麼便可以冥皇的身分輕易地接手戰傳說的兵力，即使死亡軍團想作亂也難有作爲。而後，元尊可以推說是晏聰殺了戰傳說，借機挑起死亡軍團對晏聰的仇恨，他便可以領著大軍與晏聰決戰。

「赤影！」元尊也似乎有些意外。但當他看到眼前的人時，不由得又笑了，道：「二十年前你逃了，二十年後你一樣還得死於我的手中！」說完移向戰傳說，有些讚賞地道：「能在我絕命邪罡之下仍站得住的人，果然如世間所傳，可稱年輕一輩的第一高手了！」

「絕命邪罡?!」

戰傳說突然想到幼時聽到的關於靈族傳說中的叛逆者。

此人天資極高，憑無上智慧，在數年之中學會了靈族的所有武學，更在精神修爲上可以與族長不相伯仲，被認爲是靈族第一奇才。但此人卻好勝心太強，一次精神修行之時由於急進，走上偏鋒，心志大亂之下變得極爲邪異，雖然他創出了天下至邪的絕命邪罡，但代價卻是狂性大發，殺死靈族成年之人數百之多，使靈族所有族人遭遇幾乎是滅族之災。後來倖存的靈族人分成兩支，一支隱於世外桃源，而另一支人則潛於世間尋找這位叛逆者的下落，成爲後來世人所知的靈族人。

戰傳說無論如何也沒想到，傳說中給桃源帶來巨大災難的絕命邪罡，竟會由元尊使出！

戰傳說眸子裏殺機湧動，嘶聲道：「你就是靈族人人欲得而誅之的叛逆者？」

「我是靈族之主，更是大冥樂土之主，這整個蒼穹世界都將被踩在我的腳下。我將會是蒼穹世界裏唯一的主，唯一的神！」元尊有些瘋狂地笑道，笑聲中，邪異的寒氣四散狂湧。

層層而至的寒氣無孔不入地侵入戰傳說的身體，如一張巨大的網越束越緊。元尊那彷彿無限深的眼睛如一個巨大的黑洞，將戰傳說的心神牽引向無邊的黑暗。戰傳說的思維不由自主地變得緩慢遲鈍。

「司危大人——不要看他的眼睛！」赤影尊者大吼一聲。

但他一分神之時，卻硬受了法使的一擊。

戰傳說心神一緊，在赤影的大吼聲中回過神來，而此時元尊卻出手了。

元尊出手，像風、像雨、像霧、像閃電、也像是一顆自天際劃落的流星。或許什麼也不是，只是介乎虛與實、生與死的無法言表的狀態。戰傳說感受到前所未有的空前壓力，那種壓力讓人幾欲瘋狂！

「鏗……」「長相思」鳳鳴般尖嘯起來，也如電光一般劃過長空。

戰傳說的心意一動，劍與人立刻融爲一體。劍隨心至他根本沒有用眼睛去看，當他的心靈沉浸在一種極度平靜的危險境地之時，劍便如帶著靈性的神物，罡風四起。璨若星河般的光影，頓使虛空陷入無限的光洞之中，無物不摧，無物不毀。

「好劍！」冥皇的話音才落，虛空中便亮起一道耀眼的光火，劍與掌相交的聲音彷彿被黑洞吞噬，唯有無邊破碎的氣勁四方狂湧。劍罡化成零星的碎末稀落地灑散開來，戰傳說的身體無法控制地向遠處跌落。

那是一種無法抗拒的力量，冥皇也沒有想到「長相思」所掀起的這股罡風竟然會如此強烈。尤其是兩股無可匹敵的力量衝撞在一起的時候，彷彿地陷山崩，激起的氣流像是大洋深處寒熱的交彙形成了一個巨大的漩渦，甚至似乎擁有著無窮的生命力。

戰傳說鮮血狂噴，但他那在臂間光芒隱透的「長相思」卻鳴叫得更爲淒厲，一時間竟如同復活了一般，更爲驚人的，卻是那雪白的劍身在頃刻間竟化成血一般的紅色，若有一條隱龍遊戲於其上，吞吐不定。

「火鳳隱龍，血骨斷筋……」元尊的臉色微變，有些難以置信地望著「長相思」的變化。

戰傳說也感覺到了「長相思」的變化，這柄「長相思」本來已經碎裂深入他的股體之中，但這一刻彷彿活過來了一般。不僅如此，還隱蘊著深不可測的奇異力量，使得元尊那邪異的精神力無法對他進行干擾。而那流動如血一般的隱龍，彷彿無窮無盡地竄入他的身體，使他身上的傷在短時間裏竟極速恢復了過來。

這使他自己也難以明瞭是什麼原因，但他卻明白，一定是「長相思」的劍身上藏著他仍無法明白的秘密，而這個秘密卻是因爲遇上了元尊這樣的高手，也或許是因爲遇上了天下至邪的武功絕命邪罡才會使它活過來。究竟會造成什麼樣的後果，連他自己也完全無法預料。

到了這一步，他已經沒有什麼可以考慮的了——

唯剩一戰。

「今日你們必死於此。就算它真能使你木帝重生，我也要將你再一次元神俱滅！」元尊的話裏透著無比的自信。

雖然他在剛才那一擊之中，並沒有真的占到太大的便宜，甚至他知道「長相思」已經變異得對他充滿抗拒，甚至由此產生了一種極其神秘的力量。

戰傳說心中一直把元尊視爲最可怕的對手，加上元尊竟然是桃源一直在追殺的叛逆者，這使得戰傳說深感今日一戰不僅僅關係他個人的榮辱，更關係著桃源，關係著天下蒼生。巨大的精神壓力，使他根本無暇回應元尊的話。

戰傳說覺得身體中一時間充滿了力量，「長相思」中的奇異力量彷彿無窮無盡地向他身體裏傾注，使他的傷在這極短的時間裏好得差不多了，他也似乎是第一次認識到手中的劍之所以能

成爲天下奇兵之一的原因了。

這不僅只是因爲「長相思」形體怪異，更因爲「長相思」隱藏的秘密。也許這個世間，只有元尊明白這把劍中與木帝重生的關係，也許還有爻意知道，只是爻意此刻並不在他的身邊。

戰傳說突然想起初次讓爻意自湖底甦醒，也是因爲「長相思」那奇異的力量和他自己的血，看來「長相思」與爻意甚至是自己之間，有著一種極爲微妙的關係。此刻元尊卻說「長相思」能讓木帝復生，而爻意在第一次見到自己就當自己是木帝。

想到這裏，戰傳說突然心神一動，暗忖：「自己難道真會是木帝的轉世之身？」

思緒至此，那血色的「長相思」頓時光芒再盛，嘶鳴之聲更爲嘹亮清越，在劍身周圍竟瀰漫起一層濃濃的血霧。

元尊的神色更爲怪異，戰傳說的身影被籠在那層血霧之中，竟幻化成一隻巨大的的火鳳。強大的氣勢隨著漸濃的血色變得更爲霸烈。那正在與赤影尊者交手的不二法門的高手，也爲眼前的變故驚呆了，不由自主地停下了戰鬥。

「火鳳重現……」赤影尊者竟在刹那間熱淚狂湧，激動得語無倫次。

「沒想到你體內還有火鳳神血，看來你並不是來自桃源的孽種，而是火鳳族的後代，難怪『長相思』能與你融爲一體！」元尊的神色極爲冷漠，但自眼神裏卻隱隱透出一絲驚駭之意。

「火鳳重現，聖主復生，老天對我赤影真是不薄，竟然在有生之年還能爲聖主而戰，即使是今日死於此地又有何懼！」赤影尊者仰天大笑，卻是老淚縱橫。

戰傳說只覺得在一股火一般的熱力透入身體後，腦子之中竟閃現了無數的畫面，像是無數的記憶在刹那間復活，許多彷彿歷經了無數個世紀的片段，一點點地在他腦海之中凝聚。思想完全超越了無限的空間，抵達一個似夢非夢的怪異時空，於是他看到了滿地的血光，看到了殘肢斷腿。

然後他看到了元尊，一個像瘋魔一樣的狂人，在屠殺著一群幾乎是無還手之力的人。他還看到了自己，一個與自己一模一樣的人，與元尊在那無限的空間裏，展開了驚世駭俗的一戰……天地彷彿在那一刹那間完全定格，前世的記憶無限地湧入心頭。

他忽然明白了，與元尊那一戰，是命運定數，無可逆轉。他便是靈族傳說中的那個族長，而元尊便是那個靈族的叛徒。在上一次命運之戰中，他敗給了元尊，但他的靈魂和精血卻凝於一根臂骨之中，於是便有了世間的奇兵「長相思」，而爻意正是那個兩千年前他最愛的女人。正因爲他對爻意的思念一直隨著靈魂潛於劍中，這柄「長相思」才會有著無窮的靈性，也因此，才將爻意自湖底的玄玉之中救出來。

此刻，戰傳說已是熱淚盈眶，前世的記憶、感情和仇恨在一刹那間迸發。他無法控制自己的情緒，而「長相思」也因他的情緒更爲瘋狂地擴張，劍芒像彗星之尾吞吐無定……

「威郎……」爻意突然低呼了一聲，自司危大人府的廂房中衝了出來，一股無法形容卻又熟悉無比的感覺在她心底漫開。爻意自屋內趕出，卻發現院子之中已聚集了不少的人，所有人的目光全都投入一個方向。

「爻意姐姐，那是皇宮！」小夭的神情極爲緊張，指著皇宮上空那一片血色的紅雲擔心地道。

「長相思，火鳳重現。是威郎重生了，一定是威郎重生了……」爻意的表情裏透著無限的欣喜，但旋又驚道：「不好，火鳳重生，便是前世宿敵現身！」說著，爻意迅速掐指推算，頓時神色大變，急道：「夭妹，立刻傳令死亡親衛隊殺入皇宮。威郎有了危險！」

「啊！」小夭從沒見過爻意會有如此緊張的時候，也不敢多說，立刻傳令而出。

「好強的殺氣！」天司危眉頭緊緊地皺了起來。端起的茶杯悠然放下，心神一陣極度的不寧，不祥的預感慢慢升上心頭。

「阿祥，爲何會有這麼強烈的殺氣？是不是府中出了什麼事？」天司危吸了口氣向一邊的家僕問道。

「府中上下並無異常，倒是皇宮之上血雲翻騰，氣勢洶湧，不知道是發生了什麼事？」阿祥恭敬地道。

「血雲翻湧？」天司危吃了一驚，反問。

阿祥再次肯定地點了點頭。

天司危輕輕地拉起風衣，緩步行至門口，抬頭向皇宮望去，頓時眉頭皺得更緊。眸子裏閃過一絲深深的困惑，自語道：「火鳳現世，怎麼會這樣？難道真的是木帝要重生了嗎？」

「這異象出現多久了？」天司危回頭問道。

「半炷香的時間了。」阿祥解釋。

「相隔數里之遙竟無法避開殺氣的影響，是誰能有這樣的功力？」想到這裏，天司危神色一變自語道：「難道是冥皇遇上強敵?!」

「快，給我備馬，速召人馬趕去皇宮！」天司危手掌向屋內遙遙一招，懸於大堂之上的長刀便飛落他的手中，頭也不回地向府外趕去。

禪城城防依舊，但城中已亂成一團。沒有人知道究竟發生了什麼事，城中的百姓陷入一片惶恐之中。那血色的雲，那滿城欲來的風雨及那摧人欲吐的殺氣，使禪城之中氣氛極其沉悶。

許多人在猜測會不會是晏聰秘密潛入了皇宮，不過看死亡軍團的高手迅速向皇宮的方向調移，就知道一定是皇宮裏發生了大事。即使是皇城衛士也莫名其妙，見死亡軍團來勢不善，頓時雙方成對峙之勢。皇城衛士是冥皇的親衛隊，並不會買戰傳說的賬。

「讓你們都尉來見我！」伯頌手中亮出司危大人金牌，向守門的侍衛喝了一聲。

那侍衛雖然不買戰傳說的賬，但是金令卻有若司危大人、護國大將軍親臨，哪裡敢違抗，立即前去稟報都尉。不一會兒，皇城都尉匆匆而來，卻並未開門，反而命令部下加強戒備。皇宮內外頓時形成劍拔弩張之勢。

「快開宮門，否則軍法處置！」伯頌頓時大怒。

「此乃皇宮重地，沒有冥皇的旨意，任何人都不可以進入皇城，否則格殺勿論。」那都尉並不買賬，大聲喝道。

「將軍，不用和他們囉唆，我們殺進去吧。冥皇既然敢對司危大人不利，怎會允許我們入宮？只有硬闖了！」凶神狠狠地道。

伯頌抬頭望了一下那高達四丈的宮牆，心知若是強攻損失必大。在城下，他們可以清晰地感覺到城頭那都尉強大的氣勢。一個擁有這般氣勢的人，決不會只是一個小小的都尉。可是這個人卻偏偏出現在禪城皇宮，只有一種解釋，那就是冥皇早有準備，而這一切便是針對戰傳說而設。

「你立刻去見物行大將軍，通知九極聖使，無論如何要破入皇城，接應司危大人！」伯頌一咬牙，低聲向凶神吩咐道。

「我馬上去！」凶神抬頭望了宮牆上的侍衛一眼應了一聲，立刻策馬向城西奔去。

皇城之外很快聚集了來自各方的人馬，包括地司危，天司殺，地司殺等仍留在禪城中的重臣，卻都被擋在皇宮之外。皇宮的數道門都不開放，皇宮之外亂成一片。天司殺等人更是大怒，幾乎就要硬闖入皇城之中。

戰傳說的死亡軍團的高手也在一邊起鬨，伯頌讓人呼喊：「這些人根本不是皇城衛士，他們一定是要對冥皇不利！」

天司殺等人心中本就有疑慮，但見城頭那守將的氣息悠長，步伐極穩，顯然其武學修爲極高，更使他心中生疑。不由得大喝：「若是再不開門，休怪本司殺無情。」

「冥皇有令，無論是誰，今日不得進入皇城之中，即使是司殺大人也不例外。」那守將依然毫不退讓。

天司殺大怒，向地司殺打了個眼神，大喝了一聲：「很好，那就休怪本司殺不客氣。」

兩人自馬背上沖天而起，如兩隻展翅巨鷹直撲向皇宮的城頭。伯頌再不猶豫，向身邊的高手打了個眼色，也一齊向宮牆上撲去。

元尊沒有料到，戰傳說的可怕遠超他的想像。

「長相思」的存在，完全激發了戰傳說體內那潛藏的木帝的靈魂，更與「長相思」中的精魂融爲一體，使得戰傳說空前的可怕。即使是天司殺這樣的高手都不可能與其抗衡。在數年前，戰傳說便力戰千島盟第二高手大司盟，而立於不敗之地，而今歷經百戰洗禮，戰傳說的修爲日深之後，他的武功又會到什麼樣的一種地步呢？沒有人能夠說清，或許他的武功早已抵達其父戰曲的境界。

當年，戰曲爲了大冥樂土的榮譽，奮然與千島盟第一高手決戰，遁空而去。戰傳說身爲戰曲之子，一出生便似乎身懷著特殊的使命。車馬之役，及對江湖各派的巨大的號召力，使戰傳說威望空前高漲，如果戰傳說真要造反的話，恐怕禪城中很少有人會反抗。

皇宮之中的殺氣濃如烈酒，那有如實質的罡氣在政德宮外形成一張巨大的網，彷彿任何接近的人都有可能被絞爲碎片。

不過，就算這些人並不能真的接近，對戰傳說來說也算是一個極大的威脅。畢竟這裏的人都是元尊特意安排的，而他自己的人卻遠在皇宮之外，也不知道是不是能夠及時地趕到。

赤影諸人也受到這強大的氣勁壓迫，不得不向遠處退避。

天地在刹那間似乎變得極靜極靜，風停雲止，唯有兩團無形的殺機在虛空中糾結、對峙。戰傳說與元尊四目相對，天空間仿若一道電火自血雲中劃落。

戰傳說與元尊同時動了。

前世的恩怨，今生的戰意，在一剎那間迸發。

戰傳說與元尊同時出手，天空中的血雲彷彿在一剎那間全部撕裂，無限狂野的氣勁牽動了無數道電火自天際劃落。皇宮之上的天空彷彿一下子受彗星撞擊一般，炸出耀眼的強光，在血紅色的虛空中擴展，吞噬了政德宮，直至整個皇城。兩股氣旋交會之際，再無人能夠睜開眼睛。

那奪眼的強光讓人想到了昔年戰曲與千島盟第一高手那驚世的一戰，那一戰的結果是戰曲與千異從此消失。

那麼，今日之戰又會是怎樣的一種結果呢？沒有人能夠預料。

炸開的強光幾乎是無堅不摧地將周圍的一切化爲塵粉，生命在這兩道可怕的氣旋之中變得無比的脆弱。天地也在這一剎那完全靜止，沒有人能形容這一剎那間的感受。聲音、視覺，全都變得蒼白……

禪城之中，有人哭了，爲這天地色變的異象、那瑰麗無倫燦若滿天光雨的虛空而哭，他們可以肯定這是他們一生中永遠也無法忘懷的一天，永遠也不可能忘記的一幕。

傳說禪城中有一位著名的畫師，爲了描出這一幕而嘔血三升，最後卻只得仰天長嘆。此景乃絕天地之精華，奪萬物之魂魄所成，豈是凡夫俗子所能描繪的，從此此人雲遊天下，竟成一代仙師。

禪城之中，有人跪拜，因爲這道有若極地強光是來自皇城之中，竟以爲是聖跡臨世，降於皇宮之中。

天司殺與伯頌等人卻是大驚失色，因爲他們知道這道強光與這股無堅不摧的可怕氣勁，完全是因爲兩個絕代高手的原因。這完全超越了人所能想像的境界，怎能不讓他們吃驚？天下間又是誰擁有這樣可怕的功力呢？

爻意的臉色蒼白，當她看到那團亮光自皇宮中升起之後，便臉色煞白，因爲她經歷了兩千年前的那一場可怕的決戰，更知道兩千年前那一戰的結果。

木帝重生唯一的可能，就是木帝的宿世之敵重現，而重生後的木帝比他的宿敵少了甚至是兩千年的記憶，他能夠在這一戰之中取勝嗎？

沒有人能預料，即使是爻意的爻算之術也無法估計到結果。因爲當那兩個命運中的宿敵重逢時，注定是一場超越塵世的決戰，又豈是爻算之術所能推測的！

此刻她唯一想做的，就是以最快的速度趕入皇城，她在小夭的陪同下來到皇城之外，向死亡軍團的高手發出了此生中她最不願意發出的命令。

「凡阻我入皇城者，皆殺無赦！」

死亡軍團的高手知道叒意與戰傳說的關係，任誰都知道叒意對戰傳說的重要；另一方面，則是因爲叒意學究天人，其叒算之術從未失算，爲戰傳說這些年的征戰立下了極大的功勞。因此，除了戰傳說之外，死亡軍團對叒意的尊重甚至超過了對姒伊的尊重，儘管姒伊是劍帛人最偉大的公主。

「殺！」伯頌再無猶豫，在得到叒意的命令後，即使是冥皇親自來也不能阻止他執行命令。況且伯頌對殞驚天的死一直耿耿於懷，叒意的命令等於是給他一個給殞驚天報仇的機會。

「殺……」坐忘城的舊將一時皆熱血沸騰。

天司殺和地司殺雖然對這些阻止他們進入皇城的人極爲惱恨，但是他們並不知攔阻他們是不是冥皇的命令，因此也不會對城上的衛士大開殺戒。但叒意的命令卻讓他們與攔截者完全對立，如果這些人真的是奉冥皇命令攔阻眾人的，那天司殺和地司殺與冥皇之間就沒了迴旋餘地！

「叒姑娘……」天司殺有些猶豫。他想阻止叒意，但是再看看周圍的形勢，想要阻止已經來不及，不由得又把話咽了回去，心中暗暗嘆了口氣。心裏暗自奇怪叒意在此，爲什麼不見戰傳說出現。

禪城皇宮在氣浪的衝擊之下，幾乎化爲廢墟。以政德宮爲中心向周圍輻射，方圓里許之地全被摧毀。那漫天的塵埃仍未能飄散，空氣裏充滿了嗆人味道。沒有人能清楚那向四面擴散的強光究竟是怎麼回事，但卻清楚地看到了廢墟中的殘屍斷臂。

爻意乘白馬而至，死亡軍團的高手極安靜地圍在她的周圍。望著廢墟般的皇宮誰也沒說話，像是陷於一場可怕的噩夢之中。

戰傳說在哪裡？冥皇又在哪裡？還有那一群追隨戰傳說左右的高手？

爻意的心頭冰涼。她找不到戰傳說，更沒有見到冥皇。

後宮傳來一片哭喊之聲，彷彿是世界的末日。後宮的嬪妃們在這突然的變故中都若受驚小鳥，不僅僅是她們，即使是趕來的死亡軍團也有些不知所措。

小夭最快回過神來，策馬向廢墟中衝去，焦急地呼道：「戰大哥……你在哪兒？戰大哥……」

小夭一喊出口，天司殺等人的臉色都變了。他們這才意識到今天的這一場變故與戰傳說有關，難怪爻意急著要進入城內。他們心中暗忖：「在皇宮之中，除了冥皇之外，誰能成為戰傳說的對手，如果是冥皇，那為何戰傳說並不帶上死亡軍團直接攻入皇城，而是單身而來？」

天司殺實在想不出戰傳說為什麼要與冥皇反目，會不會是因為戰傳說權傾朝野，功高震主，冥皇對他的忌憚日深，想要借機除去戰傳說？

眼前的情形使天司殺明白，戰傳說的實力比他們想像得更可怕！

「嘩……」一陣碎裂的聲音自廢墟中傳了來，自那殘垣斷壁之下伸出一隻血淋淋的手掌。

死亡軍團的人立刻圍了過去，這人也許是唯一的倖存者了。

「快扒出他！」爻意低喝了一聲，趕了過去。

很快，一個血肉模糊的人被眾人從廢墟中扒出來了。

「赤影！」爻意發現那自廢墟之中扒起的人，竟是戰傳說身邊幾乎是形影不離的高手赤影尊者。

赤影的面目幾乎一片模糊，但他那一頭紅髮便是他身分的證明。他身上的衣服幾乎全都化成了碎片，一道道似乎是被劍氣所傷的痕跡，使他的模樣看上去更加猙獰。他強橫一生，今天卻這般狼狽，讓人奇怪的是，他眼中卻有驚喜之色。

「赤影，這究竟是怎麼回事?司危大人呢?」小夭愕然問道。

赤影四處望了望，沒見到戰傳說的影子，心頭不由得又沉了下去。

「司危大人剛才還在與元尊交手，可是他們的功力太強，我們想逃離也沒能來得及，就被埋於地下了，所以我也不知道發生了什麼事！」赤影似乎有些害怕地應道。

「元尊?!」

不僅僅是小夭，便是天司殺等人也大為愕然，他們怎麼也沒想到，在皇宮之中與戰傳說決戰的人並不是冥皇，而是傳說中神一般的元尊。這究竟是怎麼回事?他們不由得全將目光投入赤影，希望從赤影那裏得到答案，但是赤影那神情讓他們知道，赤影還沒能從剛才的震驚中回過神來。

九極教橫行江湖的時候，天司殺雖身在朝中，但他掌管大冥刑殺，所以對於赤影威名倒也不陌生。當他看到赤影此時的模樣，他完全可以想像得到，剛才皇宮之中所發生的事情是何等慘烈。

只是爲何元尊會突然出現在皇宮之中？又爲何與戰傳說交戰？

他很快就想到了九極教。戰傳說身邊的人很多都是昔日九極教的人，天司殺對戰傳說頗爲賞識，唯獨對戰傳說攬來那麼多九極教舊部一事一直如鯁在喉。不過在戰傳說約束下，這些九極教舊部倒也沒有爲非作歹，所以天司殺也就聽之任之了。

但是，今日看來，他天司殺可以容忍，不二法門卻不能容忍！而且，從元尊破天荒地親自出手這點看，元尊對戰傳說的所作所爲已是十分不滿了。

難道，是戰傳說暗中與勾禍勾結，有所圖謀？

想到這裏，天司殺心頭泛起了一陣濃濃的寒意。如果戰傳說與勾禍真的有著某種密切的關係，那若是有一天戰傳說掌握了朝中的力量，也就等於是九極教控制了大冥樂土的一切了。想到昔年九極教橫行一時情形，天司殺不能不心寒。

小夭又吩咐了一聲：「先帶尊者下去療傷，你們繼續找尋司危大人的下落。」

爻意目光在廢墟上掃了一遍，玉指輕掐，面露喜悅色道：「戰大哥仍活著，就在這廢墟之下！」

「元尊！」爻意的眸子裏閃過一絲深深的恨意，遙遠的記憶又在她的腦海裏復甦。戰傳說在城牆上說過，不二法門在這個冬天裏會有所動作，卻沒有想到元尊的動作會這般快。

她轉向伯頌道：「伯將軍，請你立刻領人去天司命府，將天司命帶來。」

「天司命？」伯頌一怔，但他沒有再猶豫。

天司殺意識到事情比他所想像得更複雜。

爻意此語擺明是要對天司命不利，無論怎麼說，他與天司命是同朝之臣，決不願外人這般對待天司命。

「站住！」天司殺低喝了一聲。

爻意道：「司殺大人有什麼話要說？」

「爻意姑娘要對付天司命？」天司殺沉聲道。

「若是我猜測對了，他便是死一百次也不足惜！伯將軍，這裏沒有你的事，你快去快回！」爻意道。

天司殺心中怒意頓盛，心中更有一種被愚弄的感覺。看來，戰傳說平日裏的忠誠、寬厚都是假象了，今天才真正暴露其狼子野心！當下大喝一聲：「如果妳想對付天司命，那就要先過我這一關！」

「還算上我！」地司殺也在這時列在天司殺的身邊。

爻意向身邊那端坐於馬背上的九名打扮極普通的人低聲道：「九極聖使，有誰敢阻止我的命令，就全給我拿下！」

「是！」那九人聲音一落，身若飄絮般滑落在天司殺和地司殺的周圍，頓時形成一個極規則的陣形。無形的壓力如暴風雨降臨一般向四周蔓延開來。

天司殺和地司殺的神色頓變，只看這九人的身法，任何一人都足以名動江湖，這九人竟願意默默無聞地待在爻意的身邊。

壓力如潮水一般向天司殺和地司殺擠至，無孔不入。這九個人未動的氣勢便使他兩人有點喘不過氣來的感覺。此刻，他們甚至沒有信心可以對付這九個人的聯手。而他們所帶來的親兵，根本不可能與死亡軍團的高手對陣，此戰完全是凶多吉少。

「我不希望有人阻止我的決定，但我也不希望傷害二位，因爲你們是大冥樂土的支柱。所以，只要二位能夠安心地在這裏等伯頌回來，彼此便相安無事，否則，我也無法保證誰能活著離開這裏。」爻意的話很平淡，但卻極堅決，讓人感覺那是完全不可能逆轉的。

天司殺和地司殺不由得同時暗嘆一口氣，心中暗忖：「待天司命來了，看這丫頭要做什麼，再見機行事。」

元尊沒有死。

他絕沒想到戰傳說如此可怕！

即使是當年對付九極教的時候，他也不曾受過傷。但今日，「長相思」裏所蘊含的能量完全摧毀了他體內的經脈，那是木帝蟄伏了兩千年的力量和精神，這一股衝擊力之強，便是他早已到了非人境界也是難以承受。

那一擊之後，他找不到戰傳說，戰傳說是死是活他也無法確定。不過有一點可以肯定的是，他必須離開皇城，否則戰傳說的援軍一到就危險了。他身邊的高手僅有數人隨著他逃了出來。

逃出皇宮，元尊便已經無法再控制自己的傷勢，狂噴出那口積壓的鮮血，臉色呈淡金色。

「聖尊……」毒使者驚呼了一聲。他追隨元尊這麼多年，卻從沒見過元尊的傷像今日這般可怕。

元尊停頓了片刻才長長地吁了口氣，像是從一個噩夢中醒來一般。

「我沒事，沒想到這小子居然這般強橫。我們都低估他了，若是假以時日，只怕今日死的人會是我！」

毒使者不說話，這一刻，他內心裏還不曾從恐懼之中恢復過來。以法使者的功力，竟無法在戰傳說那無堅不摧的劍氣之中活下來。不過他聽到元尊此話一出，也便鬆了口氣，至少這句話證明戰傳說已經死了，那麼這個世上再不會有這般相同的情況出現。

「我們立刻出城，你去通知天司命，讓他儘快控制禪城局面，否則休要來見本尊！」元尊緩了口氣，向毒使者邊上的老者吩咐道。

「請聖尊放心，屬下一定辦到。」那老者說完，轉身幽靈般消失在皇宮外的胡同之中。

元尊望了望那塵埃未落的皇宮，眸子裏閃過一絲淡淡的感傷。

毒使者吹了個響哨，自西方的胡同中迅速趕出一乘小轎。

元尊不再說話，身子迅速飄入轎中。

此刻城中十分混亂，死亡軍團因受了爻意的命令，全城戒嚴，禪城四門緊閉。

元尊也估計到可能會是這樣的情況，所以那抬轎之人的轎子並不是抬向城外，而是迅速奔向一個巨大的庭院。

不過進入那座庭院之時，那幾名轎夫的步子陡地一收，像釘子一般釘在地上，因爲在他們的面前悠然落下一人。白衣飄飄，雖然只是背對著眾人，但是自那刀削一般的背影裏透出無倫的冷漠，像是萬仞冰峰上那冰凍的巨劍，有種古樸而又超然於物外的飄逸。

「是你？」毒使者眼裏透出一絲不安。

眼前竟是風雨夜裏，在數十名不二法門絕世高手之下搶走戰曲那龍靈劍的年輕人！

元尊在轎中未動，但卻感受到了一股沉重至極的壓力。

氣機重若嚴霜，無孔不入，如在幾位轎夫身前形成一堵圓形的牆。

毒使者目光落在那白衫人背上那斜插的奇形怪劍，冷聲問道：「你究竟是什麼人？」

「桃源大弟子戰悠！」白衣人語氣平靜，如千年古井波瀾不驚。

天下間誰都知道，戰曲是來自天下間最爲神秘的地方桃源，而戰傳說是戰曲之子，其武功極大一部分是傳自桃源。而此刻他們剛剛與戰傳說一戰之後，竟遇上了真正來自桃源的弟子，而且此人的身分顯然要高於戰傳說，也難怪當日他在不二法門數十高手的包圍之下輕易取走了龍靈劍。沒想到他竟會在這要命的時候，出現在這最不該出現的地方。

「你要怎麼樣？」元尊在轎中沒有言語，毒尊者卻努力使自己的聲音緩和一些問道。

「我要爲靈族清理門戶！」戰悠的聲音依然是那般平靜，但卻有著一種無法抹滅的殺機，如巨石般壓得人喘不過氣來。

毒尊的目光不由得落在那小轎之上，他聽過戰傳說與元尊的對話，多少明白戰悠此話的意思。

「那你可知道這裏是什麼地方？」一個冷冷的聲音自大院深處悠悠地傳來。

戰悠笑了，笑得自信：「無論何時何地，沒有人能改變我為靈族清理門戶的決定。」

「如果我告訴你，今天就算是桃源的聖主親自來也不敢放肆，你會怎麼想？」那聲音依然很平靜。

戰悠目光一閃，陡地轉頭望向那聲音傳來的地方，但他並沒有看到人：「那我就要看看你有多少斤兩！」

「年輕人果然是初生之犢不畏虎！不過這對你並沒有好處。」那冷冷的聲音再次響起。轎中的元尊終於開口：「小子，你不該讓我進入這院子！進入院子，你就沒有任何機會了。」

忽然，有一年輕人的聲音遙遙傳來：「曲兄弟，你走吧！念在你與戰兄弟皆是桃源弟子，我勸你還是離開這裏，有什麼恩怨在這個院子之外解決！」

聲音未落，人影閃動，一個紅髮年輕人風一般飄然落下。

戰悠眸子裏閃過一絲淡淡的驚訝，他看出這個年輕人的身法極其怪異。極似傳說中異域廢墟的身法，不由問道：「你是誰？與異域廢墟有什麼關係？」

紅髮少年笑道：「我叫風！戰傳說是在下的朋友，他曾說過他有一位族兄叫戰悠，想必就是你了。」

戰悠目光數變，身子陡地再轉，目光投向那空空的大院中央，落在一堆擺放奇特的石頭上，忽然笑了，「想必閣下就是異域廢墟中最爲神秘的死神了！」

「哈哈……」

那怪異的石頭突然一晃，竟慢慢立起，成了一個人的模樣。

「想不到一個桃源的後生小輩，居然能識破我的萬象大法。看來桃源果然是人才輩出，先有一個戰曲，後又一個戰傳說，現在又來一個戰悠，能看破我萬象大法的人，也值得我爲之出手！小子，我讓你三招，出手吧！」

「桃源弟子從來沒有占別人便宜的，傳說異域廢墟有著天下至邪的武功，我早就想領教，既然你一定要護著我靈族的叛徒，那麼，我就借此機會看看傳說是不是真的！」戰悠傲然不懼。

「戰兄弟……」「風」還想勸阻。

「多謝你的關心，如果今日戰某有所不測，那就請你轉告戰傳說，他已是桃源的最後一人！」戰悠的語氣無限蒼涼與悲傷。

「風」愕然。

毒使者和元尊也爲之大驚。他們怎麼也無法想像，爲何桃源只剩下戰悠一個人。以桃源那群無可測度的人，天下間又有誰能夠使他們滅絕？

不過「風」還是點了點頭。他感覺到戰悠那必殺的決心，似乎天下間沒有任何事可以改變他的主意。

「風兒退下吧，這裏沒有你的事了！」

「是，主人！」「風」恭敬地回應了一聲，無可奈何地望了戰悠一眼，緩緩地退了開去。

「你出手吧！」戰悠漠然道。

「好強的精神力！」晏聰突然眉頭一掀，自語道。說話間緩步行至大帳之外，目光投向遙遠的天際。

天空，碧藍如洗，卻並無異樣。但晏聰卻感覺到一股深沉的精神力自遙遠的地方擴張，彷彿可以蔓延到天地的任一個角落。若非晏聰今日的精神修爲已經突破到極境，只怕他也不能感受到這股精神力的存在。

當他閉上眼睛的時候，突然心頭一震，兩道若有若無的身影在他的腦海之中逐漸清晰，於是他看到了一堆怪異的石頭，而另一個竟是戰傳說。

晏聰看到了那堆怪異的石頭的同時竟看到戰傳說，這使得晏聰心頭大驚。陡地睜開眼，腦海中的一切幻象又重新消失。望著那碧藍如洗的天空，他似有所悟，這兩個怪異的身影正是那股至強的精神力所生出，而他閉上眼的時候，正是將自己的精神力切入了戰傳說與那堆怪異的石頭之間。同時，他也清晰地感覺到，戰傳說與那堆怪異的石頭已經感應到了他的存在，就在他的精神切入那層精神場之時。只是，他無法明白，那是一堆什麼樣的石頭，竟有著如此浩瀚的精神力。

而讓他吃驚的還來自戰傳說，戰傳說的精神力也似乎變得浩如煙海，根本無法測度。這與他所熟悉的戰傳說並不相同，但他可以肯定的是，戰傳說一定會是他最可怕的對手之一。

於是晏聰又一次閉上眼睛，讓自己的心深深地沉浸在那層精神能量場之中，於是他感覺到了兩股彷佛糾纏不休的精神，因爲突然的外力加入，變得更爲清晰。一股溫和純正，仿如三月陽光，而另一股卻陰邪異常，彷佛來自九幽地獄，帶著無限毀滅的死亡的壓力，而這股精神力卻是來自那堆怪異的石頭。

不，不應該是石頭，晏聰感受到了那堆石頭強大無比的生命力，那是一個怪異的生命，讓晏聰極爲費解的生命形式。腦海中的畫面越來越清晰，於是，他的腦海中又多了一個人，一位白衣飄飄，面具冷傲無比的年輕人，身負奇形怪劍，當晏聰的目光落到那劍身上之時，頓時失聲低呼：

「龍靈劍！」

晏聰認識那把劍，那把可算是武林至尊的龍靈劍。它曾經因戰曲與千異一戰而名動天下，被譽爲天下間唯一可以勝過天照刀的神兵。戰曲與千異一戰後，它一直被不二法門的數十位高手看守，但是在某一個風雨的夜裏，竟被一個不知名的神秘人取走了。

這一刻，龍靈劍卻出現在這位白衣人的身上，而面對著這白衣人的，正是那堆擁有著無限生命力的石頭。

晏聰心頭的悸動，連他自己也把持不了，這一刻，他竟弄不明白究竟發生了什麼事情，但是他知道，一定是這禪城中發生了大的變故。他相信幽閒派去禪城的人大概還沒能趕到禪城之中。

龍靈劍現世，戰傳說精神力的突然提升，及那怪異石頭的出現，都似乎透著無盡的玄機，而這一切又與他爭雄天下有著極大的關係，在這一刻，他竟有些懷念小野西樓。

只是不知道小野西樓知道這些事情後會有什麼樣的表現，這個永遠是那麼倔強的女人倒也是極有吸引力的，只可惜她的心似乎早已是戰傳說的，這讓晏聰甚至有一點嫉妒。

「威郎！」爻意突然閉上眸子，玉指向一個雜亂的碎石堆指去。

「姐姐，那裏我們的人已經找過了，並沒有找到戰大哥。」小夭望著爻意那有些憔悴的面容道。

「不，威郎一定在那裏，我感應到他的精神力是從那裏傳出來的，他沒死。」爻意肯定地道。

爻意緩步移至那片廢墟的邊上，「就算你們挖地三尺也要再找一遍。」

地司殺有些微惱，今天爻意的強硬，使他極為不快。不過爻意身邊高手雲集，他只好忍了。向一邊的人喝道：「還不快挖！」

小夭心中微微嘆了口氣，她雖然很願意相信爻意，但是剛才她親眼看到這片地區被清理，並沒有找到戰傳說的蹤跡的。但她理解爻意的心，沒有再阻止。

毒使者的希望很快就得到了實現，一股深深的寒意自他的心頭迅速地升起，猶如萬載玄冰冷意無情地侵蝕他的每一條經絡。他不由得打了個寒戰，內心裏也升起了一絲深沉的懼意。想到戰傳說與元尊的那一戰，他幾乎當場身死，此刻他唯一想要做的，就是離開這片空間。

「進院子！」元尊的聲音裏有一絲顫抖，讓人無法知道他是因爲冷還是因爲受傷太重，但有一點可以肯定的是，他也不想在這裏受到池魚之殃。

元尊的話一落，包括「風」在內，全向院子深處行去。高手決戰，任何旁觀者皆要有足夠的實力抗拒那無妄的殺機。

戰悠本想阻止元尊的離去，但是這一刻那石頭怪人的精神完全把他鎖住，若是稍有異動，都將會招來對方雷霆萬鈞的一擊，雖然他很自信，但是面對異域廢墟的主人，他卻決不敢大意。

事實上，在對方那強大無匹的氣機將他緊罩的那一刻，他便知道自己與這石頭怪人之間存在著難以越過的差距。但他並不懼，因爲他是龍靈劍的傳人，天下間最強最具靈性的劍！

就在那股冰冷得無法抗拒的力量罩住他的那一刻，他便感覺到背上的劍在輕輕地顫動，彷佛活過來了一般，有一股溫和的暖意游走於他的每一條經絡，更似乎在他的身體周圍形成了一層氣霧，整個人若瀚海上的一葉輕舟。

良久，那石頭人的眸子突然睜開，像兩道耀眼的電芒掠過虛空。

戰悠的心神狂震，那石頭人的眸子深紅，像是黑夜裏野狼的目光，陰冷、狠辣、無情、貪婪……

就在戰悠心神大震的那一刹那，那石頭怪人動了，如電火一樣劃過虛空直撲向戰悠。

沒人能想像，一堆看上去如此笨拙的石頭卻有著這般可怕的速度，即使是戰悠也沒想到。當然他一直不會意外異域廢墟的主人會是一個平凡的人，但是這個世上真正見過異域廢墟主人出手的人卻幾乎沒有，而這一刻，戰悠卻要挑戰這個塵世間最神秘最可怕的人之一。

江湖傳說，從來沒有人能活著走出異域廢墟，也從沒有人見過異域廢墟主人的面目，而戰悠這一刻不知道是該高興還是該嘆息！

「叮……」龍靈劍化成一道異妙的幻影，如一條飛天的巨龍在虛空中演化成夢幻般的形體！

戰悠也在這一刻動了，不過他只是飛身而退，因爲他不能不退，面對石頭怪人的攻擊，這個世間只怕沒幾個人能夠不退。

戰悠找不到石頭怪人的破綻，但石頭怪人卻巧妙地製造了戰悠心靈的空隙。強大到無孔不入的精神力，造成了可怕的氣場，戰悠陷入其中，如同捲入了一個巨大的漩渦，陰冷的精神力並沒有因爲石頭的攻擊而減弱，相反更加無孔不入。

戰悠的劍擋開了石頭怪人的那一擊，但這並不是戰悠的功勞，而是龍靈劍護主之功。

龍靈劍護主也讓那石頭怪人極爲意外，又一把具有神奇生命的劍。

元尊與戰傳說交手，他完全感應到了，以他的精神修爲，完全可以理解戰傳說與元尊那最後一擊的微妙。所以對於那柄充滿了生機的「長相思」，他深感懼意，而這一刻的龍靈劍，那自動護主的能力似乎比「長相思」只是含怪異能量的表現更爲恐怖，所以他爲對戰悠這一擊擊空感到些微的意外。

他的攻擊並沒有鬆懈。即使戰悠有那龍靈劍相護，他也完完全全相信他有能力將之完全擊潰！

石頭怪人身形移動，似乎形成了無限的影子，密不透風地將戰悠的空間完全限制在一個極小的範圍之內，而且形成無可匹敵的壓力，自四面向中間瘋狂合攏！

戰悠的身形越轉越慢，手中的劍也越來越沉，龍靈劍發出低沉的嘶鳴，彷彿一隻欲掙脫囚籠的巨龍，瘋狂卻又無奈，戰悠駭然！

遠處的毒使者神色微變。他們數十高手都沒能留住戰悠，還讓戰悠從容取劍而去，可是此刻戰悠在這石頭怪人的手下，竟全無還手之力，這確實讓他不能不驚。

突然間，他開始懷疑，這個世間是不是真的是元尊最強。

這個念頭一起，他自己都被自己嚇了一跳！

換了以前，他絕對不會懷疑元尊是世間的最強者。但今天經歷的事情，讓他對元尊的頂禮膜拜有些動搖了。

可是，如果不是元尊最強，爲何不二法門能阻止異域廢墟向大冥樂土的入侵呢？元尊與這石頭怪人之間究竟是什麼樣的一種關係？爲何石頭怪人會突然出現在禪城？

毒使者心中有些悲哀，這一刻他才知道在元尊的心裏，他並不那麼重要。他根本無法揣測元尊究竟想些什麼，也不知道元尊還有多少秘密是他無法知曉的。看來，所謂不二法門的四大使者不過只是徒具虛名，根本不是元尊真正的心腹。

想到這裏，他的心中竟多了一絲恨意，也不由得驚出了一身冷汗，因爲他從來都沒敢懷疑過元尊，從來都沒有。

禪城之中，遭遇皇城之變，舉城皆驚。主帥戰傳說、冥皇失蹤，所幸天司殺主持大局，皇城之中的一切才算是平息了下來。伯頌以最快的速度包圍了天司命的府第，伯頌所帶的人個個是高手，其中更有幾個身分神秘的無名高手，更可怕的是，天司命竟成了死亡軍團的階下之囚。讓人奇怪的是，天司殺居然沒有阻止。

死亡軍團對皇城衛士的殺戮，也將江南劍帛系的戰士與禪城守軍之間的矛盾一觸即發！可是，在目前這樣的情況下，禪城守軍決不敢與死亡軍團正面衝突，因爲他們很清楚死亡軍團的戰鬥力，並且死亡軍團在禪城之中占著絕對的人數優勢。

爻意的人仍在皇宮的廢墟中找尋戰傳說。在爻意選定的位置挖深數尺之後，卻發現一條通向皇宮之外的暗道。

爻意的心靈深處，深切地感應到戰傳說仍活在世上，可是卻不清楚戰傳說是不是從這地道中出了皇宮。

城中的另一件事很快吸引了她的注意，那便是在城東出現了兩股極強的殺氣。殺氣霸烈至極，以致使巡城戰士根本不敢進入百丈之內。爻意迅速調集人馬向城東趕去。

「你一直都不敢以真面目見人嗎？」戰悠嘲諷道。

「這個世上見過我真面目的人都已經死了。」那石頭怪人陰惻惻地笑道。

「我一定是個例外。」戰悠也笑了，很灑脫，很淡然，「風」突然自戰悠的身上看到了戰傳說的影子。一樣的孤傲，一樣的灑脫，一樣的不屈。

天下間一直相傳兩大絕地，一是桃源，二是廢墟，這個石頭人是來自廢墟，可是廢墟不是一直被不二法門壓制著，無法向大冥樂土擴展嗎？那元尊與這石頭怪人之間，究竟有著什麼樣的關係呢？爲何異域廢墟的人會出現在禪城之中？

毒使者見過戰悠出手，在那風雨交加的夜裏，戰悠以一己之力擊散不二法門數十位高手，更從他的手中搶走了龍靈劍，可見其武功之強已是天下罕見。

異域廢墟的人很少離開過廢墟，只是近幾年來，偶爾聽說異域廢墟「四少」涉足樂土，異域廢墟一直都是神秘莫測的。此刻，戰悠所面對的可能是異域廢墟的主人，這個元尊一般神秘的人物，與戰悠相比，誰更強呢？

爻意感受到了殺機！冰冷，無情，利若寒刃無孔不入。她深切地感覺到百丈之外那陰冷邪惡的靈魂。

「這裏是什麼地方？」爻意問道。

「這是秘宛！冥皇從來不允許人進入此宛之中！」一名守城軍怯怯地望著，那些似乎隱於白色氣霧之中的巨大宅院道。

爻意若有所思地道：「秘宛？是什麼人住的？」

「小的不知道，不過聽先人傳說，此宛在禪城中已有數百年之久，是數代之前的冥皇所建！裏面所住之人從沒人知道！」那俾將回應道。

「從沒人知道裏面會是什麼人？」爻意極爲意外，她來禪城已有兩月，但是從沒注意過禪城之中有這樣的一處地方。戰傳說接手城防的時候，或許會知道秘宛，只是現在卻無法知道戰傳說的下落。

爻意向地司殺詢問道：「司殺大人對秘宛是否有所瞭解？」

地司殺搖了搖頭：「此地一向是大冥樂土的禁地，即使是我也從沒有進過秘宛！」

「秘宛中殺氣如此強烈，此刻只怕我們已顧不了是不是禁地了，冥皇和戰大哥的安危才是最重要的。」爻意道。

「但只怕這樣的高手之爭，我們也難以插手。」地司殺道。

爻意望了望那些白霧籠罩的秘宛，深吸了口氣，斷然道：「我們顧不了這麼多，必須儘快進入秘宛！」

地司殺眸子裏閃過一絲不悅。可是死亡軍團和劍帛大軍只聽戰傳說和爻意的，地司殺也無可奈何。何況，在禪城中唯一沒有搜索的地方只有這秘宛，因此要想找到冥皇、戰傳說的蹤跡，也只剩這一點希望了。

「你根本就不是我的對手！」風止，寒骨的殺氣使周圍的每一寸空間透著死亡的感覺。戰悠的身形定格在一塊巨大透明的冰裏，面容慘白，像冰層之外凝成的霜花，而龍靈劍卻落到了那石頭怪人的手中，劍身依然泛著詭異的光芒，像是有著無數的靈魂在劍身之上流走不定，若一層閃動的電火。

戰悠沒有說話，他如同亙古便存在的冰雕，感覺不到生命的氣息，臉上表情似笑非笑！

石頭怪人把玩著手中那充滿靈性的龍靈劍，眼裏閃過幾許讚賞。

傳說龍靈劍是天下第一神兵，就是因爲他充滿靈性。戰曲與千異一戰之後，數年間無人能自石頭中拔出龍靈劍，世人都說龍靈劍中融入了戰曲的靈魂。

「真是一把好劍！」石頭怪人握著龍靈劍喃喃自語般道。

他看了看劍，又將目光投向戰悠，嘆息道：「從此，所謂的靈族便再無一個生者了！」一切都那麼順利，也都在他的掌控之中，這讓他躊躇滿志。

只是他一時無法明白，戰悠古怪笑容是什麼意思，一個將死之人決不應該有這樣的表情。

石頭怪人把目光再一次落在手中的劍上，倏然神色劇變！他駭然發現，自己握劍的不再是那看不到肌肉的石頭，而是一隻乾枯卻有血有肉的手。

石頭怪人心頭一驚，目光迅速收回，卻看見了另一件更爲可怕的事情。他發現自己身上，那結起的石塊像潮水一般自身上退出，身體迅速恢復肉身，但卻乾枯得讓人不忍目睹！

在很短暫的時間裏，石頭怪人很快變成一位乾枯的老人。長長的鬚髮如同古樹根鬚一般，糾纏於身上的每一個部位。那並無衣衫遮掩的肉體在寒風之中更顯薄弱，而臉上驚駭若死灰的表情，更是使其容顏變得異常崢嶸。

他的萬象大法竟然被破解！

「怎麼會這樣？怎麼會這樣？」石頭怪人一臉的難以置信！

「你應該知道龍靈劍是來自靈族聖物，更應該明白，為何靈族只剩下了我們兄弟二人！」

一個年輕的聲音悠悠地傳來，就在聲音傳來的那一剎，戰悠身上的那層堅冰像水一般化解開來，自上而退，只留下戰悠腳下一灘水漬。

一個身影飄然掠來，穩穩地落在石頭怪人與戰悠中間。他竟然是叉意在苦苦尋找的戰傳說！

石頭怪人神色再變！他沒想到在皇城之中消失的戰傳說，居然在這個時候出現。

石頭怪人把目光再一次落在手中的龍靈劍上，似有所覺，因為他感受到自己的身體與龍靈劍中的氣息連成了一體，而龍靈劍中的怪異力量，正使他身體中的每一寸石化的身體變得正常。開始的時候他只覺得身體舒暢，卻沒想到讓自己舒暢的力量，竟是化解他萬象大法的殺手。

這一發現，使他駭然拋卻手中的龍靈劍。

龍靈劍一脫開那怪人的手，發出一聲嘶鳴直射向戰傳說。

「大哥！」戰傳說伸手接過龍靈劍，另一隻手迅速扶住悠然倒下的戰悠，輕喚了一聲。

戰悠的臉上依然泛著那怪異的笑容，望著戰傳說那似熟悉卻又陌生的臉，伸出蒼白的手輕輕地拂了一下，欣然道：「你是我們靈族的……驕傲……我已盡力了……靈族千年之仇……就全靠你……」

「你放心，今日我必一雪靈族千年之辱。」戰傳說眸子透出極其堅定的神采。強大無比的戰意也在這一刻油然升起。

戰悠笑了，笑容慢慢擴散於嘴角，然後定格成永恆。

戰傳說的眼角滑下了兩行清淚。戰悠死了，他失去了世上最後的血親。從這一刻起，他就成了桃源最後一個人。

「元尊！」戰傳說的聲音若從冰縫之中擠出的，冷得無法形容。

那怪人卻不由得自心底升起一絲寒意。千年來他第一次有這樣的感覺。

「一千年了，就算你成了一堆石頭怪物，你也無法逃過靈族的惡靈詛咒！」戰傳說目光若利刃一般投向那怪人！

「你知道我是誰？」

戰傳說目光變得更犀利，彷彿要洞穿對手的靈魂：「我當然知道你才是真正的元尊，萬象大法騙不了我的眼睛。世間只有一個人才會受到惡靈詛咒影響，這個人就是靈族千年前的叛徒！木帝的死敵。」

那怪人的臉色益顯蒼白，有些吃驚地道：「什麼是惡靈詛咒？」

戰傳說深深地吸了口氣，臉上閃過一絲難覺的痛苦，緩緩地道：「自當年你濫殺我靈族數百人，木帝捨身而去，一部分族人便逃入桃源，但這些人從沒有忘記過靈族的仇恨。這一千多年來，一直都尋找破解你的萬象大法與邪詭天罡的方法。整整用了一千年時間，桃源終於找到了破解的方法。當年你練成邪詭天罡是借地底九陰之氣所成，而萬象大法則是靈族最強精魂所鑄，才會萬象循生，所以你的萬象大法乃是至邪之法。族人為了對付你，甘願以所有族人的靈魂，來澆鑄這把至剛至陽的龍靈劍，這把劍只要一落到你的手中，數百族人的靈魂自然會侵入你的體內！你的心法本是來源於靈族，這些族人以自己的生命來換取你體內積下的靈族本源之氣，因此你只能認命了！」

「想不到靈族之人會這樣恨我！」那怪人長長地吸了口氣，似乎也有一絲無奈。

聽此話，他竟已經承認自己是真正的元尊。

那麼，轎中的「元尊」又是誰？

被戰傳說稱為元尊的人自語般喃喃道：「一千多年過去了，仍然這樣念念不忘。為了我犧牲數百條生命，這值得嗎？」

戰傳說心頭一陣戰慄。他覺得元尊並非絕對不可戰勝的，但是族主卻為何要以數百族人的生命來破解元尊的萬象大法，來解開元尊不死的傳奇？他也不知族主這樣的決定是不是值得。

但戰傳說還是道：「你在這個世上一天，天下就不可能有安寧。這一千多年來，大冥樂土的風風雨雨，無一不與你有關。你讓九極教禍亂江湖不說，現在還要禍害大冥樂土千千萬萬的百姓。與天下百姓相比，犧牲靈族這幾百條命又何妨！」

「好一個冠冕堂皇的藉口。真不知道爲什麼這麼多年來，靈族人怎麼全成爲愚不可及之輩。」元尊冷冷一笑，不無怒意地道。

戰傳說目光堅定，沉聲道。「無論如何，今日，我決不允許你禍害大冥樂土。」

元尊不由得笑了：「就憑你？」

「不錯！憑我就足夠了！」戰傳說自信地道。

「你連我的徒弟都殺不了，你又有什麼資格與我作對？」元尊笑了笑道。

戰傳說也笑了，冷冷地道：「我早知道他不會是真正的元尊，因爲真正的元尊，在二十年前就已經神秘不可測度，而他在二十年前不過只是大冥樂土的大皇子尊嚣，他根本就不會是勾禍的對手。即使他的天分再高，卻無法在年齡上隱瞞！所以，唯一的解釋就是，真正的元尊乃是另有其人。我不殺他，只是因爲只有他才有可能幫我找到真正的元尊。」

元尊的眼中竟然流露出一絲欣賞之色：「看來我們都小覷你了。」

戰傳說並無半點得意之色。眼前之人遠超過他以前遇到的任何對手，一千多年的閱歷，足夠使任何人都變得無比可怕。儘管龍靈劍的靈煞之氣破除了元尊的萬象大法，但並不會真正地大損元尊的功力，誰也不知道沉積了一千多年的功力，會是怎麼樣的一種境界。

「如果你願意臣服於我，我可以放你一條生路，甚至可以破例收你爲徒。」

戰傳說的目光悠悠投向地上戰悠的屍體，眼裏的恨火再一次狂燃：「你死了這條心吧！」

元尊眸子裏閃過一絲複雜的神情，深吸了口氣，「那你準備出手吧！」

靈使焦急地阻攔晏聰道：「聖皇，你不能親身赴險。」

「這個世間沒有任何人能夠單獨面對這樣的對手。若戰傳說一死，即使我仍活著，也不會有真正勝利的一天。」晏聰神情肅穆地道。

「但是那裏是禪城。就算是元尊死了，可是萬一戰傳說覺得獨佔天下的時機到了，開始圖謀對付你，該如何是好？你一身繫我數百萬子民安危，若要去也應該讓我們去！」靈使急勸道。

晏聰搖搖頭，「你們都不瞭解戰傳說。若這個世間還有人能助戰傳說，那也決不僅僅只有你我，還可以是小野西樓或者是勾禍。」

「那就讓他們去和戰傳說聯手呀。」

晏聰冷冷地道：「你不用多說，備馬。」

靈使依言照辦了。他已是全心全意地臣服於晏聰，不僅是因爲神志受晏聰所控制，更重要的是，因爲晏聰已經完全擁有了三劫戰體，幾成無法毀滅的戰神，其心靈修爲之強亦不遜色於靈族族主。

靈使反出不二法門的另一個原因，是因爲他知道元尊早有用坐忘城的貝勒取代他的想法。既然如此，倒不如全心全意追隨晏聰。

「沒有我的命令，決不可以輕易進攻禪城，同時也要做好防備。」晏聰向幽閒吩咐道。

「幽閒明白！」幽閒極爲恭敬地道。

晏聰一帶馬韁，帶著靈使向禪城方向迅速奔去。

禪城歷經數劫，災難似乎還遠遠沒有結束。不過這一次劫難不是來自皇宮，而是來自秘宛。最先感覺到秘宛之中那強大無倫的殺氣的人是爻意。隨即地司殺也感到了至強無比的戰意，彷彿天與地在頃刻間下壓，沉重得讓人喘不過氣來。

「請爻姑娘退後，此地不是久留之地，殺氣戰意太盛。」地司殺神色凝重地道。

即便地司殺不說，爻意也明白此刻的環境根本不容他們久待，當下道：「吩咐城頭的守軍，決不可以疏忽大意，任何人都不可以自由出城。秘宛周圍的戰士全部後撤三里，守住每一條通向秘宛的道路，再仔細搜查是否有地下通道。」

在這一刻，她竟有著外人所無法想像的冷靜，使得地司殺一時間根本無法知道爻意心裏在想些什麼。

「報！」爻意正帶馬向秘宛外撤離之時，一名九極教的弟子迅速趕到。

爻意忙問：「可是有發現地道的出口？」

「小人進入地道，卻發現地道的另一端被極強的力量震毀，已有兄弟在下面全力挖掘。小人估計，這條地道應該是通向秘宛。」那九極教的弟子道。

「地道是通向秘宛？」地司殺神色一變，似乎想到了什麼。

爻意唇間竟泛起了一絲淡淡的笑意：「果然如此！」隨即揮手向那九極教的弟子吩咐道：「讓他們停止挖掘，立刻離開。另外，凡不二法門的可疑人物，立刻擒拿，若有敢反抗者，格殺勿論！」

九極教弟子臉上頓綻出興奮的光彩，重重地應諾了一聲，轉身便向長街的另一頭飛奔去。

地司殺卻神色難看至極，這是他第一次聽到有人公然挑戰不二法門。不二法門乃是天下最強、組織最爲龐大的幫派，他無法想像爻意的這一條命令，會產生什麼樣的後果，但這個江湖絕對會從此不再安寧。

一時間，他對爻意更感到一種從沒有過的寒意，這個女人比他想像得更深不可測。

爻意話鋒一轉，笑著問道：「司殺大人此時一定很想知道天司命大人的情況吧！」

地司殺面無表情地道：「爻意姑娘準備對天司命怎樣？」

「應該很快就會有結果了。不如我們這就去看看吧！」爻意神秘一笑。

「戰傳說還沒有死?!」

尊囂深深地感受到來自戰傳說的壓力。那無匹的戰意借龍靈劍的靈氣，向四面的空間無限地延伸。即使是元尊那可怕陰冷的殺氣，也無法抑制戰傳說戰意的昇華。

毒使者眼裏閃過一絲深沉的恐懼。因爲他親自感受過戰傳說與尊囂那可怕的一擊，他不相信戰傳說仍能活著。但這一切卻是不爭的事實。

「他不會這麼容易死的。可是他爲何要與元尊……」「風」輕輕地嘆息了一聲，焦慮地道。

「你很瞭解他?」尊囂訝問。

「風」道：「因爲他是我朋友!」

「這個世界上不可能真的存在朋友!」尊囂淡淡地道。半晌吸了口氣道：「戰傳說與晏聰曾經是最好的朋友，但是將來，他們很快就會是對手。南許許曾是晏聰的救命恩人，但卻死在晏聰的手中，這一切就是命運。」

「風」只是冷冷地哼了一聲，他無法反駁尊囂的話。但他依然相信這個世界上還會有朋友，至少他相信戰傳說就是他的朋友!也因此他心頭極爲矛盾，一方是朋友，而另一方則是主人。

倏地，一個冰冷至極的聲音悠悠地傳來，仿若是透自萬載玄冰之間的冷風，讓所有人都不由得打了個寒戰。

「一切皆由天注定，元尊老兒，上蒼已注定今日你亡於此地！」

眾人循聲望去，卻一見白衣飄飄，有若仙子的身影凌空而下！

「風」和毒使者不由得皆失聲叫出口：「小野西樓！」

來人正是小野西樓，只是誰也沒想到，小野西樓會在此時此刻出現。一切像是偶合，但卻似乎又存在著其必然的所在。

元尊大笑，笑得從容不迫：「妳也想殺我？」

小野西樓笑了，天照刀倏指尊囂，寒聲道：「不僅僅是你，所有與你有著密切關係的人，我都要殺！我手中的刀讓我有信心飲盡敵人的鮮血！」

小野西樓目光堅毅，緩緩向尊囂逼近。

「風」的神經一下子繃得極緊，他忽然發覺自己感覺不到小野西樓的實體。在小野西樓悠然走過的空間裏，似乎沒有任何生命的氣息，但卻只有一柄無堅不摧的刀劃過那段虛空。地面的青石竟在小野西樓走過的那一剎化成塵沫飛激射而出，她的腳步拖出一道深長巨大的刀痕。

尊囂的臉色變了，毒使者的臉色也變了。

在這一刻，「風」才相信，武道中傳說天下間能與戰傳說、晏聰並肩的年輕高手，唯有天照刀的傳人小野西樓，並沒有錯。

至少，此刻的小野西樓所表現出來的可怕力量，比尊囂受傷之前也不會差多少。他無法明白，像小野西樓這樣的年齡，怎麼會有這般可怕的功力！

小野西樓一直保持著那妖異的笑，嬌豔無倫，但卻又似乎沒有一絲感情雜於其中，彷彿天與地之間，只有一縷永恆的笑泛於唇間，其他全是虛無。

地司殺不明白爲何爻意會如此輕鬆，那表情之中，根本看不出對戰傳說失蹤的焦慮。難道她已經確信戰傳說還活著？

爻意之所以對戰傳說、冥皇的失蹤並不再追究，因爲她知道有更重要的事情要做，那就是對付不二法門。在秘苑那可怕的戰意升起的時候，她就知道戰傳說還活著。她感受到了來自戰傳說心靈深處的情緒——平靜如水。

這種境界她自那湖底重生之後就沒有再感受到過。那是一種完全超越世俗塵念的境界，她也是在湖底封存了千年之後，才慢慢體會到這種意境。而此刻戰傳說卻擁有了，這樣的心情卻又有著無倫的戰意，她自然放心了。

她現在最需要做的是，摧毀不二法門安排在禪城的力量，解除戰傳說的後顧之憂。

禪城此刻仍然控制在死亡軍團的手中。元尊還是小看了戰傳說，他沒有想到戰傳說會把總督軍的虎符交給了爻意，而爻意又有著比外在可怕得多的冷靜。

更重要的是，禪城百姓大半是甘心依附戰傳說的。因爲，戰傳說一直扮演著大冥樂土救世主的角色。是他擊敗了兩城聯軍，也是他大破千島盟大軍，阻攔了晏聰的聯軍，使大冥樂土暫時得以保全。

至於人們會怎麼議論戰傳說的功過，那並不是最重要的，重要的是死亡軍團能夠給人們帶來希望！畢竟，只要是在死亡軍團的勢力控制範圍之中，戰傳說都能很快平定原先的混亂局面。

小野西樓在踏出第十七步的時候，整個身體彷彿突然凝成刀形，有實有形的巨刀化成一道燦爛的光華割開殿頂，直斬向尊嚣的大轎。

「風」立即退開，因爲他根本不可能有機會接下這一刀；或許在很早之前他對自己自視太高了，但這一刻他卻知道，天外有天人外有人。無論是戰傳說還是晏聰，或者是那個曇花一現的戰悠，即使是現在的小野西樓，都比他強上不少。

一時之間，他有些意興索然。

毒使者更沒有出手的勇氣。在那巨刀風聲嘯起的時候，他就已經心寒膽戰，最先想到的不是出手還擊，而是避開。

「轟……」刀鋒未至，大轎已化成無數碎片，如雨霧一般罩向那道耀眼的強光。而在這同時，那幾名神情木然的轎夫也出手了。八人同時出手，像是一張巨大的網，密密地封鎖了那刀芒劃過的每一寸空間。

毒使者與「風」都有些訝異。他們突然發現這幾個名不見經傳的轎夫，竟隱藏著極爲可怕的實力。這一點發現，讓毒使者對尊囂更多了幾許惶恐。

就在那八人出手的那一瞬，那道燦爛的刀芒狂盛，如同眾星爆發一般，耀出刺眼至極的光彩。大殿一時間陷入可怕的光亮之中，所有人的眼睛也似乎在一剎那失去辨別能力。

「風」和毒使者不由得全都閉上眼睛！他們感到無數鋒銳無比的氣勁自四面狂灑通過，彷彿有一陣狂暴的雨就在身邊下落，然後天下就陷入了長久的寂靜。

懸著的心還沒來得及落下的時候，又一陣可怕的震盪，如驚濤駭浪般瘋狂湧來，天與地似乎在頃刻間完全顛覆，而在這驚濤之中，又如同有著無數的惡魂吞噬著每一個人的生機！

「風」大駭，卻不明白發生了什麼事。

他聽到了尊囂的驚呼，也聽到了毒使者、小野西樓的驚呼！

他想到了戰傳說。

戰傳說與元尊同時出手的那一剎，天地變色，四方風雲狂聚。在秘宛的天空上凝成萬頓的雲山，無數的電火結成巨大的光柱傾瀉而下。天地在光華之中毫髮皆顯，那株株盡根而折的小草與飛揚的塵沫在這電光乍閃間，變得異常詭異莫測。

電光一閃即滅。天地陷入一種極端的黑暗。

天頂那濃濃的密雲瘋狂地翻騰，有如億萬條交纏於一起的巨蟒。風暴、電火、殺氣凝於自天頂傾瀉而下的冰雹之中。戰傳說與元尊的身體，也完全吞沒在這場外人無法洞知結果的世界裏。

禪城陷入一場空前的驚悚的氣氛之中。城中子民全都躲入室中，跪拜蒼天，乞求平安，守城戰士也個個面無人色，不少人拋卻手中的兵器，跪地祈福……

便是如地司殺和天司殺這樣的高手，也從未見過這種場面。

傳說當年千異與戰曲那一戰足以驚天動地，但那畢竟是傳說，可眼下戰傳說與元尊的一戰就在眼前，比之當年戰曲與千異對決更爲壯觀和詭異，地司殺、天司殺與伯頌等人也完全被震撼了。

「天人交感……好強大的氣勢！」地司殺臉色蒼白地道。

「會是什麼人？竟然擁有這樣的力量。」天司殺在安頓好皇城後宮之後，也被秘宛的可怕氣勢吸引來了，不由得插話道。

「近百年來，恐怕唯有千異與戰曲一戰方可追比今日。但天下間又哪有第二個千異與戰曲?!」地司殺也是一臉茫然。

剛才皇城一戰已經讓他嘆爲觀止，那種可怕的破壞力已親眼所見，但這一刻所見到的場景，比之皇城之戰更爲可怕，這又會造成什麼樣的後果呢？沒有人能夠回答地司殺的問題，或許只有等結果真的出來了之後才會讓人明白！

「司命大人他，是不是……」天司殺望著地司殺，欲言又止地問道。

地司殺嘆了口氣：「我不知道，但願這一切不過只是猜測！」

「沒有冥皇的消息！」天司殺又嘆了口氣，他無法明白為何冥皇會像是突然消失了一般，而戰傳說也因此而消失。他甚至開始懷疑讓戰傳說來解禪城之圍，是不是一種明智的選擇。

地司殺突然問道：「城中還有多少人馬？」

天司殺臉色頓變，他似乎意識到地司殺這話的意思，不由得搖頭苦笑道：「城中除了皇城衛士之外，能聽我們的可能不到五千人，而皇城衛士此刻幾乎傷亡九成，根本無法起到任何作用，若是與江南十萬兵馬相比，我們根本沒有任何機會！」

地司殺不由得嘆了口氣道：「虎落平陽被犬欺，沒想到到老我們竟會落到這樣的田地！」

天司殺望著那漫天狂舞的閃電，沒有回答，神情若有所思。

地司殺嘆道：「戰傳說若是死了，對我們也並沒有什麼好處。若禪城沒有戰傳說，冥皇又失蹤，誰能主此大局？難道我們能看著千島盟和大劫域這等化外小國欺入禪城？」

天司殺神色一變，卻依舊沒有說話。

「風」睜開了眼，四面狂湧的氣流像潮水般，向殘缺的大殿之中湧至，他沒有看到小野西樓，卻看到了那些一片破碎的屍體。

是八名轎夫的。

而尊囂也半跪於地，在他的身邊，是另一個不知道是何時進來的瞎子，那空洞的眼睛裏沒有了眼珠，但那空空的眼眶裏卻透出深深的寒意，像是兩個巨大的漩渦，要將人的靈魂整個地吸進去。

「勾禍……」尊囂像是用盡了全身的力氣，才說出了這個讓人膽寒的名字。

尊囂怎麼也不會想到，勾禍會在這要命的時候出現，而真正的殺招，不是小野西樓那驚天動地的一劍，而是勾禍的暗襲。尊囂在皇城與戰傳說一戰之中已經身受重傷，即使是他沒有受傷，只怕也難以避開勾禍這樣的高手偷襲的一擊，何況是現在這種時候。

「風」打了個寒戰。他沒想到這個無聲無息來到大殿之中的人，竟會是數十年前縱橫大冥樂土，盛極一時的九極教教主勾禍。

「我說過，我一定會回來的，所以我現在回來了！」勾禍的聲音有些陰森，但卻透著張狂的傲意，就像是一位主宰蒼生的神。

尊囂嘶聲道：「但你卻沒有擊敗我，你成了只敢背後偷襲的儒夫！」

勾禍冷笑道：「當年，你兄弟二人又豈是光明正大地擊敗我的？只要能取你性命，就足夠了。」

尊嚣臉色一變，難以置信地道：「你變了，看來我還是低估你了！」

「人總會是要變的，如果是當年的我，你就沒有機會說這麼多廢話。不過我可以告訴你，九極教在不久的將來，仍將會成爲天下第一教，不二法門將從此被取代，就像當年不二法門取代九極教一樣。」勾禍得意地笑道。

尊嚣也笑了，有些不屑，咳了一口血道：「我輕敵了，可是你也小看了戰傳說！想成爲天下第一教？哈哈，戰傳說必定是第一個反對的人。」

勾禍臉色一變，哼了一聲。

尊使者此時慢慢地後移。

勾禍出現在這裏，那小野西樓呢？小野西樓竟像風一樣消失了。

天地之間陷入了一片黑暗之中，就算是「風」也無法看到更遠的地方，但就在他想找小野西樓的時候，天頂又射落一束巨大的光柱。天地又在這一閃之間明亮無比。

就在這一閃之間，「風」看到了小野西樓，就像是天空間無數道閃電中的一條，以無與倫比的優雅和速度，直射向與戰傳說膠著的元尊。

當他看到小野西樓的身影時，便預感到戰局會是怎麼樣的結果。

那束自天頂劃落的光柱並沒有一閃而滅，而是分別射向戰傳說手中的龍靈劍和小野西樓手中的天照刀，然後光柱在刀劍之間結成一個巨大無比的光球，就在這時，上自九霄之外，下至九幽之底，彷彿同時產生了共振，巨大的嗡鳴之聲讓天地都在顫抖。

「不要……」「風」發出一陣低吼。

他不願看到戰傳說被殺，他同樣不想元尊死。元尊至少對他有養育之恩。

卻見在光球的衝擊之下，元尊身軀迅速膨脹，有如巨獸般發出絕望的嘶吼，刺眼的光亮之下，似乎有無數的冤魂自元尊那漲大的軀體之中向天際逸去，卻又在強光之下化成縷縷青煙。所有的一切都只發生在電光火石之間，然後天地再一次被光亮推向黑暗。亮至極致之時，自三人交擊的地方爆出一股無堅不摧毀滅性的力量。

勾禍低叫一聲：「不好！」

手掌迅速拍落尊囂的頭頂，自己卻借力一般，射向與戰傳說相反的方向。

「風」也知道會是什麼樣的情況，根本就來不及多想，也跟在勾禍之後飛逸而出！但他根本沒來得及走出多遠，整個身體便被後方追來的氣流吞沒，無可抗拒的力量之下，他很快失去了知覺。

天地再一次陷入沉寂之中。

後記

玄武一千九百七十八年冬，禪城大變，冥皇失蹤。而大冥樂土護國大將軍木帝戰傳說，也在一場可怕的天變之中失蹤。

隨後，在爻意全力斡旋下，劍帛大軍與晏聰達成了協定，劍帛大軍撤回江南，晏聰大軍駐入禪城，並保證不追擊劍帛大軍，同時保證劍帛人在江南的地位，新朝成立之後，將江南之地封給劍帛人自治。

禪城大變之時，晏聰軍中也發生了動亂，幽閒欲借晏聰赴禪城之時發起兵變，但卻中了晏聰早已設下的計謀。晏聰揭開幽閒出賣大劫主的秘密，一舉消滅大軍裏幽閒系所有將領，完全將大劫域的兵力控制在自己的掌握之中。

有人說冥皇之死與戰傳說有關，更有人說戰傳說是與冥皇同歸於盡，更有人說害死戰傳說和冥皇的人，是不二法門的元尊，甚至有人認為這是勾禍所設下的詭計……

總之眾說紛紜，但在戰傳說失蹤和冥皇失蹤之後，爻意下令處死天司命，天司殺和地司殺對爻意大爲不滿，脫離了劍帛大軍而歸附了晏聰。自此，大冥樂土的大部分力量全由晏聰所掌握，舉國之中再無可與晏聰兵力相抗的力量。但禪城卻在那一場天變之下幾乎毀去大半，皇宮成一片廢墟，昔日的輝煌早已不再。

大冥樂土一千多年來所建立起來的文明古國，在這一場天變之中幾乎消失殆盡。晏聰來到禪城之後，看到滿目瘡痍，不由感慨萬千。

沒有人比他更清楚戰傳說與元尊那一戰的可怕。雖然他並沒有趕到禪城，但是在精神上他已與戰傳說相接，他也沒想到兩個人的力量竟會如此驚人，這不由得讓他懷疑起自己與戰傳說之間的差距！

戰傳說和冥皇的失蹤似乎成了一個謎，而不二法門的元尊，本就是一個神秘至極的人，極少有人見到過其真面目，因此，他的失蹤就像是從沒有出現過一樣，倒也沒有多少人在意。

晏聰卻並沒有忘記戰傳說，因爲他很清楚爻意如此輕易地讓出禪城，不只是因爲禪城已破爛不堪難以堅守，更有可能是因爲戰傳說本人的授意。

當然，沒有了戰傳說，劍帛軍和坐忘城、卜城的兵馬也難以同心，爻意也難以控制住全局。江南軍中，除了姒伊之外，無人能夠統領大局，而姒伊卻是一個盲人，更遠在劍帛，這也是爲何爻意撤離禪城的原因。

玄武一千九百七十九年春，晏聰平息禪城內諸亂事，並修復城牆，使禪城初步恢復原貌。二月，晏聰在大冥舊臣的大力支持下，在禪城稱帝，史稱聖帝。成爲大冥樂土真正的主人，卜城、坐忘城因爻意與晏聰的協議，也都歸附於晏聰，大冥樂土的戰亂逐步平息。

晏聰的新王朝，不僅擁有了大冥樂土，更有前來歸附的劫域人，甚至包括千島盟的部分軍隊，勢力空前強大。

與之相反，千島盟的大司盟被晏聰控制了心神，又經車馬之役後，千島盟元氣大傷。

四月，千島盟來使以其協助晏聰爭得大冥樂土邀功，要求割地千里以謝千島盟的相助。晏聰斬殺千島盟來使，更下令囚禁所有歸順的千島盟軍人。從此，千島盟的軍人成了新朝的奴隸，也宣告晏聰與千島盟正面決裂，這也爲晏聰在國中贏得了無上的尊敬，被百姓傳爲傳奇。

五月，晏聰以地司殺爲帥，領十萬大軍出征須彌城。

六月，須彌城遞上降表，自此，大冥樂土諸城皆降。聖帝晏聰整全國之力，以大劫域、江南劍帛、卜城三在爲一線，在北海、東海海域大造戰船，以圖大舉進攻千島盟。

晏聰認爲，此時是攻取千島盟最好的時機，皆因千島盟數十萬將士全都折戟於大冥樂土，國中早已空虛。此刻，若是大舉強攻千島盟，則千島盟已無還手之力。加上這兩年之間，晏聰借千島盟友與他合作的機會，已在千島盟中安插了大量的內應，而這也是晏聰取勝的最大法碼。

九月，晏聰大軍突然自千島盟長明半島登陸，在千島盟毫無防備的情況下，一舉拿下了長明半島。千島盟的盟皇本以爲晏聰全力造船，至少也要一年之後才有可能供大軍之用，但卻沒想到晏聰大舉造船不過是掩人耳目之計。真正的行動卻是暗自遣人秘密登陸，然後在千島盟取得重要的戰略區域，再以長明島爲基地，攻入千島盟本土。

從此，大冥樂土與千島盟的戰場，整個地轉移到千島盟的本土之中，千島盟也遭遇到了千年來最大的一場浩劫。

「風」悠悠地醒來的時候，卻發現自己處在一個小小的竹屋之中，陽光如金披般灑落在他的身上，而在窗外卻是一片燦爛的桃花。

「風」找不到自己的記憶，因爲他感覺自己像是已經死過了，但是這一刻卻能感覺到身上的疼，雖然只是輕微的。這究竟是在什麼地方，他卻並不知道。

「你醒了？」一個聲音悠悠地傳來，清脆而熟悉，竟是小夭。

小夭腳步輕盈步入室內，笑顏燦爛。

「怎麼是妳？我這是在哪兒？」風惑問。

小夭輕輕一笑：「桃源。」

「風」吃驚非小，愕然問道：「桃源?!妳是說，這裏是靈族的桃源？」

「不錯，正是靈族桃源，世間也只有此一處桃源幻境！」小夭肯定地點頭。

「怎麼會？我怎麼會來到這裏？」「風」一臉迷茫。他實在想不起那天他昏死過去之後發生的事情。

「是戰大哥救了你！」小夭說著向外喊了聲：「翠兒，快把湯端進來。」

「風」的心頭大震。

小夭的話證實了戰傳說依然還活著，不僅活著，而且還是他帶著他來到了桃源，更救了他。那麼元尊呢？還有尊囂呢？

「戰兄弟在哪兒？」風急問道。

「戰大哥回江南了，他要去接爻意姐姐和姒伊姐姐！」

小夭說話的當兒，一個極爲俏麗的丫頭，端著一碗仍冒著熱氣的湯走了進來。

「風」忍不住問道：「怎麼會這樣？難道他戰敗了？我……我……我睡了多久？」心中想道：「如果戰傳說去接爻意和姒伊的話，那麼他部下的數十萬大軍和江南那群戰士又將何去何從？如果敗的是元尊，那麼戰傳說他會放棄那即將到手的大冥樂土最高的權力嗎？」

小夭道：「你睡了足足有四十多天，戰大哥說，如果你七七四十九天還不能醒來的話，那麼就沒救了。戰大哥根本就不想得到這個天下，他是故意退出角逐，讓晏聰稱帝，他不願因爲權力之爭而使天下百姓再次陷入水深火熱，加上他已經了卻了靈族千年大仇，所以只想退隱山林，回到桃源了！」

「風」不由得傻了，他沒想到戰傳說竟然會如此灑脫，就連天下也不屑一顧，說放手就放手。這不由得使他對戰傳說生出了無限的崇敬之情，但仍有些疑惑地問道：「那他的那數十萬大軍怎麼辦？」

「如果這些人以爲戰大哥死了，自然就會接受晏聰稱帝的事實，而戰大哥在與元尊一戰之前就已經有所交代，爻意姐姐和姒伊姐姐就是因爲要處理這些事才遲來，不過，相信他們也快回來了。」

「那九極教的勾禍呢？」「風」又想到了尊囂，因爲勾禍與尊囂那一戰未知結果。

小夭還未回答，便有一個清越的聲音傳了進來：「他不過只是想利用戰大哥來恢復他九極教在大冥樂土中的地位，恢復昔日威風而已。二十多年來，九極教根本就不曾改變昔日的野心，只是一直被不二法門壓制著無法抬頭而已。所以，戰大哥與元尊一戰後借機退隱，九極教就不可能再恢復興盛，也就無法橫行天下。不過既然勾禍大仇得報，也足以無憾此生了。如果這次晏聰能統領天下，那麼在大冥樂土將不再有爲禍天下的勢力，人世間也能多一些平靜！」

「爻意?!」聽見這熟悉的聲音，「風」不由得吃了一驚。抬頭望去，果然看到了爻意，一襲白衣勝雪、絕豔不可方物。

與爻意一起進入屋子的還有戰傳說和小野西樓。剛才的話正是爻意所說，只是小野西樓的表情裏有一些戚戚之色。畢竟她對勾禍還是存在著感激之情的，不過戰傳說幫勾禍殺了元尊，這也算是對得起勾禍對她家的恩情。

戰傳說微踏兩步便到「風」的床前，欣然笑道：「風兄弟能在今天醒轉真是太讓人高興了，以後如果風兄不棄，便隨我一同居於這世外桃源之中，再也不問天下是非之事，如何？」

「風」不由得也笑了，喜道：「這正是我所想之事，天下紅塵有何可留戀，倒不如置身這桃源逍遙自在。」

「你們還有誰想離開這裏嗎？」戰傳說扭頭向身後的眾女望了一眼，邪邪地笑問道。

數女相視望了一眼，突然一起喊道：「把他扔出去！」說話間，幾女同時出手撲向戰傳說。

「風」不由得一陣愕然，然後他來不及發話，便聽到戰傳說一聲慘叫自門外傳來及重物墜地的聲音。然後就是眾女的一陣嬌笑之聲，響徹了小屋。

據載，玄武一千九百七十九年春，劍帛公主姒伊突然暴病而亡，而絕豔的爻意也因戰傳說之死而心灰意冷獨自離去。

沒有人知道爻意去了哪兒。有人說姒伊是因戰傳說之死才鬱鬱而終，也有人說姒伊並沒有死，而是與爻意一同離開劍帛，終老青山，更有人猜測戰傳說並沒有死，姒伊與爻意便是追隨他而去，而戰傳說是愛美人不愛江山，這才詐死，將江山讓與晏聰……總之，天下人眾說紛紜，但事實是不是這樣，卻是沒有人能夠證實！

玄武一千九百八十五年，千島盟盟皇暴斃，聖帝晏聰大破千島盟最後的殘軍，終於讓千島盟臣服於自己。

也有人傳說，千島盟盟皇是死於天照刀之下，而殺千島盟盟皇的人，是一直隨著戰傳說失蹤的小野西樓，還有人甚至說，看到了戰傳說與小野西樓聯手誅殺千島盟盟皇。

聖帝登基二十年後，玄武大陸幾乎每一寸土地都與聖朝有聯繫，數十個鄰國皆臣服，幾乎完全統一了玄武大陸，而聖帝也成了玄武大陸數千年來最爲偉大的帝王之一！只是，卻沒有人能夠說清，聖帝晏聰與木帝戰傳說誰更強。

晏聰一統天下之後，追封戰傳說爲木帝，並於禪城秘宛廢墟之上豎起戰傳說的百丈巨像，世人共尊其爲玄武戰神。

從此，「戰神」戰傳說之名一直流傳數千年。即使是在千年之後那巨像被毀，人們依然不曾忘記這個名字。

《全書完》

蒼穹變 ⑩ 玄武英雄 大結局 （原名：玄武天下）

作者：龍人
發行人：陳曉林
出版所：風雲時代出版股份有限公司
地址：105台北市民生東路五段178號7樓之3
風雲書網：http://www.eastbooks.com.tw
官方部落格：http://eastbooks.pixnet.net/blog
Facebook：http://www.facebook.com/h7560949
信箱：h7560949@ms15.hinet.net
郵撥帳號：12043291
服務專線：(02)27560949
傳真專線：(02)27653799
執行主編：朱墨菲
美術編輯：許惠芳

法律顧問：永然法律事務所 李永然律師
　　　　　北辰著作權事務所 蕭雄淋律師
版權授權：蔡雷平
初版換封：2016年9月

ISBN：978-986-352-321-5

總 經 銷：成信文化事業股份有限公司
地　　址：新北市新店區中正路四維巷二弄2號4樓
電　　話：(02)2219-2080

行政院新聞局局版台業字第3595號 營利事業統一編號22759935

定價：280元　特價：199元

國家圖書館出版品預行編目資料

蒼穹變／龍人著. --初版-- 臺北市：風雲時代，
2016.03 -- 冊；公分

ISBN 978-986-352-321-5（第10冊；平裝）

857.7　　105002427